외로운 영혼들의
우체국

외로운 영혼들의 우체국

1판 1쇄 : 인쇄 2011년 12월 7일
1판 1쇄 : 발행 2011년 12월 9일

지은이 : 정진희
펴낸이 : 서동영
펴낸곳 : 서영출판사

사　진 : 백승휴, 이해선, 서지나, 박건식
디자인 : 이원경

출판등록 : 2010년 11월 26일(제25100-2010-000011호)
주소 : 인천광역시 계양구 효성동 200-1 현대 404-103
전화 : 02-338-7270 팩스 : 02-338-7161
이메일 : sdy5608@hanmail.net

값 : 13,800원
ⓒ2011 정진희 seo young printed in incheon korea
ISBN 978-89-97180-06-6 (03810)

일원화 공급처_(주)북새통
주소 : 서울 마포구 서교동 464-59 서강빌딩 6층
전화 : 02-338-0117(대표), 팩스 : 02-338-7160
이메일 : info@booksetong.com

외로운 영혼들의
우체국

2011 · 서영

작가의 말

만남

　지난 5년 간 저는 참 불행했습니다. 많은 사람을 만났지만 그들과 모두 헤어졌으니까요. 길어야 한 달…… 오직 한 사람만 생각하고 그리워하다 잡지에 연재되는 순간 이별이 다가왔지요.

　지난 5년 간 저는 참 행복했습니다. 어느 때보다 많은 사람을 만났으며 그들은 모두 하나의 우주였고 화엄의 세계였답니다. 밤 하늘같은 광활함과 한 줄기 달빛 같은 적요를 품은 각양각색의 세상이었지요. 그래요. 그들은 모두 한 일가를 이루었지만 우물처럼 깊고 음울한 상처를 껴안고 피어난 한 송이 꽃들이었어요.

　　사람이 온다는 건
　　실은 어마어마한 일이다
　　한 사람의 일생이 오기 때문이다
　　　　　　　-정현종 〈방문객〉

한 사람의 일생과 만나는 일이라니…… 한 사람을 만난다는 것은 이렇게 어마어마한 일이었답니다. 그들을 한 편의 지면으로 옮기는 일은 그래서 늘 두려웠습니다. 그 두려움을 무릅쓰고 이렇게 책으로 묶는 어리석음은 그 분들에 대한 감사와 존경으로 읽어 주시길……

그동안 먼 길을 다녀왔습니다. 춘천, 안동, 거문도, 제주도, 장성, 안성, 지리산, 남해, 천안, 강화도 등, 인간의 다양한 삶과 영혼의 신념을 다루는 이 시대의 작가들을 찾아다니며 그들의 인간적, 민족적, 인류적인 고독과 고뇌를 만났지요. 그리고 현장을 전달하면서 한 인간으로서의 작가를 만나고자 했습니다. 대부분 숙명적이고 운명적인 상처와 결핍으로 점철된 그들의 삶 이야기에선 늘 막막한 슬픔을 나눠가졌답니다. 무참히 흔들리며 한국문단의 거목으로, 이 시대를 밝히는 등불로 우뚝 선 그들을 통해, 어디선가 글을 쓰고자 하는 후배들에게 한 다발의 용기가 되어 꺾인 무릎을 세우게 한다면…… 누군가…… 삶의 위로와 기쁨이 필요한 사람이 있어 그들에게 한웅큼의 눈물이 되어 준다면 좋겠습니다.

감사

기꺼이 사진을 제공해 주신 여러 작가님들과 사진작가 백승휴 선생님, 여행 작가 이해선 선생님, 그리고 먼 길 동행하며 사진 찍어 준 서지나 님, 박건식 님, 그리고 오늘이 있기까지 이끌어 주신 임헌영 교수님과 문학적 고락을 함께하는 《한국산문》 문우회 여러분께 감사의 마음을 전합니다.

존재의 무거움에 꺼질 것 같은 청춘을 지나, 삶의 누추함 속에 빛나는 슬픔과 경건을 마주하는 시기, 늦깎이 수필가의 첫 출산에 선뜻 손잡아 주신 서영 출판사 서동영 사장님께도 감사의 인사드립니다.

앞으로 열심을 내어 좋은 글 많이 쓰겠다는 결심은 할 수 없으나, 다만 조금 더 뜨겁고 조금 더 말랑말랑하고 조금 더 가볍고 조금 더 단순해져서, 조금 더 자연의 냄새를 풍기는, 조금 더 인간다운 인간이 되고 싶습니다. 둥근 수레바퀴 처럼요.

가을이 깊어진 날 서재에서, 정진희

추천의 글

발과 술과 밤샘으로 쓴 문학인의 삶 탐구

1. 대화, 최고의 명저

세계 4대 성인의 공통점 중 하나는 그들 스스로는 저술을 남기지 않았으나 제자들이 충실히 기록을 남겼다는 사실이다. 바로 대화의 위대성을 입증하는 문학형식인데, 여기에는 스승과 제자라는 불평등 관계 위에서 형성된 가르침과 배움이라는 뚜렷한 구분이 있다. 성인에 들지 못하는 사람들은 자신이 스스로 쓰거나 맞춤한 대화자를 만나 기록을 남길 수밖에 없다. 대화라면 준성인 급이라 할 만한 대석학 플라톤을 빼어 놓을 수 없다. 그의 대부분의 저술은 그 형식에서 희곡문학에 속한다고 할 수 있는 대화에 의존하고 있다. 플라톤의 대화 앞에서는 모든 문학 양식을 감지할 수 있다. 그것은 희곡이자 수필이며 비평이면서 소설이기도 하다.

흔히들 세계적인 명저로 거론하는 《괴테와의 대화》를 남긴 에커만의 기록은 내가 보기에는 괴테에 대해 희귀한 정보를 담고 있지만 너무 쫀쫀하고 자질구레해서 재미없는 책 중의 하나라고 감히 말하겠다. 왜 요지만 추려서 정리하지 않고 온갖 쓰잘데 없는 걸 장황하게 늘어놓아 지루하게 기록했느냐고 따지고 싶을 지경이다.

이런 고전적인 대화 형식이 근대 저널리즘의 풍조 속에서 스승과 제자가 아닌 취재원과 취재자 사이로 바뀐 것은 대화문학의 일대 혁명이라 할만하다. 인터뷰이(interviewee · 인터뷰에 응하는 사람)와 인터뷰어(interviewer · 인터뷰를 하는 사람)로의 신분증 갱신은 대등한 관계에서 비판의식이 개입하게 된 계기를 만들어주었다.

비판의식을 얼마나 정당하고 용감하게 활용하느냐에 따라 인터뷰어의 평가는 결정되기 마련인데, 나로서는 별로 좋아하지 않는 오리아나 팔라치(Oriana Fallaci, 1929-2006)가 과대평가 받는 이유 중 하나도 '용기' 때문이라 하겠다.

고종석은 칼럼에서 "오리아나 팔라치의 강함은 양쪽과 다 연루돼 있었던 것 같다. 펜 하나로 독재자들을 희롱하고 모욕할 때 그녀의 강함은 선했다. 끝내 자신이 반 이슬람주의자가 아니라고 공언하지 못했을 때, 그의 강함은 바람직했던 것 같지 않다."라고 단적으로 말했는데 나도 공감한다. 백인 유럽중심주의자, 서양문명 우월론자, 더 심하게 말하면 미국 추종자처럼 보이는 이 여기자에게 그래도 곁눈질을 하지 않을 수 없는 대목은 "내가 벗지 않는 한 상대방도 벗길 수 없다"는, 섹스를 하듯이 상대를 열망하면서 자신부터 벗어야 한다는 적절한 비유 때문이다.

취재와 섹스로 말하면 아그네스 스메들리(Agnes Smedley, 1892-1950)를 빼어놓을 수 없다. 팔라치가 '비판의 용기'(그것도 엄격히 따지면 편견에서 연유한 것이지만)로 명성을 얻었다면 스메들리는 자신의 이상과 걸맞는 이데올로기에 대한 찬양으로 이름을 날린 명 여기자다. 주로 식민지나 준 식민지 나라들(인도 중국 등)에 깊은 관심을 가졌던 그녀는 인도에서 독립투사와 사랑을 나누는 등 취재에 못지 않게 사랑에도 열렬하여 중국 체재 때는 남성들과는 사이가 좋았으나 여성들과는 관계가 나쁘기로 소문나기도 했다.

요즘 한국의 대화 전문 취재인으로 나는 지승호를 좋아하는데, 그는 250여 명을 인터뷰하면서 30여 권의 책을 낸 이 분야의 전문가인데, "평균적으로 20~30시간 (인터뷰)한다. 가장 오래 한 게 공(지영) 작가인데, 40시간 정도 했다. 한 번에 11시간 한 적도 있다. 낮 12시에 만나서 밤 11시까지."라고 해서 적이 놀라게 만든다.

다들 취재에 삶을 투자한 프로들의 세계이다.

2. 뻔한 사실 피하고 알맹이 찾기

정진희 작가가 쓴 26명의 인터뷰 글을 한자리에서 읽으며 '대화 문학'에 대해 이런저런 상념이 떠오르는 건 정 작가에게 내가 갖고 있는 문학인 전문 취재 기자로서의 성장 기대감 때문이다. 정진희가 훨씬 더 젊었다면 나는 아마 팔라치나 스메들리가 되어보라고 우격다짐했을 수도 있었겠다는 소회 때문에 약간 허풍을 떨어본 것이다.

문학인 취재는 아마 직업별로 나눠보면 가장 인터뷰 기회가 많은 편에 속하는 것으로 그리 신기할 것도, 군이 두려워 할 것도 없는 가장 편한 준 홍보용 취재기이기 십상이다. 그렇다고 무작정 문학인에게 접근했다가 싱거운 인터뷰를 남긴 게 얼마나 흔해빠졌는가는 군이 말할 필요도 없는데 비하면 정 작가의 이 인터뷰 글모음 집이 얼마나 간결하면서도 한 작가가 지닌 은밀한 내면을 들여다보게 해주는가에 눈을 반짝일 것이다.

문학인은 명성이 높을수록 취재하기는 어렵기 마련인데, 그건 웬만한 독자들이 이미 다 알고 있는 걸 뺀 알맹이를 찾아내야 하기 때문이다. 정진희는 유명 무명을 떠나 일단 취재 대상이 정해지면 그 문학인의 모든 작품을 다 읽고 가십까지 섭렵한 뒤에 접근을 시도하는 치밀성을 갖추고 있다. 옆에서 정진희의 모든 작업과정을 항상 지켜봐온 나로서는 미안한 게 한 둘이 아니다. 우선은 그녀의 전력 투구식 취재의 태도에 대한 감동과 존경이다.

이렇게 나는 한유(閒遊)의 한 가운데서 정진희의 인터뷰 기사를 읽고 있지만 정작 정 작가 자신은 기사 한 줄을 위해 얼마나 고심 참담했던가를 여러 번 들은 적이 있다. 이 책에도 나오지만 최고의 황당 인터뷰 전말기의 금메달은 단연 시인 함민복일 것이다.

"집 주소를 묻는 내게 그는 그냥 강화도 온수리로 오면 된다고 했다." 그리고는 약속 당일까지 전화는 불통인 채로 정진희는 강화로 갔지만 온수리에서 함민복 찾기는 "종로에서 함씨를 찾는 것만큼이나 암담했다." 온 마을을 뒤지다가 결국은 경찰의 안내로 시인의 집을 찾았으나 허탕, 섬 전체를 수소문 끝에 강화문학회를 통해 동막리 ○○음식점에 있다는 정보를 입수, 출동했더니 시인은 "사흘째 내리 술만 먹고 있는 중이었다."

원고 마감을 앞둔 정진희에게 나는 그때 아마 포기해버리라고 했던 것 같은데 어찌어찌하여 기어코 인터뷰 원고를 써서 주변을 감동시켰다. 함 시인의 인터뷰는 본 기사보다 오히려 시인을 만나기까지의 후기가 더 재밌다.

꼭 그렇게 고생 추억담만 있는 건 아니다. 작가 김주영과는 제주 올레길을 기꺼이 자진해서 몇 번인가를 다녀왔을 뿐만 아니라 작가의 고향 청송까지도 마다 않고 가서 아예 청송군수 인터뷰까지도 해낸 공을 세웠다. 삼보일배의 도법스님과는 아예 그 힘든 순레길에 동참해서 현장감 있는 생생한 취재기를 썼으며, 권지예와는 인터뷰가 술자리로 이어져 술벗이 되었으며, 수필가 이경희와는 가히 모녀지간처럼 밀착해버리는 등 만남을 깊은 인연으로 승화시키는 묘한 재능을 정진희는 십분 발휘하고 있다.

시인 고은, 정호승, 오봉옥, 이원규, 안상학, 이정록, 정철훈, 함민복, 김선우 이상 9명, 소설가 김주영, 조정래, 윤후명, 이승우, 정도상, 권지예, 김윤영, 김진초, 전경린, 정지아, 한창훈, 김탁환 이상 12명, 수필가 이경희, 비평활동을 주로 다룬 정석주, 도법 스님, 정현태 남해군수, 조용헌 동양철학자 이상 모두 26명 모두가 인터뷰를 인연으로 정진희와의 친밀도에서 우열을 가리기 어려울 것이리라. 그만큼 정진희는 심혈을 기울인 인터뷰를 했기 때문이겠는데, 그 정보나 수집한 자료로 본다면 한 편당 가히 200자 원고지 100매 분량은 너끈히 쓸 수 있었는데 축약을 거듭하여 만들어진 게 이 책이다.

이 인터뷰들은 문학 전문 연구자나 비평가에게는 더 없이 좋은 참고서 역할을 해줄 것이며, 시인 작가들에게는 동료문인들의 담장을 넘겨다보며 한 수 배우거나 은밀한 정보를 캐어내는 등 자못 흥미로울 것이고, 독자들에게는 문학 전반에 대한 소양과 문단 가십용으로 풍성한 화제를 제공해 줄 것이다. 특히 연구자에게 참고가 된다는 점을 강조하는 것은 우리의 문학사 기술(記述)이 외국과는 달리 문학인의 생애를 도외시하고 있다는 점을 지적하고 싶기 때문이다. 문학사(역사도 마찬가지)란 문학인의 삶의 족적을 철저히 파헤치는 데서 출발해야 하는데 우리나라는 아예 생애를 덮어버리고는 작품만 거론하고 있는 풍조인데, 어서 극복되어야 한다고 보며, 그러기 위해서는 이런 류의 인터뷰 기사가 더 많아져야 한다.

3. 족보부터 사생활 탐색까지

공식적인 문예지나 일간신문에서는 다루지 않는 내밀한 사항을 되도록 과감히 다뤄보려는 것이 정진희 인터뷰의 특색이다. 이미 명망작가들의 사생활은 독서계의 상식으로 퍼져있지만 그래도 벽에 갇힌 은밀한 사생활에 대한 호기심은 영원한 가십이다.

인간사의 가십 중 18번은 집안이나 출생의 내력이다. 인사에 따라 어떤 이는 숨기기도 하지만 문학인들은 이 점에서는 매우 소탈하여 공개적일 정도가 아니라 아예 작품으로 낱낱이 까발리는 편이다. 예컨대 김주영은 소년시절의 간난신고(艱難辛苦)를 이렇게 토로한다.

"집 나간 아버지를 기다리며 생계를 꾸려가던 어머니는 그가 초등학교 3학년 때 가난을 못 이겨 재혼을 하게 되고 그로써 생긴 의붓아버지와, 중학교 3학년 때 생부의 손에 이끌려 간 집에서 의붓어머니를 만나게 되니, 두 명의 어머니와 두 명의 아버지를 바꿔가며 자란 셈이다."

김주영 인터뷰, 〈내게 글쓰기는 문둥이와 함께 자라고 강요받는 것〉

아담과 이브를 추적하려는 지적 욕구는 역사학의 보조학문인 보학(譜學)으로 격상될 지경이듯이 세속적인 야욕은 가문의 영광 날조 내지 왜곡에 열을 올리지만 문학인들에게는 되레 이런 족보가 더 인간미 풍요로운 밑거름으로 작용한다.

윤후명은 성장의 내막을 "피난을 못 가고 담뱃가게를 하셨던 어머니와 군 법무관이었던 새아버지의 만남으로 고향을 떠나 오랜 떠돌이 생활을 했던 유년과 청소년시절, 그저 마라톤 선수나 식물학자가 꿈이었던" 것으로 회상한다.

정도상 역시 대하소설을 품고 성장한다. 초등학교 1학년 때 개가한 아버지의 부재로 인한 혹독한 가난과 어머니로부터 버려진 아픔은 그의 심연에 오랫동안 그늘을 드리웠다. "어머니는 애인이 생기자 11살의 소년을 먼 친척집에 맡기고 서울로 갔다." 그 뒤 "일년 만에 용산역에서 만난 엄마의 등엔 배다른 동생이 업혀 있었고 연애가 깨진 어머니는 용산 창녀촌에서 무당으로 있는 이종언니의 도움으로 창녀들의 속옷을 빨았다. 그(정도상)는 학교에서 돌아와 다방과 식당을 돌아다니며 껌과 신문을 팔았다."는 작가 정도상. 거기에다 아들을 먼저 저 세상으로 보낸 아픔까지 겹쳐지노라면 정도상의 신산(辛酸)한 삶의 체온을 재기 어렵게 된다.

"화전민이셨던 아버지는 소개령이 떨어지자 도시로 나와 밑바닥 인생을 걸었지요. 채소장수, 닭장수, 막걸리 배달꾼 등, 지지리도 복도 없고 가난한 아버지"였는데, "복에 겹게도 세 분의 어머니"가 계셨다는 안상학도 이 계열에서 빠질 수 없다.

이들과 비슷하지만 이념적인 갈등으로 더 치열했던 경우도 있다.

"전남 순천의 선암사에서 부주지 철운 스님(시조시인 조종현, 8.15 후 용공으로 몰림)의 4남4녀 중 차남으로 태어난" 조정래의 가계(家系)는 이미 상식으로 굳어져 있어, 작가의 생부가 《태백산맥》의 법일 스님으로 형상화되어 등장한다는 사실조차도 유명하다.

한국전쟁 중 목숨 부지하기가 어려운 처지에서 열아홉 살 총각은 몰래 광주시내로 피신, 지인의 도움으로 공장에 숨어 살면서 군대도 가지 못한 채 "오랜 세월을 무국적자로 살면서 그를 낳았다"

는 대목에 등장하는 그는 시인 오봉옥이다.

"지주의 아들이었던 그의 아버지는 그 시대 지식인들이 대부분 그러했듯 사회주의자였고 분단시대의 마지막 빨치산이었다. 남편의 생존을 비밀에 부쳐야 했던 어머니는 그의 임신으로 '부정한 년'으로 몰려 몰매를 맞으면서 생계를 이어갔다."는 문장에 등장하는 '그'는 바로 시인 이원규이다.

그리고 "전남도당 조직부장이었던 아버지와 남부군 정치지도위원이었던 어머니"사이에 태어나 지리산과 백아산이란 글자에서 이름을 얻은 건 정지아다.

꼭 친부모만이 문제가 아니다. 정철훈은 백부의 체험을 작가가 대신 앓는다.

"1923년 광주에서 태어나 월북한 그의 큰아버지는 북한의 국비 유학생 신분으로 모스크바의 차이코프스키 음악원에 유학을 갔다가 그곳에서 북한 유학생들과 함께 반 김일성 운동을 주도한 뒤 카자흐스탄으로 망명해 오랫동안 무국적자로 살았다."는 실화를 바탕으로 하여 정철훈은 시집 《뻬쩨르부르그로 가는 마지막 열차》를 썼다.

"아버지의 무능함이 싫었어요."라고 말하며 그 무능함을 피하고자 문인이 된 장석주가 있는가 하면, 굴곡 심했던 근현대사에서는 행운아도 있었다. "일본 유학파였던 아버지와 신여성인 어머니 사이에 무남독녀"로 태어난 건 수필가 이경희다.

4. 문학과 창작방법론 모색

족보보다 더 은밀한 건 바로 문학인 당사자의 내밀한 사생활일지 모른다. 숨길게 없으면서도 내놓기를 꺼리는 경우가 많기에 정진희의 인터뷰는 취재는 했으나 글로는 쓸 수 없었던 예가 몇몇 있어 못내 아쉽다. 그런대로 다 알고 있는 사실이지만 문학인의 내막은 독자들에게 언제나 기웃거림의 대상임에 틀림없다.

"1983년 결혼 후 부인 이상화 교수(현재 중대 영문과)와 안성에 정착하여, 지금은 영국 유학에서 돌아온 딸 차령(25세)이가 함께 사는 하얀 이층집"은 널리 소개된 고은 시인의 사저(私邸)의 창 너머를 보여주는 장면이다.

남의 집안 들여다보기의 화두는 여류문인들에게 더 쏠릴 수도 있을까.

"미술평론가인 남편에 대해선, 영원할 듯싶은 첫사랑의 감동은 사라졌지만 대신 남편의 자리가 너무 익숙해서 벗고 싶지 않고, 오래 신은 신발처럼, 발의 피부처럼 느껴진다"는 권지예의 뱀장어 스튜 같은 은근한 부부애를 절시(竊視)하는 쾌감도 정진희는 제공해준다.

"결혼 10년차인 그녀에겐 친구이자 동료인 남편과 5살 난 딸 애진이가 있다"는 건 작가 김윤영의 집안으로 이 정도면 문학인의 가정으로는 평범하다고나 할까.

"아이들 둘과 함께 살다 지금 아들은 아빠와 살고 딸만 데리고 산다는 그녀는 최근 스무 살인 딸과 함께 다녀온 인도 여행을 통해 서로를 깊이 사랑하게 되었다"는 건 전경린의 경우로 요즘 세상에 흔히 보는 예이다.

비슷한 처지는 "풍족하고 평범했던 결혼생활이 IMF로 인한 남편의 사업 실패와 이혼으로 끝나고 두 아이의 교육과 생활을 책임지며 살아온 지 8년 째"인 건 김진초이다.

이런 선배 여류들에 대비되는 자유로운 영혼을 김선우에게서 찾을 수 있다.

등단 15년 차, 나이 마흔, 한 번도 연애를 하지 않은 적이 없다는 싱글, 언제든 떠날 준비가 되어 있는 자유로운 영혼인 그녀 (중략)

사랑 지상주의자이지만 법적 혼인 관계는 맺지 않을 것이며 내 민족, 내 핏줄, 내 자식에 연연하지 않고 아이가 필요하다면 입양하겠다는 그녀의 결심은 다부지다.

김선우 인터뷰, 〈뒤척이는 날 것의 몸을 끌고 아름다운 세속을 꿈꾼다〉

여기에 비해 남성작가들의 삶은 매우 거칠다.

고교 1학년 때 자퇴, 백화산 만덕사로 들어갔다가 "1980년 신군부의 10.27법난(法難) 때 승증(僧證)도 없고 주민등록증도 없어 포승줄에 묶여 하산했는데 반공교육을 철저히 받았던 터라 얻어터지면서도 그들이 무장공비가 아니라는 사실에 안심"이 되더라는 이원규. 그는 이제 지리산 지킴이가 되어 머물고 있다.

"오징어잡이 배나 양식 채취선을 타기도 하고, 포장마차 사장, 트럭 운전수, 공사판 잡부와 시골 다방 DJ 등 안 해 본 일이 별로 없다."는 작가 한창훈은 그 경력만큼이나 큼직한 몸체를 드러내 준다.

공고를 나와 핵발전소에 근무하면서 전기가 무섭다는 시인에게 아직도 무서우냐니까 "요즘은 권력이 제일 무서워요."라는 건 함민복이다.

왜 문학인에게 낭만이 없을소냐.

비를 너무 좋아해서 "비 오는 날 술 한 잔 걸치는 것은 당연지사. 다른 도시에 비가 오면 택시를 타고 그곳으로 달려간다."는 이정록의 정취를 잊을 수 없겠다.

　이토록 도를 닦듯이 자신의 삶을 닦달해가며 문학인은 창작의 세계를 구축하는 존재인데, 그들에게 대체 문학이란 무엇일까.

　"문학은 장르와 상관없이 인간을 탐구하는 작업이란 말이야. 인간의 본질과 근본에 대한 끊임없는 질문으로 문학을 하다 보면 자연히 역사를 알게 되고 역사의식, 사회의식이 생기지."(중략)

　"작가란 잠들어 있는 영혼, 깨닫지 못한 영혼, 삶에 지친 영혼을 흔들어 그것을 훔쳐서 내 영혼과 교감하되 그것도 완전히 몰입, 몰두하는 치열성을 가져야 돼. 그래서 진정한 작가란 인생에 대한 모색자이고 역사에 대한 탐험이지. 거짓된 역사기록의 행간에서 진실을 찾아내는 사람이며, 이 세상의 모든 비인간적인 것에 저항하는 인류의 스승이자 그 시대의 산소인거야.

　조정래 인터뷰, 〈서러운 역사의 땅에서 진실을 찾아 헤매며 글 쓰는 예술인〉

　정진희의 인터뷰 기사 중 가장 정론적인 내용은 아마 조정래와의 대담일 것이라고 할 정도로 이 부분은 진지하다.

　문학의 궁극적인 가치에 대해서는 그 방향은 다르나 윤후명 역시 "문학의 역할은 모든 병든 가치관을 고발하는 데 있으며, 문학은 무엇보다 진실에 민감해야 한다는 그가, 진실이란 우주의 질서와 인간의 질서가 조화를 이룰 때만이 꽃을 피우는 숭고한 영역이라고 한다."고 주장하고 있다.

　"정치와 문화는 모두 인간의 행복을 추구한다는 것에서 본질적으로 같다"고 한 건 시인 정현태 남해군수이다.

　"시란 내게 어머니와 같은 존재"라는 정호승은 겸허하게 "삶이 뭔지, 내가 누군지도 모르는데 시를 어떻게 알겠어요? 단지 스승이 셨던 조병화 선생님께서 '시는 명예도 아니고 돈도 아니고 사랑도 아니다. 다만 죽어 가는데 조금 위안이 될 뿐이다.'"고 정의한다.

그래서일까.

"'나'는 신인가 하면 악마이고, 의식과 무의식이 뒤엉킨 실타래이며, 욕망과 사랑이 부글부글 끓는 혼돈의 도가니이죠. '너'는 세상이고 집단이고 타인이라고 할 때, 개인인 '나'와 세상인 '너'와의 만남은 상처내고 각성시키는 관계인 겁니다. 거기서 생겨난 상처와 각성의 드라마가 소설인 거죠."라는 건 신학을 전공한 목사 후보생이었던 작가 이승우의 아리송한 말이다.

"시 쓰기는 인생이라는 그릇에다 빠져나간 결핍을 하나하나 불러와 시로 채우면서 마음에서는 비우는 행위"라는 안상학이나, "시는 순간의 꽃", "아픔도 시도 푹푹 삭고 삭히면 누군가를 매료시키는 향기가 된다."는 건 정철훈이다.

이정록의 문학관은 특이하다.

"지금까지 인류가 지켜온 거대한 측은지심은 가정, 식구여. 이것도 못 지키는 문학은 폼이고 개뿔이여." 라면서, "시인은 괴로움을 메고 가는 존재여. 근데 아픈 게 좋은 거여."라거나, "문학이 재미없는 것은 죄."라는 일침은 난해성 시에 대한 일침이기도 하다.

5. 맺는 말

이렇듯 출생배경부터 성장과정, 문학관 등등이 저마다 각각인 문학인을 한 자리에서 만날 수 있다는 건 여간 흥밋거리가 아니다. 이왕 내친 김에 흥미를 끄는 문학을 하게 된 동기를 살짝 엿보노라면 김선우의 돈오돈수가 눈을 번쩍 뜨게 만든다.

결정적인 계기는 20대 초중반, 운문사 객방에 머물던 어느 날 저녁, 이름 모를 한 비구니에게서 왔다.

"출가 하시려구요?"

뜻하지 않은 비구니의 질문을 받고, 방안의 나무책상 속에 들어있던 반달 모양의 빗살 위로 장지문을 통해 들어온 햇살이 머물다 사그라들던 시각. 시인이 되어야겠다고 그녀는 나지막이 중얼거렸다.

그리고 '내 문학이 도달할 수 있는 궁극의 지점에서 부끄럽지 않게 저이를 다시 만날 수 있어야겠다는 생각'이 문학에 대한 그녀의 초발심이 된 것이다.

김선우 인터뷰, 위와 같음.

타고난 글쟁이들의 탄생 순간이 설화처럼 그 모습을 드러낸다. 이건 누구에게나 있을 법한 이야기도 아니고 설사 그랬더라도 문사로 장래가 보장되지도 않는다.

"글쓰기 공부를 할 때 대부분 독자가 요구하는 대중적 기술부터 배우기 때문에 장르의 벽을 넘기 힘들어 진다고 생각해요. 폭 넓은 독서와 경험이 중요하고 특히 산문은 주변에 대한 깊은 애정과 통찰력이 필요한 분야에요."라고 김선우는 조언한다.

다른 한편 김윤영은 "별건 아니지만 제겐 비밀병기에요. 이곳저곳 취재하거나 여행하면서 떠오른 단상들과 시야에 포착되는 것들, 시장 같은 데서 들려온 사람들의 대화 내용 같은 걸 적은 건데요. 열 몇 권쯤 돼요."라고 근면한 취재열기를 내비친다.

"인생은 결국 죽어가는 것 아니겠습니까. 아름답게 죽어가는 것이 중요하지요."라는 오봉옥의 말처럼 문학은 죽기 연습인가.

"흔들리지 않으려고 나무는 흔들린다"라는 묘비명을 준비한 함민복은 "죽기 전에 배를 타고 서해에서 동해까지 돌아보고 싶고, 비행기를 한 번 타보고 싶고, 공익을 위해 싸우다 옥살이를 하고 싶다."고 하는데, 이 말 속에는 생을 향한 진지한 각오가 느껴진다.

한 권의 책으로 26명의 저명인사를 만나보는 시간은 물리적인 길이와 관계없이 무척 소중하다. 어쩌면 정진희에게는 이 책이 계기가 되어 연륜에 관계상관 없이 인터뷰의 재능과 끼를 맘껏 발휘할 전환기를 맞을 수도 있을 것이다.

정 작가의 행운과 건필을 빈다.

겨울의 초입에서, 임헌영

목차

고은

폐허의 고아로 태어나
우주의 언어를 구걸하는 천재 시인

사진 서지나

1933년 전북 군산 출생.
1958년 《현대문학》에 〈봄밤의 말씀〉〈눈길〉 등 추천받아 등단.
1960년 첫 시집 《피안감성》 출간 이후 시, 소설, 평론, 수필 등 전 장르에 걸쳐 활동.
1989년 이래 영미, 독일, 프랑스, 스웨덴을 포함한 20여개 국에서 시집, 시선집 출간.
저서: 시집 《순간의 꽃》, 시선집 《오십년의 사춘기》, 산문집 《개념의 숲》,
　　　서사시 《백두산》(전7권), 《고은시전집》(전2권) 《고은전집》(전38권)
　　　《만인보》(전30권), 《허공》, 《내 변방은 어디 갔나》 등 150여 권의 저서 간행.
약력: 경기대 대학원 교수, 미국 버클리대 초빙교수(시론 강의), 하버드대 옌칭연구
　　　소 연구교수 역임.
현재: 서울대 초빙교수, 단국대 석좌교수, 겨레말큰사전 남북공동편찬 사업회 이사장.
수상 경력: 만해문학상, 대산문학상, 중앙문예대상, 대한민국예술원상 등과 스웨덴
　　　시카다상, 캐나다 그리핀공로상 등 국내외 다수의 문학상과 훈장 수여.

모든 예술은 미완성 속에 있지. 이게 무한한 매혹이야

"여름 끝엔 태풍이 있어 참 좋아. 천둥번개, 비바람… 이런 거."

질풍노도의 삶을 살아 온 고은 시인의 첫 마디였다.

천둥번개인가하면, 호젓한 바닷가에 누워있는 물거품이고, 포효하는 사자인가하면, 어느새 천진한 세 살배기 아이처럼 웃고 있는, 이 시대의 큰 산, 거목이라 불리는 그의 시선을 따라 가니 응접실 창문 밖 나뭇잎들이 여름장마비에 초록 물을 떨구고 있다. 머지 않아 알찬 열매를 수확하며 '지난 여름은 위대'했노라 할 터.

한국문단에서 태풍의 눈이었던 그의 초인적 열정이 이루어낸 '민족대서사시' 《만인보》(전 30권, 총 4,001편)는 그의 지난 여름이 위대했음을 증명하기라도 하는 듯 국내외의 찬탄이 쏟아지고 있다.

1980년 육군교도소 특별감방 7호에 수감 중 훨훨 나는 나비떼처럼 찾아온 시 구상으로 1986년에 시작하여 25년 만에 완간한 역작이다.

고조선부터 광주항쟁에 이르기까지 5,600여 명의 인간 군상들에 대한 삶과 죽음, 희로애락과 사연들을 개인적, 민족적, 역사적 진실, 혹은 숨겨진 비화를 바탕으로 풀어 낸 '한민족의 호적부'이며 '거대한 벽화'라 하겠다.

"모든 예술은 미완성 속에 있지. 이게 무한한 매혹이야. 시대와 상황에 따라 계속 변모하는 인간을 규정한다는 것 자체가 미완성이라 《만인보》는 그런 의미에서 미완성이야. 30권은 약속이고 언제든 써야겠다는 생각이 들면 또 써야지. 너무 많아. 역사 속에 인간들이 구더기, 구더기처럼 많아."

시 같은 언어들이 깃털처럼 내려앉는다.

해마다 노벨문학상 후보로 거론되는 그가 그동안 출간한 책들과 전시회를 마친 유화 그림을 등지고 앉은 모습은 그대로 한 편의 역사이고 시이며 그림이었다.

사람은 사람과 사람 사이에서 기어이 사람이다

〈서시〉

너와 나 사이
여기에 머나먼 별빛이 온다
부여땅 몇 천리
마한 쉰네 고을마다 변한 진한 마을마다
나와 너 사이 만남이 있다
그 이래 하나의 마음이 되고만 노래에 이르기까지
하나의 노래 수많은 노래로 흩어지기까지
이 오랜 땅에서
서로 헤어진다는 것은 확대이다
어느 누구도 혼자일 수 없는
삶의 날들이 있다

오 사람은 사람과 사람사이에서 기어이 사람이다.

이렇게 《만인보》는 제1권 〈서시〉로 시작해, 신화적인 한 소년의 탄생과 성장을 통해 시인의 자화상을 은유적으로 노래한 〈그 석굴 소년〉을 마지막으로 30권의 거대한 날개를 접는다.

(중략)

그대로 하여금 이 세상의 낙조 가득히
이 세상의 길고 긴 이야기 다함 없느니
오늘밤도 그대 따라가는
만인의 삶 이야기 삶과 죽음 이야기 그칠 줄 모르리

지금 세상 밖은 온통 머리 푼 바람 속

영겁의 소년 수레여 다할 줄 모르는 영겁의 돌책이여 돌노래
여 돌이야기들이여

〈그 석굴소년〉

'사람에 대한 끝없는 시적 탐구이자 이름 없는 역사 행위'가 예술성은 물론 공공성과 역사성을 획득함으로써 한국문학사뿐만 아니라 세계문학사에서도 그 전례를 찾을 수 없는 기념비적인 작품이다.

초기의 허무주의에서 격변하는 현대사의 현장을 온 몸으로 맞서며 실천주의로, 지금은 우주의 언어로 거대한 서사의 영역을 넓혀가는 세계적인 시인 고은. 여전히 초인적 창작과 독보적인 강의로 대학의 젊은 가슴들을 사로잡는 이 시인의 야윈 몸 어디로부터 그 많은 광기와 신명이 솟는 것인지…… 코끼리의 콧잔등을 쓸어보는 격이겠지만 발원지를 더듬어 본다.

내 시의 고향은 폐허야. 난 거기서 태어난 고아이고 언어의 거지지

"어린 시절 동네에 대길이라는 머슴한테서 처음 한글을 배우고 소설을 읽게 됐으니 내 문학 최초의 스승인 셈이지. 그러다 중학교 1학년 교과서에 실린 이육사의 〈광야〉를 만났을 때 내 가슴은 찢어지는 줄 알았어. '백마 타고 온 초인'이 시간과 공간을 초월하며 주름잡는 인간의 장엄한 세계가 내 혼을 달구어 버렸지."

이어서 또 하나의 사건은 한국전쟁 직전, 어느 날 하교 길에서 주운 시집 《한하운 시초》였다.

그 저녁 무렵의 감격을 내 삶의 어떤 출발로 삼을 만했다는 시인은 한하운 시인처럼 문둥병에 걸려 떠돌며, 눈썹이 빠지고 발가락이 떨어져 나가는 동안 시를 써야 한다는 각오를 하게 된다.

이육사와 한하운의 처절한 고난의 삶이 반영된 시에서 출발한 그의 시세계는, 전쟁의 광적인 살인과 폐허를 목격하면서 출가한 지 10년 만에 환속한 이후로 허무, 절망, 죽음에 대한 탐미의 시들을 쏟아냈다.

"내 시의 고향은 폐허야. 난 거기서 태어난 고아이고. 언어의 거지지. 권력은 대개 도둑이나 강도인데 예술가는 거지거든. 난 우주 속에서 언어를 구걸하는 거지인 거야."

네 번의 자살시도와 함께 폭음과 방랑의 시간이었으나, 전쟁의 폐허에서 정신의 폐허를 경험하며 전(全)작품을 통해 과거의 어떤 흔적이나 유산을 거부한 '고아' 정신이야말로 그의 근원적 힘이랄 수 있겠다.

허무와 죽음을 노래하던 그의 만성병적인 예술주의가 현실참여주의로 전환하게 되는 사건은 1970년의 어느 날 새벽에 일어났다.

술 취해 잠들었다 깨어난 술집 바닥에 나뒹굴던 신문에 실린 노동자 전태일의 분신자살 기사는 그에게 모진 불면증이 사라지고 자살에의 원망이 온데 간 데 없어진 하나의 환원이고 하나의 전환이었다.

그로부터 90년대 초까지 네 번의 투옥, 유폐, 연금 등 죽음 직전의 극한 상황을 체험했으니 이로써 시는 궁극적으로 언어에 속하기보다 행위에 속한다는 자신의 말을 철저히 대변했으며 이에 대해 임헌영 평론가는 그의 혁명적 정열이 브레히트나 푸쉬킨, 네루다를 능가하며 저작 분량은 괴테나 톨스토이, 위고에 뒤지지 않는다고 말한바 있다.

그가 그토록 열망한 통일과 민주화, 그리고 문학의 자리는 지금 어디쯤일까.

"통일은 한 번으로 실현되는 어떤 '점'이 아니야. 끊임없이 문제로써 규정해 나가며 이어지는 '선'이지. 오늘 민주화의 퇴화는 불명예스럽게 극복되고 명예롭게 전개되리라 믿어. 그리고 요즘 시가 죽었다는 말들을 하는데, 앓는 자 또는 앓아본 자만이 그 병을 앓는 다른 환자의 진실에 닿을 수 있는 것처럼, 시도 병들어야 병든 사람의 친구가 될 수 있어. 시는 교훈이나 계몽이 아냐, 친구지, 친구. 근데 요즘 재밌는 친구들이 오죽 많아? 인터넷, 게임, 영화 등등. 그냥 빠지게 내버려둬. 시가 죽어야 할 땐 더 죽어있어야 돼. 바닷가에 물거품처럼 쫘악 깔려 있다가 인간 본성에서 보배를 찾고 싶을 때, 그때 시를 찾으면 돼. 다 그럴 때가 와."

어떤 글이든 진리든 내 안에 들어오면 화학반응이 일어나. 병적으로 모방불능증이야.

90년대 들어 특별사면 후 여권소지자가 되자 미국, 호주, 남미를 비롯 유럽 각국에서 강연과 인터뷰 초청이 밀려들고, 그들의 언어로 시집 출간이 활발히 이뤄졌다.

스웨덴판 《만인보와 다른 시》들은 비유럽어권 시집 최초로 '고금의 고전'에 선정되어 중고교 교재로 채택되었으며 미국의 시인 로버트 하스는 《만인보》를 20세기 세계문학사상 가장 비범한 계획이라고 논평했다.

"변방의 문학으로 곤고하던 한국문학을 세계문학의 중심으로 견인해가는 영원한 청년 고은은 우리에게 홀연히 주어진 축복이자 영광이다."라는 장석주 시인의 말처럼, 한국문학의 위상을 높여가는 그에게 '경이의 시인'은 당연한 수식어이리라.

우주, 물리학, 사회, 역사 분야를 특히 좋아하며 지금 읽고 있는 책은 폴 발레리의 산문집이라고 한다.

"좀 어려운 책을 읽으면 낯선 쾌감에 온 몸의 세포가 긴장이 돼. 그렇지만 어떤 글이든 진리든 내 안에 들어오면 화학반응이 일어나. 병적으로 모방불능증이야."

그의 시가 삶이듯 그의 말이 곧 몸이다. 이생과 전생을 넘나드는 신기(神氣) 가득한 눈빛이 형형하다. 《만인보》 이후엔 아시아의 고대철학과 그 이후의 사상을 녹여낸 형이상학적인 세계가 될 것 같다는 말과 함께 서재를 향하는 그를 따라간다.

응접실에서 거실을 가로질러 있는 서재는 집필실 겸 서고이다. 마당을 향해 난 커다란 창을 제외하곤 삼면의 벽과 바닥이 책으로 가득 쌓여있다. 바닥에 놓인 커다란 두 개의 책상 중 하나가 《만인보》를 쓰던 책상이다. 요즘은 입식책상이 편하다며 창 쪽에 놓인 책상에서 가을에 있을 국제회의에서 발표할 원고를 준비하고 있단다.

1983년 결혼 후 부인 이상화 교수(현재 중대 영문과)와 안성에 정착하여, 지금은 영국 유학에서 돌아온 딸 차령(25세)이가 함께 사는 하얀 이층집 곳곳엔 소박함과 지적 정갈함이 은은한 품위를 지키고 있다.

잔디 깔린 마당 한켠에 놓인 두 개의 그네와 담장 쪽에 나란히 놓인 세 개의 개집에 사는 강아지들도 한 식구이다. 비 그친 마당에서 강아지 '오월'이를 부르는 시인의 목소리가 솜사탕처럼 가볍고 달큰하다. 만면에 웃음 띤 모습은 천상 '소년'이다.

2년 전, 58년 만에 화가의 꿈을 이룬 그에게 문학과 미술 이외의 꿈이 있다면 나무를 심는 거란다.

"내가 쓴 책이 다 종이잖아. 그건 나무이고. 나무를 너무 많이 학살했으니 이 지구상 어디에라도 심어서 조금 갚아야 할 거 같아."

시의 농부이듯 삽을 든 농부로 나무를 심고, 80세가 되면 시베리아 횡단열차를 타겠다는 시인의 가늘고 긴 손을 맞잡고 대문을 나선다.

제법 긴 골목 어귀를 벗어날 때까지 대문 앞에 서있는 그의 모습이 백미러에 비친다. '사람'에 대한 시인의 애틋한 정이 긴 길을 따라와 거울 속에 오롯이 담겨진다.

그가 기존의 규칙과 체제의 벽을 넘고, 문학 장르의 경계를 넘고, 한용운과 서정주를 넘어 도달한 우리 문학의 가장 높은 봉우리. 그곳에서 세계의 대문호들과 겨루는 이 역사적인 현장이야말로 '우리에게 홀연히 주어진 영광이자 축복'이리라.

'전위, 탐미, 민중, 실험, 서정, 서사를 한 몸에 아우르는 세계 유일의 시인'이라는 그의, 아니 우리의 《만인보》가 수메르의 《길가메시》처럼 수천 년, 수만 년 후에 올 인류의 후손들에게 최초의 서사시로 읽히게 될 꿈을 '와장창' 꾸어본다.

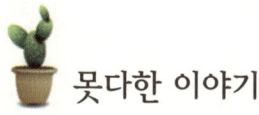

못다한 이야기

선생이 살아온 삶의 궤적과 문학적 성과도 그렇거니와 그의 입에서 나오는 말들도 예술적이다. 가령 '미래'에 대해서 물었을 때다.

"미래는 불가측이야. 캄캄한 달의 이면인거지. 미지의 달 후면인 거야. 매혹적이지. 가서 봐야 해. 자기가 쪼개져서 가는 거야."

오른팔을 높이 들어 올리며 달을 설명하는 선생의 진지한 목소리에 숨을 죽였다. 그리고 나는 이렇게 해석했다.

미래를 예측할 수 없는 것은 '내'가, '세상'이 끊임없이 변화하는 존재이므로, 어떤 한계 속에 갇히거나 머무르지 말며 무한히 열려 있고 해체되어 새로운 존재로 거듭나야 한다고. 그때 미래는 꿈꾸는 만큼 다가오는 것이라고…….

그러면서 선생은 인류의 마지막 가치는 '여성성'이라고 했다.

"인류 생성 시엔 모계 사회였다가 남성 중심의 가부장 사회로 변천돼 왔지만 지금은 반동의 시기이지. 모든 양성이 여성으로 될 것 같아. 지구의 모든 것은 여성적 가치로 귀결되리라고 봐."

육감과 영감의 천안(天眼)을 지닌 선생의 말이다.

다작에 비해 선생의 시가 노래화 된 것은 〈세노야〉와 〈가을 편지〉 두 편 뿐이다. 두 곡이 다 국민 노래 수준이지만 선생의 시라는 것은 많은 사람들이 모르고 있다.

가을이면 어김없이 방송에서 가을엔 편지를 하겠어요. 누구라도 그대가 되어 받아주세요라며 흘러나오는 가사에 가을이 확! 쓸

쓸해지는 경험을 해본 적이 있을 것이다.

　스스로 왼쪽 귀에 청산가리를 붓고 그 여파로 오른쪽 귀마저 인조 고막을 넣은 것은 70년 대 말. 기이한 행동과 자살 시도로 점철됐던 선생에게도 멜랑콜리했던 시절이 있었던 것이다.

　선생의 현재 '그대'는 아내다.

　영문학 교수인 아내에 대해선 "신령스러워. 세속화되지 않은 내 유토피아지. 아내는 내 혼의 동행이야."라는 형이상학적인 대답 밖에 듣지 못했지만 '내 혼의 동행'이라는 말이 품은, 그 어떤 허물도 소용없는 유정한 세월과 신뢰와 존경이 감지됐다.

　이름 앞에 '천재적'이라는 수식어를 달고 있지만 정작 시는 천재의 것이 아니라 둔재의 것이라는 시인.

　"시는 시간이 필요해. 바람, 이슬, 아픔, 주름…… 이런 것들이 시를 만드는 거야."

　선생의 주름진 말에서 눅눅한 바람이 불어와 꽃 한 송이를 피운다.

　내려갈 때 보았네
　올라갈 때 못 본
　그 꽃

(2010년 9월)

권지예

산다는 것은
아름다운 지옥에서 행복한 재앙을 견디는 일

사진 _ 백승휴

1960년 경북 경주 태생.
1997년 〈라쁠륨〉으로 등단.
저서: 장편소설 《유혹 1,2,3》,《4월의 물고기》,《붉은 비단보》,《아름다운 지옥 1,2》.
　　　소설집 《퍼즐》,《꽃게무덤》,《폭소》,《꿈꾸는 마리오네뜨》.
　　　그림소설집 《사랑하거나 미치거나》,《서른일곱에 별이 된 남자》.
　　　산문집 《권지예의 빠리 빠리》,《해피홀릭》.
2002년 이상문학상 수상
2005년 동인문학상 수상

여성의 상처에 천착했던 작가 권지예가 '행복'도 모자라 '행복 중독'이란 뜻의 산문집 《해피홀릭》(2007, 웅진지식하우스 펴냄)을 발간했다. 작가의 말에서 고통은 행복을 깨닫게 해주는, 단지 입에 쓴 알약에 불과하다는 믿음 때문에 저는 이제 해피홀릭이 된 것 같습니다라는 그녀는 상처로 인한 피 흘림 후에 오히려 소중한 행복을 얻은 듯하다.

해피홀릭된 그녀의 작업실이 있는 목동으로 가기 위해선 양화대교를 건너야 했다. 이내가 깔리는 시각, 해는 김포 하늘을 질펀하게 물들이고 있었다.

Don't worry! Be happy!

마주보는 파란 소파와 책상 두 개, 세 점의 그림, 높낮이가 다른 책장들과 낮은 책장 위에 놓인 화분, 탁자 위 유리 그릇 속에 담긴 히말라야 산의 기이한 돌들이 있는 그 방의 주인은 웃는 모습이 배우 송윤아를 닮았다. 나는 아무튼 해피홀릭이 궁금하다.

"행복에 중독되기 위해서는 어떤 객관적이고 기준적인 수치가 있는 것이 아니고, 각자 나름대로 자신의 삶 속에서 자신이 적정하게 느낄 수 있는 행복감이 있을 것 같아요. 저는 그것을 제 인생을 지탱해 주고 살찌워 준 주변의 사람들, 또 추억 속의 사람들, 그리고 그 사람들과의 관계에서 나름대로 처방을 찾았죠. 행복해지는 데는 걱정이 필요 없더라고요. '돈 워리, 비 해피'에요."

신간 《해피홀릭》에는 의자왕이 삼천궁녀를 거느리듯 대략 삼천 권 정도의 장서를 소장한 책에 미친 남자와 결혼한 사연, 나이 육십에도 엉덩이에 뿔난 미친 십대의 광기와 바람기를 동경하는 화가 K씨, 친구 J의 어긋난 운명, 금도끼의 교훈을 되새기며 양심을 아프게 찌른 선생님 등, 그녀와 인연을 맺었던 사람들과 사랑보다 더 인간적이고 위대한 감정이 측은지심임을 깨닫게 해준 가족과의 이야기들이 담겨있다.

길고, 부드럽고, 딱딱하고, 외로운 인생 같은 빵 바게트가 어떨 때는 눈물의 빵이 되기도 하고 어떨 때는 기쁨의 빵이 되기도 한 것처럼, 그녀가 히말라야에서 가져왔다는 갈라진 두 개의 돌이 하나의 돌인 것처럼, 기쁨과 슬픔이, 행복과 불행이, 선함과 악함이, 서로 공존하며 어우러져 사는 삶 속에서 이왕이면 행복에 중독되자. 돈 워리! 비 해피!

지울 수 없는 얼굴, 그리운 얼굴, 용서할 수 없는 얼굴.

올 봄에 다녀왔다는 히말라야 트래킹은 그녀에게 많은 느낌을 준 것 같다. '행복중독'도 그렇고.

"올해 1월에 산악인인 엄홍길 대장의 도움으로 한라산 백록담 정상을 다녀왔어요. 그 분이 저 땜에 고생깨나 하셨지만. 그것에 용기를 얻어 봄에는 히말라야를 김남일 대장을 따라 몇몇 작가들과 갔다 왔는데 너무 좋았죠. 히말라야에 갈 땐 내가 행복하지 못하다고 생각했거든요. 모래 바람, 돌 바람이 얼굴과 온몸을 사정없이 휘갈기는데 얼마나 아프던지, 그래도 저는 아파도 싸다고 생각했어요. 제 안에 쌓인 무언가를 버리고 오지 않으면 견딜 수가 없었거든요. 삶의 중반에서 정신의 분리수거랄까, 영혼의 리모델링이 필요했지요. 히말라야에 갔다 오면 인생에서 왠지 큰 산을 하나 넘은 듯 뭔가 보일 것 같기도 했고요."

그 돌 바람 속에서 그녀는 지금껏 자신을 키운 것은 그동안 생애를 함께한 숱한 얼굴들이었음을 깨달았다.

지울 수 없는 얼굴, 그리운 얼굴, 용서할 수 없는 얼굴 등.

"돌아오고 나니 인생길의 큰 터널을 지나온 거 같은 느낌이 들어요. 기운도 많이 얻어 오고 한동안 무슨 마약을 먹은 듯 건강하고 밝고 행복한 기분으로 즐거웠어요. 해피홀릭이 된 거 같았죠."

인생이란 다만 뱀장어의 몸부림과 같은 격정을 조용히 끓여 내는 일

올해로 등단 10년째, 2002년 제26회 이상 문학상을 수상하면서 '혜성 같이 나타난 작가'라는 호평을 안겨준 작품은 〈뱀장어 스튜〉이다.

　두 개의 흉터(손목의 자살 흉터와 사랑하는 남자의 아이를 몰래 낳았던 배의 흉터)를 가진 여인이 파리의 가난한 화가인 남편과 아이의 아버지인 한국의 남자를 두고 과거와 현재 사이에서 겪는 사랑과 갈등을 그린 것이다.

　오고 싶을 땐 언제든지 와. 난 항상 열려 있으니까. 아니, 난 문이 없어라는 남자를 못 잊어 2, 3년을 주기로 남자를 찾아가곤 했던 여자가 58일만에 집으로 돌아오자 남편은 삼계탕을 끓이면서, 살아서 펄떡이는 것들을 모두 스튜 냄비에 앉히고 서서히 고아 내는 일, 살의나 열정보다는 평화로움에 길들여지는 일, 그건 바로 용서하는 일인지도 모른다고 말한다.

　〈뱀장어 스튜〉의 무대가 파리와 한국이듯 그녀의 작품에는 파리가 자주 등장한다. 파리에서 8년간 유학 생활을 한 탓이리라.

　작업실 창밖으로 어둠이 몰려들고 있었다. 근처 일식당으로 자리를 옮겨 정종을 반주로 이야기를 이어갔다.

〈유조선 타고 떠난 대양체험기(소설가 : 김종광, 시인 : 유용주, 이성아)〉

시간이 흐를수록 새의 지저귐 같은 그녀의 목소리와 진솔하고, 밝고, 따뜻하고, 소탈한 성격에 나도 해피홀릭이 된 듯했다. 8년간의 중학교 영어교사를 접고 8년 동안 유학했던 파리생활에 대해 물었다.

편하지만 너무 빤한 아내 한국, 매력적이지만 가질 수 없는 애인 프랑스

"파리와 남동쪽에 경계한 이브리 쉬르 센느라는 도시에 살았어요. 침실 하나 딸린 약 15평 크기의 아파트였는데 파리의 차이나타운이 가까이 있는 좀 가난한 동네였지요. 남편의 공부 때문에 갔는데 국립대학은 학비가 무료더라고요. 공짜인데 안할 수가 없죠. 또 아이를 낳으면 생활비의 거의 삼분의 일이나 보조비가 나온대서 둘째 아이도 낳았죠. 탁아소 시설이 워낙 잘 되어 있어서 공부하는데 크게 지장 없이 아이도 갖고, 생활비도 벌고, 공부도 했으니 일석삼조라고 해야겠네요."

한국아줌마다운 야물고 억척스런 얘기에 유쾌해진다.

"그곳은 인터넷이 없는 단절된 세상이었어요. 들고 간 녹음테이프를 다 늘어질 때까지 들은 조용필, 심수봉, 해바라기…… 심수봉과 패티김 노래를 파리에서 들으니 너무 좋았어요. 파리에서는 셀린느 디옹을 좋아했고요. 외식으로는 근처 차이나타운에서 일명 '똥끼누와즈'라고 부른 월남쌀국수를, 음산하고 가랑비 오는 전형적인 파리의 가을날 자주 먹었죠. 지금도 많이 생각나지만 한국에서 먹는 쌀국수는 그 정조를 절대 대신해 줄 수 없더군요. 한국은 편하지만 지겹고 또 너무 빤하지만 결코 버릴 수 없는 아내 같고, 프랑스는 매력적이고 자유롭고 멋지지만 영원히 가질 수 없는 애인 같은 느낌이랄까? 그네들의 문화의 수용에 대한 관용성, 개성을 중시하는 자유로운 풍조가 참 맘에 들었어요."

불어의 '아 베 세 데'도 모르고 간 프랑스, 어학연수에서 박사학위를 받기까지 생활 곳곳의 경험담을 소개한 산문집 《권지예의 빠리 빠리 빠리》는 파리의 문화를 간접 체험하는 즐거움을 준다.

현금자동지급기에 공중전화카드를 밀어 넣고서는 돈이 안 나오자 기계가 고장 났다며 은행 직원을 호통친 일, 늦은 밤 파리 지하철에서 성기노출증 남자를 만나 기겁한 이야기, 아파트 소독을 하러 온 청년에게 '우리'와 '나'가 헷갈려 우리가 여기 머물 수 있을까요?(상대는 잠깐 재미 좀 보자는 의미로 받아들임)라고 얘기한 실수담 등.

프랑스가 그녀에게 남긴 각별한 의미는 어떤 것들이 있을까.

"한국이 아닌 프랑스에 있었기 때문에 그리운 모국어로 소설을 쓸 수 있었던 것 같아요. 그리고…… 인생의 가치관이 좀 달라진 듯도 하고요. 타인의 시선에 예민하고, 상대방에게 너무 신경 쓰는 스타일에서 프랑스식 개인주의의 좋은 면을 나름대로 습득한 듯해요. 한국적 삶을 살아가는 예술가, 소설가에게는 그것이 더 유익한 삶의 방식으로 느껴져요. 삶에 대해 쿨해져야 할 때는 특히."

삶에는 무거운 중력만큼
또 그만큼의 부력이 내장되어 있는 것

그녀의 소설 속에서, 각종 매체와 여러 인터뷰를 통해, 글쓰기의 시작이 여동생의 죽음이라는 것은 많이 알려진 사실이다.

간절한 제망매가와 영원히 사라지지 않는 것에 대한 집착, 하늘로 떠나면서 나를 작가로 태어나게 한 나의 수호천사 미예 등. 고통은 또 다른 고통을 이기게 해주는 강력한 진통제임을 알기까지 살아낸 지금의 심정을 물었다.

"동생의 죽음에 대해 괴로워했던 것은 세상의 정의나 질서에 대한, 또는 신에 대한 불신, 그리고 무력한 인간으로서의 죄책감 때문이었죠. 그러나 삶에는 무거운 중력만큼 또 그만큼의 부력이 내장되어 있는 것 같아요. 이제 세월도 많이 흐르고 이 정도 살고 보니 완벽한 것은 이 세상에 아무 것도 없고 모든 것은 다 변한다는 거죠. 인간도 세상도, 어쩌면 신도."

동생의 죽음과 가족, 자신의 성장과정을 그린 자전소설 《아름다운 지옥》은 놀라운 기억력을 통해 12살 소녀가 온갖 고난과 가난을 딛고 성장해 가는 과정을 담아내고 있다. 같은 시대를 살아온 내게 각별한 감동을 주었던 이 작품 얘기를 꺼내려는데 음식점 종업원이 영업시간 종료를 알리며 나가란다. 할 수 없이 늦은 밤길을 걸어 그녀의 작업실로 다시 돌아갔다.

살도록, 과오를 범하도록, 타락하도록, 승리하도록, 인생에서 인생을 재창조하기 위하여!

메인 등을 끄고 창 쪽의 할로겐 등을 켜자 마술을 부린 듯, 작업실은 아늑한 카페로 바뀌었다. 유리그릇이 올려져 있던 탁자를 끌어다놓고 그녀가 와인과 치즈를 내왔다. 바닥에 두 다리를 뻗고 소파에 등을 기대니 내 집 거실처럼 편안함이 몰려들었다.

"일주일에 삼일 정도 이곳에서 밤을 새워요. 그리고 가끔 친구들이 찾아오면 카페 역할도 톡톡히 하죠."

그녀가 따르는 핏빛와인을 바라보며 나는, 세상의 악에는 머리

털 한 올도 적시고 싶지 않았던 오만하기 이를 데 없는 열다섯 살 사춘기 소녀가 10.26키스 사태를 지나 동생의 죽음 이후 내 속에서 형체도 없이 안개처럼 부유하며 들끓는 것들을 쏟아낼 때만이 자유롭고 행복감을 느끼게 된다고 말한 '혜진(주인공)'과 마주 앉은 듯한 기분이 들었다.

그리고 '혜진'이가 글쓰기의 그 중독으로 삶이라는 지옥의 고통을 이겨내리라. 아니 지옥의 고통을 낱낱이 이야기하리라고 결의하며, 살도록, 과오를 범하도록, 타락하도록, 승리하도록, 인생에서 인생을 다시 재창조하기 위하여!라는 제임스 조이스의 글을 마지막으로 끝맺음을 한 《아름다운 지옥》에 대해 이야기를 꺼냈다.

"서울생활을 뿌리내리고 70년대 사춘기를 통과해 낸 전농동의 길갓집 논산옥은 제게 특별한 의미지요. 개인적이든, 작가로서의 의미이든……. 인생에 대해 너무도 순정한 환상을 가졌던 자존심만 강하고 이기적이었던 제가 그곳에서 가난한 인생들과 삶을 함께하며 사랑과 죽음을 통과해낸 시련은, 지금 이 나이에 보면 어쩌면 보잘 것 없어 보이지만 당시엔 엄청난 고통이었어요. 특히 동생의 죽음은 저로 하여금 작가의 길을 걷게 하는 기폭제가 되기도 했죠. 그땐 그 얘기를 쓰기 위해 작가가 되고 싶어 했고, 그 작품을 쓴다는 건 제 인생과의 약속이기도 했죠. 처음이자 마지막 자전소설이 될 거예요. 그걸 통과해내야 저는 비로소 진정한 소설가, 이야기꾼이 될 거라는 생각이 들더군요."

그래서일까. 통과제의를 치러 낸 그녀의 작품 곳곳에서 만나게 되는 삶에 대한 통찰력은 이야기의 재미 못지않게, 힘든 삶을 살아가는 이들에게 많은 위안을 주기도 한다.

시간은 깊은 밤을 향해 쏜살같이 흐르고, 함께 와인 잔을 기울이며 그 시대를 살아 온 사람들이라면 대부분 경험했을 장독대, 다락방, 변소, 시멘트 마당, 선데이 서울, 고무줄 끊어지는 헐렁한 팬티, 누리끼리한 속치마, 긴 나무의자가 촘촘히 놓인 만화가게, 거기서 여자애들이 제일 좋아했던 엄희자의 순정 만화 등, 1970년대의 시대적 배경과 문화를 떠올리며 깔깔대다가 그래도 그때가 인간적이고 낭만적이었다고 함께 고개를 끄덕이며 이야기를 마쳤다. 그리고 마지막 인사를 나누기 전, 그녀에게서 앞으로의 계획과 소망을 들었다.

"그리 길지 않은 장편을 준비 중이고 틈틈이 단편도 쓰려 해요. 내 책이 좀 더 보편적인 이야기로 흐르면 좋겠고 그래서 독자층이 다양했으면 하는 바람이에요. 그런 의미에서 번역이 많이 되는 것도 좋을 것 같고요. 소망이 있다면…… 아이들이 크고 나면 내가 살고 싶은 곳을 돌아다니면서 글을 쓰고 싶은 바람이 있죠."

새처럼 가볍고 자유롭게

미술 평론가인 남편에 대해선, 영원할 듯 싶은 첫사랑의 감동은 사라졌지만 대신 남편의 자리가 너무 익숙해서 벗고 싶지 않고, 오래 신은 신발처럼, 발의 피부처럼 느껴진다는 그녀.

중년의 나이에 이르러 산다는 것의 의미란, 재앙이나 고통조차도 그 순간이 지나 적응이 되면 인간은 또 그리 불행하지 않고 살 수 있는 내재적인 힘을 갖추고 있는 것이며, 열정이 얼마나 젊음을 물고 뜯을 수 있는지, 체념이 얼마나 아름다울 수 있는지, 어느 세월에 이르지 않고는 도저히 이해할 수 없는 일들이 인생에는 분명히 있다는 그녀.

정말 외로워질 땐 글을 쓰고, 울고 싶은 날은 독한 술 한 잔이 필요하며, 일 년에 한 번 꼴로 주부 파업을 한다는 그녀와 아쉬운 작별 인사를 나누고 문을 나섰다.

자정이 넘은 시각, 집에 가기 위해 차를 기다리며 나뭇가지보다 높은 곳에 둥지를 튼 그녀의 작업실을 올려다보았다. 유난히 그윽하고 맑은 그녀의 눈빛 같은 등불을 달고 있는 둥지. 어쩌면 그녀는 한 마리 파랑새일거라는 생각이 들었다.

'아름다운 지옥'을 뚫고 날아올라 세상의 '행복한 재앙'을 물어다 주는. 그래서 고통이나 불행에 대한 항체를 선물하는……

아마 나는 새처럼 가볍고 자유로운 그녀가 물어다 주는 선물을 오래 오래 기다릴 것 같은 예감을 안고 차에 올랐다. 양화대교의 조명이 눈부시다.

(2007년 9월)

김선우

뒤척이는 날 것의
몸을 끌고 아름다운 세속을 꿈꾼다

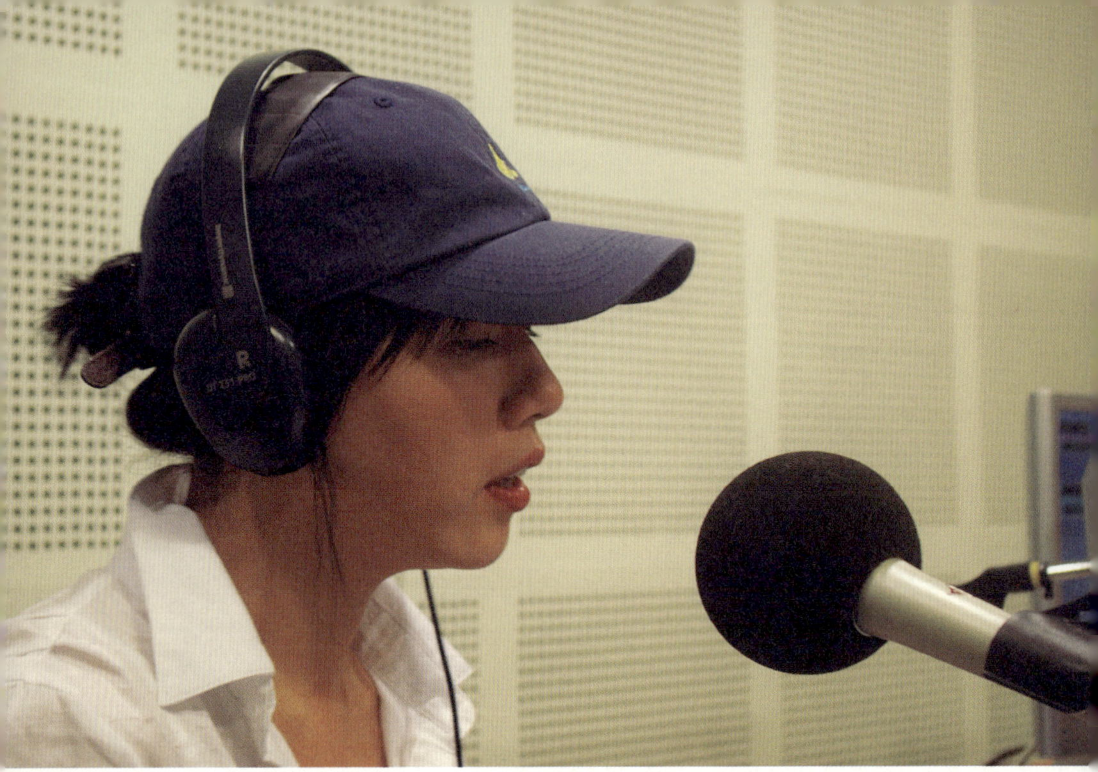

1970년 강릉 출생. 강원대 국어교육학과 졸업.
1996년 《창작과 비평》에 〈대관령 옛길〉등 10편의 시 발표하며 등단.
저서: 시집, 《내 혀가 입 속에 갇혀 있길 거부한다면》,《도화 아래 잠들다》,
      《내 몸 속에 잠드신 이 누구인가》.
      산문집, 《물 밑에 달이 열릴 때》,《김선우의 사물들》,《내 입에 들어온 설탕 같은 키스들》.
      장편소설, 《나는 춤이다》,《캔들 플라워》.
      칼럼집, 《우리 말고 또 누가 이 밥그릇에 누웠을까》. 여행산문집, 《어디 아픈데 없
      냐고 당신이 내게 물었다》. 동화, 《바리공주》.
2004년 제49회 현대문학상 수상
2007년 제9회 천상병시상 수상

우주라도 낳을 듯 거대한 자궁

춘천 시내가 한 눈에 내려다보이는 음식점 '산토리니'에서 김선우 시인을 만났다. 인도 오로빌 마을에서 한 달 반을 머물다 온 여행 원고를 이제 막 출판사에 넘기고 오는 길이라는 그녀에게선 숲내가 났다.

작고 예쁜 얼굴에 긴 생머리, 날씬한 몸매에 천부적인 글 솜씨까지 갖춘 그녀는 누가 봐도 엄친딸(엄마 친구의 딸)이다.

관능과 생명으로 가득한 여성성을 그녀만의 상상력과 감수성으로 풀어 낸 시들, 첨예한 현실을 직시하며 문제제기와 방향을 모색하는 칼럼들, 이 세상 모든 사랑들을 위한 청춘과 사랑의 비망록, 농밀하고 강렬한 감각으로 탐색된 사물과 사람과 우주와 예술에 대한 산문들…… '우주라도 낳을 듯 거대한 자궁'이다.

등단 15년 차, 나이 마흔, 한 번도 연애를 하지 않은 적이 없다는 싱글, 언제든 떠날 준비가 되어 있는 자유로운 영혼인 그녀에게 최근에 다녀온 오로빌 얘기를 물었다.

"세 번째 장편소설 초고를 마치고 휴식이 필요했어요. 그래서 떠난 곳이 남인도에 위치한 오로빌이라는 일종의 국제도시였지요. 40여 개국에서 온 사람들과 원주민이 모여 자기 내면의 행복과 자유, 꿈을 실현하는 실험공동체에요. 꿈을 자극하고 행복의 감각을 확장해 보고자 하는 사람들에게 좋은 기회를 주는 곳이었어요."

종교, 인종, 지위 등의 모든 경계를 허물고 이상적인 공동체를 만들어 가는 오로빌 마을의 의미 있는 실험이 한국에서도 진행되길 바라는 마음으로 책을 쓸 예정이라고 한다.

현재는 《한겨레신문》 ESC판에서 '오로빌에서 선우로 놀다'를
격주로 만날 수 있다.

〈스웨덴 스톡홀름 대학에서〉

뒤척이는 날 것의 몸을 끌고 아름다운 세속을 꿈꾼다

〈내 몸 속에 잠든 이 누구신가〉

그대가 밀어 올린 꽃줄기 끝에서
그대가 피는 것인데
왜 내가 이다지도 떨리는지

그대가 피어 그대 몸속으로
꽃벌 한 마리 날아든 것인데
왜 내가 이다지도 아득한지
왜 내 몸이 이리도 뜨거운지

그대가 꽃 피는 일이
처음부터 내 일이었다는 듯이.

세 번째 시집 《내 몸 속에 잠드신 이 누구인가》에 실린 이 작품
은 '《조선일보》 애송시 100편'에 선정되었던 작품이다.

도발적이고 관능적인 언어들로 풍요로운 우주적 여성성과 삶의
비의에 대한 섬세한 이미지를 펼쳐 보이는 그녀의 시들은 '90년대
여성문학의 성과를 능가하는 탁월함'이라고 평가된다.

오르가슴을 느끼는 여성의 몸에 대한 재발견과 함께 아프지 마,
목숨이 이미 아픈 거니까/ 아파도 환한 벼랑이 목숨이니까라며 삶
의 비극에 대해 곡진한 모성을 획득하는 시인.

그녀가 생각하는 '여성성'에 대해 들어 본다.

"내가 본 최초의 여성사는 엄마를 통해서였어요. 초등학교 교사였던 아버지에게 이십 대에 시집 오셨죠. 가난한 선비였던 조부모와 1남 6녀를 기르면서 집안의 체통을 지키고 가난한 살림을 꾸려야 했던 전형적인 며느리, 아내로서의 엄마를 보면서 한국 여자들이 겪어야하는 역사적인 상처에 대한 울분과 분노, 연민이 세상의 여자들을 보게 했어요. 반면 아버지, 남자, 가부장적인 힘에 대한 혐오가 싹텄지요. 그 트라우마가 오히려 여성에 대한 긍정의 힘으로 자라난 것 같아요. 부드럽고 아름다운 이 여성성이야말로 세상의 폭력과 파괴를 치유하는 가장 따뜻한 힘이라는 것을 알게 된 거죠."

누에고치가 비단실을 풀어내듯 자분자분 매끈하게 풀어내는 그녀의 목소리엔 시인 듯 운율이 실려 있다. 그녀의 말처럼 우리의 무지와 오만을 깨닫고 자신과 서로에 대한 지극한 연민과 사랑이 시작될 수 있는 자리는 이 '여성성'이 아닐까.

시 뿐 아니라 산문에서도 철철 흘러넘치는 감수성과 현실을 직시하는 우주적 자의식은 어디서 오는지…….

그녀는 '자연'이라고 답한다.

"강릉의 산천을 맨발로 뛰어다니며 버섯 따고 다람쥐를 따라 다니곤 했지요. 숲 속에서 작은 동굴을 발견하면 그 속에 들어가 동화책 읽고…… 그때 바람은 영혼을 가진 존재라고 여겼고 바다는 나의 바깥이 아니라 나의 몸을 이루고 있는 것 같은 근원적 일체감을 가졌어요. 몸으로 자연을 체득한 자연의 감각, 여성의 감각이 작가로 살면서 사회와 세상을 바라보는 균형 감각을 갖게 한 것 같아요."

어린 시절을 자연과 함께 보낸 것이 인생에서 가장 행복했던 때라는 그녀의 얼굴이 동심으로 출렁인다. 그런 그녀가 뒤척이는 날것의 몸을 끌고 아름다운 세속을 꿈꾸게 된 글쓰기의 동기는 무엇이었을까.

5월의 햇빛 아래 널린 사진 속의 폭력들

대학 입학과 함께 강릉을 떠나 춘천에서 최초의 자립생활을 시작한 1학년 여름의 어느 날, 찬란한 햇볕아래 널린 사진들을 무심코 들여다보다 그녀는 결국 주저앉아서 엉엉 울고 말았다.

"5월 항쟁의 사진들이었어요. 세상이 아름답다고 믿고 있었던 지극히 문학적 감수성을 지닌 문학소녀가 자신의 무지에 대한 부끄러움의 눈물이었지요. 처참한 폭력이 넘치는 세상을 목도하면서 그때까지 내성적이었던 제가 반대편인 극단의 세계로 빨려 들어가게 된 거죠."

지구별은 선(善)함으로 존재한다는 극진한 신뢰가 깨지면서 그녀가 선택한 것은 운동권이었다. 좋은 사회를 이루겠다는 믿음으로 운동 문학 동아리 회장을 맡았다. 운동 구호문구를 지어내면서 순수 문학 동아리의 비난을 받자 오기로 써낸 시가 대학 문학상을 수상하기도 했다.

그 시기에 철학서와 사회 과학서를 두루 섭렵하면서 세상을 바라보는 이성적이고 논리적인 시각을 갖게 되었다. 그리고 가장 낮은 것 속에 든 가장 높은 봉우리와, 가장 거대해 보이는 것 속의 가장 작은 속삭임들과, 가장 미천해 보이는 것 속의 위대한 전언이 공존하며, 무엇보다 세상이 추구해야 할 의롭고 아름다운 것에 대한 갈망으로 시를 품었다.

결정적인 계기는 이십대 초중반. 운문사 객방에 머물던 어느 날 저녁, 이름 모를 한 비구니에게서 왔다.

"출가하시려구요?"

뜻하지 않은 비구니의 질문을 받고, 방안의 나무책상 속에 들어 있던 반달 모양의 빗살 위로 장지문을 통해 들어온 햇살이 머물다 사그라들던 시각. 시인이 되어야겠다고 그녀는 나지막이 중얼거렸다. 그리고 내 문학이 도달할 수 있는 궁극의 지점에서 부끄럽지 않게 저 이를 다시 만날 수 있어야겠다는 생각이 문학에 대한 그녀의 초발심이 된 것이다.

서울 변두리 옥탑방에서 학원 강사를 하며 청춘의 바닥을 고스란히 경험한 그녀가, 출가한 둘째 언니가 머무는 운문사에서 '시인'을 결심한 것은 한 편의 소설처럼 드라마틱하다.

"대학 생활 동안 인간의 선한 의지의 발현으로 좋은 사회를 이룰 수 있다는 믿음이 있었어요. 그런데 졸업과 함께 자본과 문명, 인간에 대한 총체적인 벽에 부딪히면서 삶보다 죽음, 희망보다 절망으로 힘든 청춘을 보냈지요. 인간에 대한 근본적인 회의와 배신감. 상처…… 정말 이런 세상을 살아야하는지에 대한 의문으로 자살을 집중적으로 생각했는데…… 시가 나를 살린 거죠."

누구에게나 청춘은 풋풋함 속에 신열과 회의와 방황이라는 물기를 품는 것이지만 그녀가 건너온 극단의 강은 아마도 그녀의 몸 속 모세혈관까지 '문학'이라는 강줄기로 뻗은 듯하다.

숟가락은 묻는다.
당신의 몸은 어떻게 대지를 섬길 거냐고.

  또래 아이들의 관심사에 무심했던 중·고등학교 시절에 세계문
학전집을 독파했으며 특히 카프카와 루이제 린저, 니체, 카잔차키
스를 유난히 좋아했던 그녀가 글쓰기의 스승으로 조세희, 오정희,
박상륭을 꼽는다.

"조세희 선생의 《난장이가 쏘아올린 작은 공》은 문학과 사회과학이 조우하는 완벽하게 아름다운 표본을 보여주었고, 박상륭 선생의 《죽음의 한 연구》는 내 안에 묻힌 심연의 양식을 끌어내는 능력을 갖게 하고 독서의 쾌감을 알게 했어요. 그리고 오정희 선생의 지독하고 징글징글하게 밀도 있는 문장력들은 글쓰기의 바닥을 맨몸으로 밀고 가는 '문장 노동'의 의미를 알게 한 것 같아요."

산문집 《김선우의 사물들》과 《물밑에 달이 열릴 때》는 '징글징글하게 밀도 있는 문장력'으로 호락호락 페이지를 넘길 수가 없다. 그녀의 사물들은 대개 이렇다.

'둥긂'의 모습과 '먹는다'는 기능으로부터 세상의 어미들에 대한 그리움을 불러내며, 숟가락 하나가 떠올렸던 무수한 국물들과 알곡들이 우리의 몸을 섬기고 대지로 돌아가는 것을 환기시키면서, 당신의 몸은 어떻게 대지를 섬길 거냐고 묻는 〈숟가락〉, 상처의 흔적이던 구멍으로 만들어지는 조개 반지, 꽃대의 상처를 관통하며 물큰한 풀비린내와 함께 만들어지는 풀꽃반지, 굵어진 엄마의 손가락에서 내게 건네진 엄마의 반지를 보며 거대한 반지처럼 우주가 이어져 있다는 〈반지〉, 네 개의 다리를 숨김없이 드러내놓은 관능적인 의자는 몽상의 요람이 된다며 직립한 동물은 이성을 맹신하는 경향이 있다. 의자는 서다와 눕다 사이, 걷다와 기다 사이에서 인간의 오만한 이성을 대지에 가까운 것으로 가져간다는 〈의자〉.

이 외에 생리대, 못, 바늘, 쓰레기통, 걸레 등 주변 사물들의 외면과 내면을 깊이 응시하고 관찰하며 자신의 경험들과 사유를 풀어 놓고 있는 것이다.

소설은 어떤가. 시대를 앞서 태어난 천재 춤꾼인 최승희의 예술적 삶을 독특한 서술기법과 시적인 문체로 추적하여 "최승희는 시인 김선우에게 와서 어떤 이데올로기에도 자유로운 예술가로 태어났다."(정철훈)는 《나는 춤이다》, "촛불 집회를 소재로 삼은 한국문학을 정리한다면 일착으로 검토되어야 할 소설"(장정일)이라는 《캔들 플라워》에서 보여주는 당대성과 미래지향적인 생명성 또한 그녀의 장점이다.

바다와 나무와 바람의 정령 시인

시, 산문, 소설을 넘나들며 고루 소화해 내는 그녀는 "한 번도 글쓰기 수업을 받아 본 적이 없다"라며 특별한 조언을 한다.

"글쓰기 공부를 할 때 대부분 독자가 요구하는 대중적 기술부터 배우기 때문에 장르의 벽을 넘기 힘들어 진다고 생각해요. 폭넓은 독서와 경험이 중요하고 특히 산문은 주변에 대한 깊은 애정과 통찰력이 필요한 분야에요."

조숙한 독서광에다 전세금 2,500만원을 빼서 세계를 돌아다니고, 꿈꾸기를 즐기는 종족인 그녀다운 말이다.

시를 쓸 땐 무당이 되고 소설을 쓸 땐 노동자가 된다는 그녀도 종종 글쓰기가 고통을 수반한다는 말은 인간적이다.

절대적인 것을 거부하며 지구상에 무지한 학대를 서슴지 않았던 합리적이고 구성주의적인 철학보다, 느슨하게 열려있으며 너와 나, 흑과 백이 공존하는 노장사상과 불교철학을 좋아한다는 그녀의 사상은 세상 만물에 영혼이 깃들어 있다고 믿는 정령신앙에 가깝다. 사랑 지상주의자이지만 법적 혼인 관계는 맺지 않을 것이며 내 민족, 내 핏줄, 내 자식에 연연하지 않고 아이가 필요하면 입양하겠다는 그녀의 결심이 다부지다.

세 권의 시집에서 운명적으로 온 시는 다 썼다는 그녀가 "다른 산을 올라가야 하는 전환점"에서 내년에 나올 네 번째 시집은 최고의 시집이 될 거라니 기대가 크다.

지금 소망하는 것이 있다면, 《도화 아래서 잠들다》가 독일어 판으로 소개된 라이프찌히 도서전에서 열렸던 낭독회의 감동이 잊지 못할 추억이라며 앞으로 넓고 다양한 세계의 독자들과 만나는 것이란다.

〈서울문화재단 저자와의 만남〉

대학 졸업과 함께 춘천에서 서울로 상경한 그녀가 8년 여의 서울 생활을 접고 다시 춘천에 자리를 잡은 것은 2년 전.

부겐베리아 화분이 일렬로 놓여있는 커다란 창밖으로 그녀가 둥지를 튼 춘천의 하늘이 석양으로 채색되어진다.

"저것 좀 봐요. 저 하늘."

그녀가 달뜬 목소리로 가리킨 하늘엔, 구름 뒤로 현란함을 감추던 일몰이 어느 순간 구름 사이로 응집된 빛을 쏟아 붓고 있다.

누구는 밀물처럼 차오르는 그리움으로 숙연해지기도 하고, 누구는 마지막 햇살이 주는 혼신의 힘을 받아 쓰러진 마음을 추스르고 무릎을 세운다. 그녀가 저물녘 산사에서 시인을 결심한 것처럼.

하루에서 석양 무렵을 가장 좋아한다는 그녀는 이 시간에 가끔 맥주 마시는 것을 즐긴다며 서로의 잔에 맥주를 따랐다.

"석양이여~ 건배!"

시인이란 이미 존재하는 세계와 불화하며 새로운 세계를 창조해내는 자이며, 자신을 지속시키는 힘은 세계의 이면에서 조용히 열리고 닫히는 숨결의 아름다움이며, 그 숨결과 만나는 일이 순간임을 직시하는 일의 잔혹함이며, 순간의 진실이 사라지고 다른 순간이 태어나는 그 순간들의 틈새를 몽유하는 즐거움이라는 그녀.

열아홉엔 대관령이 아팠고 스물아홉엔 침묵하는 바다가 아팠다는 그녀는 이제 세상이 아프다. 인도 오로빌 마을에서 땅에 파묻히는 한국의 가축들을 TV로 보곤 하루 종일 울고 다녔다고 말하는 그녀의 눈망울이 금세 눈물로 촉촉해진다.

아름다운 것보다 무서운 것이 더 많이 일어나는 세상에서, 독자에게 감동과 공명을 일으켜 인간 본래의 자리로 내려놓게 하는 것이 자신의 일이라는 말에선 그녀에게 묻어있던 숲내의 정체가 읽힌다.

치유와 생성의 숨결을 잉태한 땅, 인성보다는 신성을, 아우성보다는 고요한 기도를 영접하는 땅, 강원도의 정기를 받은, 바다와 나무와 바람의 정령시인.

우주라도 낳을 듯 거대한 자궁을 지닌 그녀가 이 초록별에 '좋은 세상'을 쑥쑥 낳아 주기를 기다리는 우리는 모두 산파이다.

(2011년 6월)

김은영

가슴이 따끔한 소설들.
어딘가 찔리는 게 있어서,
통쾌해서, 뭉클해서, 아무튼 재밌어서…….

사진 _ 백승휴

1971년 서울 출생. 이화여대 사회생활학과와 성균관 대학원 사학과 졸업.
저서: 소설집, 《루이뷔똥》, 《타잔》, 《그린 핑거》, 《내 집 마련의 여왕》.
　　　평전, 《박종철, 유월의 전설》.
1998년 중편 〈비밀의 화원〉으로 창작과 비평사의 제1회 신인소설상 수상.
2008년 대산 창작기금 수혜.

'세상이 변할 수 있을까'에서 시작된 글쓰기

소설이 문학의 꽃이 될 수 있었던 중요한 조건은 '재미'이다. 그리고 좋은 소설이란 탄탄한 서사구조 속에 당대적 삶의 증언이 있어야 한다. 그런 의미에서 작가 김윤영의 소설들은 고루 조건을 갖추고 있다.

만만치 않은 입담에서 쏟아지는 보통사람들의 삶의 결들과 생생한 당대성이 오랜만에 소설 읽기의 즐거움을 준다. 그 즐거움에 빠져 정신없이 읽다보면 현실과 이상, 선과 악의 경계가 모호해지지만 슬그머니 두드리는 소리가 들린다.

내 경우는 어디선가 읽었던 멕시코 속담이다. '살아있다는 것이 축복이 아니다. 어떻게 살아가는지 아는 것이 축복이다.'라는.

제1회 창비신인상을 수상하며 우리 소설계의 젊은 유망주로 떠오른 작가 김윤영을 인사동에서 만났다. 고른 치아를 활짝 드러내며 웃는 모습이 그녀의 소설들처럼 젊고 힘차다. 어려서부터 세계문학전집을 베고 잘 만큼 책을 좋아했지만 그때 하던 공상들을 책으로 내게 될 줄은 몰랐다는 그녀에게 글을 쓰기 시작한 동기부터 들었다.

"1997년 대통령 선거를 치르면서 '세상이 변할 수 있을까'라는 의문이 들었어요. 그때의 느낌을 한 번 써본 것이 덜컥 당선 됐더라구요. 정식으로 문학 수업을 받은 것도 아니고 타고난 문재(文才)가 있는 것도 아니라 그저 열심히 뛰어 다니면서 취재하고 책 읽고 잘 쓰려고 노력하는 중이에요."

그녀는 말끝에 겸손이 아니라 정말 자신에겐 문학적 재능이 없다고 강조했지만 지금껏 써낸 작품들을 볼 때 그 말은 믿을 수 없다.

〈캐나다 나이아가라폴스 앞에서. 2005년〉

    등단작인 〈비밀의 화원〉은 DJ가 당선되던 대선을 배경으로 각기 다른 개성을 가진 가족과 그 주변 인물들을 '강정아'라는 10세 소녀의 눈으로 바라 본 작품이다. 역사의 수레바퀴는 힘겹게 굴러가 시대는 야당 대통령을 선출하고 그녀에겐 글쓰기의 빌미를 제공한 것이다.

그녀의 비밀 병기

    그녀의 작품에는 고루한 감상이나 어줍짢은 휴머니즘 같은 건 없다. 물론 사랑타령이나 삼각관계의 불륜도 없다. 과거에서 현재로, 현실에서 현실 너머의 세계를 넘보며 당면한 문제를 까발리고 뒤집되, 심각하거나 현학적이지 않다.

비극적인 얘기조차 해학적이고 재기발랄한 입담과 빠른 문장으로 때론 코믹하게, 때론 통쾌하게, 때론 등골 서늘하게 독자를 사로잡는다. 그런 그녀가 만들어 내는 인물들의 독특한 캐릭터와 숱한 이야기를 창조해내는 비결을 묻자 가방에서 조그만 수첩을 꺼내 탁자 위에 올려놓는다.

"별건 아니지만 제겐 비밀 병기에요. 이곳저곳 취재하거나 여행하면서 떠오른 단상들과 시야에 포착되는 것들, 시장 같은데서 들려온 사람들의 대화 내용 같은 걸 적은 건데요. 열 몇 권쯤 돼요."

손바닥만 한 수첩 가득 메모가 빽빽이 들어 있었다. 직접 취재하고 직접 가서 눈으로 확인해야 글을 쓸 수 있다는 그녀는 발로 뛰면서 노력하는 작가임이 분명하다. 그것도 세계적이다.

캄보디아, 태국, 캐나다, 시드니, 파리 등.

"일상적인 공간에서 우리가 새로운 문제의식을 느끼는 데엔 한계가 있어요. 신기하게도 밖에서 보는 우리의 자화상은 더 돌출되어 보이더라구요. 동시대에 살면서 다양한 공간에 흩어져 있는 인물들이 한국사회의 모순과 영향력에서는 여전히 벗어 날 수 없다는 걸 그리고 싶었죠. 그리고 독자들에겐 마치 이국적 공간을 여행하고 온 듯한 정서를 줄 수 있다면 일석이조 아닌가요?"

문제와 한 발 떨어져 있을 때 문제에 대한 객관적 시각이 생기듯, 다른 공간에서 타자의 시선으로 바라봄으로써 문제의 핵심을 발 빠르게 담아낸다. 그러나 지구 밖이 아니라면 어디로 떠난다 한들 삶의 굴레를 벗을 수 있겠는가.

한국이라는 공간에서 체득된 모순과 인간의 내면에 분포된 다중적 내면을 당대의 세태를 통해 경쾌하게 풀어 가는 서사. 그녀는 이국의 낯선 공간으로 배경을 확대하면서 다른 삶을 찾기 위한 열망과 결코 덜어 낼 수도, 축소될 수도 없는 견고한 현실구조를 해부하고 있는 것이다.

자연산 회처럼 펄떡이는 싱싱한 소설들

첫 소설집에 실린 〈루이뷔똥〉은 빠리 루이뷔똥 매장에서 가방을 사서 제3국으로 비밀리에 넘기는 일에 참여하는 인물들을 둘러싼 이야기이다.

한국의 직장을 때려치우고 빠리에서 루이뷔똥 수집상이 된 '세미'와 그런 세미에게 접근해 온정을 베풀다 사기를 치는 조선족 '영변댁', 프랑스 시민권을 얻을 목적으로 프랑스 외인부대에 지원한 '판수'가 그들이다.

사기와 배반의 핵심이었던 루이뷔똥이 화재로 타버리는 순간, 미국의 세계무역센터가 무너진 날이었다는 소설의 마지막 장면은 탁월하다. 자본주의의 상징인 명품핸드백과 권력의 상징인 장소를 무너뜨림으로써, 상처 입은 자들의 '정당방위'로 여겨지던 행태를 숙고하게 하게 한다. 현대 자본주의 사회의 물질에 대한 맹목적성과 세계 평화라는 기치 아래 자행되는 비윤리적인 정세의 현주소를 재치 있는 글솜씨로 풀어낸 작품이다.

'부재'를 통해 '존재'를 찾아가는 〈유리 동물원〉은 질문이 없는 인터뷰 형식의 글이다.

여행사 매니저였던 '남대리(남석희)'가 실종되자 동료들은 경찰에 수사를 의뢰하고 그녀를 찾기 위한 수사는 주변 사람들로 확대된다. 동료들이 말하는 그녀, 이웃사람들이 말하는 그녀, 친구가 말하는 그녀는 모두 다르다. 친한 친구조차 그녀의 진실을 파악하고 자 했던 사람이 한 사람이 없었다는 사실이 드러난다.

자본주의의 상징인 코엑스몰을 유리 동물원으로 빗대어 소통 불능인 현대인의 초상을 그리면서도 증언자들의 실감나는 얘기를 듣다 보면 심각성이 사라지고 만다. 무거운 주제를 아무렇지도 않 은 듯 툭, 던질 수 있는 그녀의 수법이 오히려 명쾌하다.

"아이들도 무섭게 야단을 치면 그 당시는 말을 잘 듣는 것 같지 만 효과는 길지 않아요. 오히려 친근하게 다가가서 설득하면 더 효 과적이죠. 현대사회에서 자본주의가 만들어 내는 병폐는 이미 식 상한 얘기가 돼버렸어요. 그걸 재밌게 듣다보면 해답은 스스로 찾 아지지 않을까요?"

논술 선생님이었던 그녀가 선택한 방식이 설득력 있게 다가온다.

사교육 현장에서 학교 선생님보다 더 가깝게 학생들과 호흡했 던 그녀가 들려주는 〈그때 그곳에선 무엇이 일어났나〉와 〈철가방 추적 작전〉은 교단에 대한 이야기로 그녀의 개성이 돋보이는 작 품들이다.

학생들에게 '씹탱이 똥독'이라 불렸던 고등학교 수학교사의 죽 음에 얽힌 미스터리 〈그때 그곳에선 무엇이 일어났나〉와 가출한 학생을 찾아 추적 작전을 벌이는 '봉순자'라는 30년차 중학교 교사 의 하루치 이야기인 〈철가방 추적 작전〉은 교사와 학생 간에 얽힌 비리와 상처를 신랄하게 보여 주고 있다.

"독자들이 제일 재밌게 읽었다는 게 〈철가방 추적 작전〉인데 요. 그 봉순자 선생은 제가 아는 선배가 모델이에요. 학교는 한국 사회의 모순이 집결된 대표적 장소이기에 안 다룰 수 없었어요."

보편화된 사회적 이슈가 되어 버린 '무너진 교단'에 대해 칼날 같던 분노도 이즈러져 가는 때에, 현장감 있는 학생들의 정서와 미스터리로 흥미를 유발시키면서 문제의 심각성을 새삼 일깨우는 것이다.

때론 엉뚱하거나 사악한 몽상도 필요한 법이라고, 그렇게 나는 독자들에게 말을 걸고 싶었다.

최근 들어 신진 작가들의 경우 시대성과 내면 탐구를 외면하고 상상이나 공상의 세계로 비약하는 경우가 많다는 우려의 목소리가 있다. 그녀가 생각하는 문학과 작품 속 판타지는 어디까지인지, 글쓰기의 초점은 무엇인지에 대해 물었다.

"문학은 삶이고 삶은 현실이죠. 현실을 외면하고 판타지만 있다면 그건 이미 문학이랄 수 없겠죠. 글이란 하찮은 것 같지만 마음을 어루만져주는 위로의 역할과 성찰의 기능을 한다고 생각해요. 제겐 불구자, 입양아. 소수자 등 이런 상실감을 가진 사람들에 대한 관심이 제 소설쓰기의 원동력 중 하나지요. 부나 외모, 학벌 같이 사회적으로 강요되는 조건들이 여자, 무식, 가난 같은 요소와 결합됐을 때 어떤 일이 벌어지는지 그려보고 싶었어요."

이어서 힘든 삶을 살아가는 사람들에게 무지개를 보여 주고 싶다는 말로 그녀의 작품 속에 숨어 있는 소소한 판타지(새로운 삶을 향한 열망들- 탈주, 이민, 실종, 살인 등)에 대한 설명을 대신한다.

소설집 《타잔》에 실린 작가의 말에서 세상을 늘 장밋빛으로 볼 필요는 없지만 작은 몽상 정도는 포기하지 않고 살고 싶다. 때론 엉뚱하거나 사악한 몽상도 필요한 법이라고, 그렇게 나는 독자들에게 말을 걸고 싶었다라고 한 그녀가 이번엔 내게 묻는다.

"의도하지 않은 사악함, 인생을 살면서 한번쯤 그런 기회를 꿈꿔본 적 없으세요?"

속이 뜨끔하다.

"그리고 조금 사악하면 안되나요? 새로운 아이덴티티와 참신한 새 인생을 얻을 수 있다면."

생각만 해도 황홀하다.

"그리고 우리가 그런 판타지를 무시하고 살기엔 인생이 좀 길지 않나요?"

아무렴 그렇구 말구요!

결혼 10년차인 그녀에겐 친구이자 동료인 남편과 5살 난 딸 예진이가 있다.

"남편은 자기가 저를 소설가로 키웠다고 자랑해요. 사실 외조의 힘이 크죠. 밤늦게까지 원고 쓰고 취재차 여행가고 하는 것들을 배려해 주고…… 또 저의 첫 번째 독자이기도 하니 고맙죠. 아이는 워낙 순둥인데다 친정 엄마 같은 유치원 원장님이 잘 봐주시고요. 살림은 최소한의 것만 해요. 모든 걸 다 잘할 순 없잖아요?"

작가에게 경험이란 소중한 재산이다. '수퍼우먼' 콤플렉스를 극복한 그녀가 제2의 인생인 결혼을 경험하고 살아 낸다는 것은 행복이나 불행으로 저울질 할 수 없는 각별한 의미일 것이다.

90학번, 영혼의 부패와 싸우는 방법을 깨닫게 한 시절

80년에 불붙은 학생운동도 90년대 들어 세계정세와 맞물려 시들해져 갔다. 92년까지 시위는 간간이 있었으나 확인되지 않으면 '몸'이 따라주지 않는 그녀는 운동권 대신 노동문제연구와 관련된 동아리 활동을 했다. 그 후 정국이 급격히 냉각되면서 선배들이 사라지는 것을 목격한 그녀는 야학 선생을 지원했다. 그곳에서 한글을 깨치지 못한 여러 계층의 노동자들을 만난 것이 다양한 인생사를 배우고 세상을 보는 눈을 넓힌 계기가 되었다.

영혼의 부패와 싸우는 방법을 그때 그곳에서 처음 알게 되었다며 "삶을 마감할 때 소설가 김윤영은 '반성하는 작가'였다는 소릴 듣고 싶어요."라는 그녀의 말에 무게가 실린다.

"작가는 신이 아니고 부단히 눈과 귀를 열고 뭔가를 쓰면서 발전하는 직업이라고 생각해요. 이 사회에서 필요로 하는 이슈나 역할

〈딸 예진이와 태국여행 중에서〉

에 대해 늘 고민하고 반성하지 않으면 도태될 수밖에 없죠. 작가의 기본은 독서와 취재라고 저 개인적으로 생각하고, 그걸 게을리 했는데 좋은 소설이 나올 수 없다고 믿어요. 물론 저를 기준으로 한 잣대라 어느 정도 내공이 쌓인 분들과 다르겠지만요."

역사와 문학의 조우를 꿈꾸던 사학도에서 소설가가 된 것이 아직도 신기하다며 겸손을 부리지만 작가로서의 치열함을 쥐고 있는 그녀가 멋지다.

하워드진이나 진중권, 고종석, 김혜리 같은 필자의 글을 좋아하고, 국내 작가로는 하성란과 성석제의 문체를 흠모한다는 그녀는 박완서 선생님 '보다'가 아니라 '만큼' 썼다는 소릴 듣는 게 소원이며, 인생의 단편을 잘라내 심금을 울릴 수 있는 소설을 꼭 써보고 싶다고 한다.

글이 안 써지면 도서관에 가서 주로 여행기를 읽거나 아이와 소꿉장난을 한다는 그녀가 내년이면 14세 소년이 주인공인 장편소설과 소설집 하나, 그리고 청소년소설집 한 권이 나올 예정이란다. 엄청난 분량이다. 머리가 쪼개질 것 같다고 기분 좋은 엄살을 부릴 만도 하다. 나는 벌써부터 독서 삼매경에 빠질 그 날이 기다려진다.

사는 게 지루한 당신! 변신을 꿈꾸는 당신! 누군가에게 늘 손해 보고만 살았다고 생각하는 당신! 그녀의 책 속으로 떠나라. 통쾌하고 뭉클하고 아무튼 재밌는 그녀의 이야기를 읽다보면 마른 우물 같던 당신의 가슴 속 깊은 곳에서 아우성치는 소리가 들릴 테니, 그 소리가 잦아들고 나면 슬그머니 다가와 당신의 가슴을 노크하는 소리에 귀를 기우리시라.

(2007년 6월)

김수영

내게 글쓰기는
문둥이와 함께 자라고 강요받는 것

사진 _ 이해선

1939년 경북 청송 출생. 서라벌예술대학 졸업.
저서: 장편소설 《객주》(전9권), 《활빈도》(전5권), 《화척》(전5권), 《야정》(전5권),
　　　 《아라리 난장》(전3권), 《김주영 중단편전집》(전3권), 《홍어》, 《멸치》,
　　　 《고기잡이는 갈대를 꺾지 않는다》, 《빈집》 등.
1983년 《외촌장 기행》으로 한국소설문학상 수상.
1984년 《객주》로 제1회 유주현문학상 수상.
1993년 대한민국 문화예술상 수상.
1998년 《홍어》로 제8회 대산문학상 수상.
2001년 《아라리 난장》으로 제2회 무영문학상 수상.
2007년 은관문화훈장 서훈(敍勳).
2011년 제25회 인촌상 수상(인문사회문학부문).

나는 이기주의자지, 아주 지독한 이기주의자

"인생은 3박자가 맞아야 성공했다고 할 수 있지. 난 아니야. 첫째, 나는 결혼해선 안 될 사람인데 결혼한 게 첫 번째 실패고, 둘째는 내 자식들한테 아버지로서 영향을 준 게 없어. 즤대로 크고 즤대로 벌어먹게 했으니까. 셋째, 내가 술사고 밥사고 하니까 모두 내가 부잔 줄 아는데 내 수중에 시골 가서 흙집하나 짓고 살 돈이 없어."

한국현대문학사에 하나의 축을 세운 《객주》의 작가 김주영은 작가로서 성공한 것 아니냐는 질문에 굳이 인생을 들추며 성공을 부인했다. 겸손이라기보다는 아직 그에게 '마지막 작품'이 남아 있는 까닭이라고 여겨진다.

"20년 전부터 멋진 연애소설을 쓰고 싶은데 안 되는 거야. 지난 사랑을 돌이켜보면 내 감흥이 없어. 진실된, 목숨조차 기꺼이 바칠 수 있는, 모든 걸 포기하는, 그런 사랑을 못해 본 거지. 내 생모도, 의모도, 아내도, 스쳐간 여자들도 진정으로 사랑하지 않았어. 이기주의자지, 아주 지독한 이기주의자."

오직 글쓰기만 목숨 걸고 사랑한 사람, 단 한 줄의 문장을 위해 지구 끝까지 걸어서도 갈 사람, 그래서 '길 위의 작가'라는 수식어는 함부로 붙여진 것이 아님을 인정할 수밖에 없다.

봄기운이 무르익는 4월 9일에서 11일까지 제주 올레길을 그와 함께 걸었다.

겉은 멀쩡해도 속은 숯검정이야

지난주 '남해기행'에서 넘어져 다친 발의 부상에도 불구하고, 3박 4일 동안 빠짐없이 스틱을 벗 삼아 걷는 그의 뒷모습은 숙연했다. 진보장터 저자에서 찢어지게 가난하고 불우한 시절을 보낸 소년이 한국문학사에 길이 남을 작가의 자리에 서기까지, 고뇌하고 몸부림친 고통의 무게를 뒷모습은 미처 감출 수가 없었나보다.

나는 그가 실패했다고 말하는 결혼이 무척 궁금해졌다. 쇠소깍에 이르러 그를 바짝 따라잡았다.

"결혼 이후 솔직히 모범적인 가정생활을 했다고 할 수 없지. 한 지붕아래 살았을 뿐, 기본적인 도리를 못하고 살았어. 다른 여자와 사귀고 헤어지고…… 심정적으로 가슴앓이를 많이 했지. 겉은 멀쩡해도 속은 숯검정이야."

그리곤 호탕하게 웃어 제치는 그의 여유에서 '이야기꾼의 일인자', '육담의 일인자' 다운 면모와, 인생을 사무치게 음미해 본 자만이 갖는 '가식없음'이 생생하게 전해진다.

그를 두고 '초등학교 5학년짜리 같은 씩씩한 소년티를 늘 옆구리에 달고 다닌다'고 하는가 하면, '그 안에는 영원히 자라지 않는 초등학교 2학년짜리가 앉아 있다'고 하는 평에 공감하게 되는 것이다.

내게 글쓰기는 문둥이하고 잠자리를 하라고 강요받는 것

육척 장신의 키에, 젊어서 문단의 3대 미남 중 한 사람이었던 그는 올해로 칠순이지만 '노인'의 이미지는 찾을 수가 없다.

〈제주 올레길을 걸으며. 2009년〉

현재 (주)파라다이스에서 운영하는 문화재단의 이사장으로 문학, 미술, 음악, 무용 등 문화예술에 대한 지원과 독일을 비롯한 중국과의 문학교류를 위한 활동과 함께 소설 창작도 여전히 왕성하다.

백양나무 어린가지가 잘려서 똥친 막대기가 되어가는 과정을 의인화한 동화집 《똥친 막대기》가 최근 출간 되었고, 동아일보에 연재된 우화집 《달려라 도둑님》이 5월에 출간 예정이며, 강원도를 여행 중에 만났던 노인과 버림받은 여인을 주인공으로 한 《동행》이 연말 쯤 출간을 기다리고 있다. 절필선언을 했던 2년간의 공백기 외에 거의 40년간 줄기차게 작품 활동을 한 그에게 글쓰기란 어떤 의미였을까.

"문둥이하고 잠자리를 하라고 강요받는 것처럼 고통스럽고, 저주스럽고, 피하고 싶은 일이지. 그런데 말이야 내가 작가가 되지 않았다면 뭘 했겠어. 그래서 작가로서 긍지도 갖고, 뻐기고, 나서고……."

말끝을 흐린 그의 눈이 외돌개 바위를 지나 먼 바다를 응시했다. 뭍과 떨어져 바다 가운데 외롭게 서 있다 하여 이름 붙은 외돌개처럼, 현란한 물빛과 싱그런 숲 향기에 휩싸여 있어도 홀로일 수밖에 없는 고독의 동질성을 보아버린 것일까. 혹독할 만큼 시니컬한 그의 대답은 혹독한 자기 검문을 전제로 하기에 외돌개처럼 당당하다.

그게 글을 쓰게 만드는 거지, 한풀이야 한풀이

어린 시절에 겪었던 공격적인 가난의 고통과 좌절감이 반평생을 소설쓰기에 투자하게 만든 근원적인 근력과 소양이라는 작가.

그에겐 가난 말고도 어긋난 부모가 빚어낸 불우함이 또 하나의 무늬를 만들었다.

집나간 아버지를 기다리며 생계를 꾸려가던 어머니는 그가 초등학교 3학년 때 가난을 못 이겨 재혼을 하게 되고 그로써 생긴 의붓아버지와, 중학교 3학년 때 생부의 손에 이끌려 간 집에서 의붓어머니를 만나게 되니, 두 명의 어머니와 두 명의 아버지를 바꿔가며 자란 셈이다.

"내게 생부의 인상은 잘 나고 유식했지만 폭력적인 아버지, 무관심한 아버지, 나를 못마땅하게 여기는 그런 아버지일 뿐이야. 오히려 6년 동안 함께 산 의붓아버지는 무식한 편이었지만 내게 많은 영향을 주었지. 사람을 사랑하고 아끼고, 온순한 분이었어."

생부의 명을 어기고 서울로 도망쳐 서라벌예술대학에 입학한 그는 중학시절부터 마음먹은 시인이 되겠다고 결심했지만 박목월 선생이 "자넨 산문을 써보는 게 어떤가. 시는 안 되겠더구먼."이라는 말에 크게 낙담하여 군에 자원입대를 하게 된다.

제대 후엔 고향에서 서당선생님이셨던 분의 따님과 결혼을 하면서 생계를 위해 잠시 문학의 길을 포기하게 된다.

"나는 일반 사람들 하고는 달라. 문인의 길을 갈 사람이니까 각오하라구! 했는데, 일 년도 채 안돼서 마누라가 돈, 돈, 돈, 하는 거야. 할 수 없이 취직을 했지. 그 안동에 있는 엽연초생산조합 말이야."

그곳에서 십여 년간 낙오된 자의 슬픔을 술로 달래던 시절을 그는 1994년 7월 29일자 경향신문에 이렇게 썼다.

철판에 버금갈 만큼 튼튼하기를 자랑하던 창자도 시달림을 견

다다 못해 결국은 장파열이란 굴욕적인 선고에 이르고 말았다. 그러나 나는 병원 침상으로 달려가 눕지도 않았고, 장파열을 위한 것이라면 단 한 알의 약도 삼키지 않았다. 처절하다는 말에 무리가 없을 정도로 자기 학대에 빠져 있었기 때문이었다.

깊은 타락과 긴 침몰의 시간동안 얼마큼의 '한'이 쌓인 걸까. 좀 늦다 싶은 서른세 살에 등단한 이후 줄기차게 내놓은 작품이 방대한 대하소설을 포함해 40여권에 이른다.

"문학은 주변 예술이 무시해도 좋은 '한'이 있어야 돼. 음악이나 미술, 무용 같은 것은 문학에 비해 소질과 훈련을 강요하는데, 판소리도 '한'이 있어야 감동을 주듯 문학도 '한'이 있는 사람이 더 잘할 수 있다고 봐. 그게 글을 쓰게 만드는 거지. 한풀이야 한풀이."

내 성장소설의 핵심은 어머니에 대한 연구

'김주영'하면 《객주》를 말하지 않을 수 없다. 그는 이 작품에 대해 역사의 행간에서 이름 없이 산 인물, 역사가 그 공식 기록에서 배제한 인물들을 통해 당대의 민중, 즉 보편적인 백성들의 삶에 응결된 시대사의 엑기스를 추출하려고 한 것이라고 말한바 있다.

조선 말기 상인 집단을 중심으로 한국사회의 역사적 동향에 대한 이해를 넓혔다는 《객주》는 풍부한 토속 언어와 사설, 타령의 복원과 저잣거리를 비롯한 사회적 장소에 대한 치밀한 묘사와 함께 숱한 모략과 술수가 깔린 유장한 서사세계를 이루고 있다.

"그 당시 보부상이라고 하면 천민이었지. 그래서 자료가 거의 없어. 그러다보니 그들이 사용했던 말을 찾기가 아주 힘들었다구. 그래 그 시대의 판소리나 소설, 장터에서 팔던 《홍루몽》, 《심청

전》 같은 걸 사 보고, 국어사전에 나와 있지만 지금은 사용하지 않는 것들을 찾아 나만의 사전을 만들었어. 한 4, 5년간 시골장터와 오지를 찾아다니고 시골 여인숙에서 묵으며 원고를 썼으니까. 그래서 나보고 '길 위의 작가'라고 그러는가 봐. 허허."

그와 얘기를 나누다보니 일행의 모습은 보이지 않고 갈림길이 나왔다. 흐드러진 억새 숲을 지나 용암과 바다가 만나 절경을 만든 주상절리로 가는 길목이었다. 둘러보니 어김없이 나무에 노랑 파랑 리본이 매달려 있고 조그만 돌 위에 파란 화살표가 그려져 있었다. 인생살이에도 갈림길마다 이런 안내표지가 있으면 얼마나 좋을까마는…… 그 표지를 찾아 방황하고 갈등하는 성장소설 《홍어》는 아름다운 문장과 극적 긴장으로 숨이 막힌다.

〈김일성 생가에서 고은 시인과 함께 _ 1998년〉

'가식 없고 진솔한 유년초상의 원판'이라는 이 작품은 1998년, 이순을 앞 둔 그에게 '본격소설의 미학'이라는 문단의 찬사와 대산문학상을 안겨주었다.

폭설로 고립된 산골마을을 배경으로 아버지의 부재와 아버지를 기다리는 어머니의 끈질긴 생명력을 13세 소년(세영)의 눈으로 그린 것이다. 어느 날 부엌에 숨어든 거지 소녀 삼례와 홍어, 가오리 연을 매개로 작가는 자신의 어린 시절을 전달하는데, 예민한 감수성과 빼어난 서정적 묘사가 압권이다.

"내가 자식의 도리를 잘 못했다는 죄책감이 아직도 있어. 근본적으로 두 어머니에 대한 애증이 있지. 평생 가난을 뒤집어쓰고 산 생모가 올해 95세야. 내 성장소설의 핵심은 내 어머니에 대한 연구라고 할 수 있지. 그리고 그 삼례도 아직 안동에 살고 있는데 파파 할머니야. 얼마 전에도 가서 용돈 좀 드리고 왔어."

주머니에 돈이 있으면 배기질 못해

2007년, 정부에서는 그의 대사회적 공적을 인정해 은관문화훈장을 서훈했다. 살아있는 사람에게 준 것은 아주 드문 일이다. 그와 함께 '문학사랑'이라는 문학기행을 이끌고 있는 시인 이종주 이사는 내게 이런 말을 전해 주었다.

"70년 80년대 때 선생님은 신문연재 고료나 인세가 들어오면 늘 흰 봉투를 준비하셔. 감옥에 있는 문인들의 부인에게, 혹은 도망 다니는 문인들에게 전달할 돈이지. 후배를 불러서 전하다 보니까, 그리고 선생님이 내가 줬다는 말을 하지 말라는 당부도 있었지만,

정작 돈을 받은 본인은 모르는 경우도 있어."

항간에는 '소설가 김주영이 사주는 술을 먹어보지 못한 사람은 대한민국 문인이 아니다.'라는 말이 있을 정도로 그의 돈지갑은 늘 열려 있는 것으로 유명하다. 시대적 아픔에 동참하지 못한 것에 대한 미안함 때문이었을까? 그러나 그는 손사래를 친다.

"아니야, 난 그저 내가 어려서부터 도움 받은 사람들에 대한 고마움의 표시로 내 것을 남과 나누는 것일 뿐이야. 또 성질도 급하고, 주머니에 돈이 있으면 배기질 못해. 써버려야지."

대평리에 위치한 암벽절벽인 박수기정에서 에메랄드빛 바다를 내려다보며, 그가 이처럼 넓고 깊은 바다를 닮은 '큰사람'이 아닐까 생각하면서 볼레낭(보리수)길로 발길을 옮겼다.

지나가는 올레꾼에게 "안녕하세요."하고 먼저 인사를 하니 내 마음이 더 밝아진다. 마음이든 물질이든, 먼저 손 내밀어 베풀고 나누는 자에게 더 큰 기쁨이 돌아온다는 것을 알고 있는 그가 진정한 이기주의자일 것이다.

걷는다는 것은 인생을 간접 체험하는 것이지

'제주올레길'에서 '올레'의 뜻은 길에서부터 집으로, 집에서부터 길로 들어오고 나가는, 새을(乙)자를 닮은 기다란 제주 전통가옥의 출입구를 말한다. 그 올레를 표방한 제주의 길을 걷는 트레킹 코스를 올레라고 하는데, 2007년 9월 첫 코스를 개장한 이래 현재 12개의 코스가 제주 성산에서부터 동남쪽 무릉까지 해안을 따라 이어진다. 12코스라고 하지만 어느 계절에, 어느 시간에, 누구와 걷느냐에 따라 120코스도 될 수 있는 길이다.

제주에서 두 번째 날 오후에 있었던 문학 강연에서 그는 걷는다는 것에 대해 이렇게 말했다.

"독서가 인생에서 간접적 체험이라면 걷는다는 것은 직접적 체험입니다. 길을 걸어보면 결국 혼자라는 것을 알게 되고 많은 상념적인 것을 던져주죠. 그때 내 얼굴과 가슴에 스치는 바람은 종교적인 정화작용을 합니다. 내 인생의 기뻤던 일, 슬펐던 일, 사랑했던 대목이 떠오르며 그것들이 내 인생에 무엇을 가져다주었나 생각하게 되죠. 그리고 어떤 삶이든 삶의 궤도가 올바로 가기를 구상하게 되는 겁니다."

실패한 사람이든, 성공한 사람이든, 잘난 사람이든, 못난 사람이든, 모두가 자유인이 되는 길, 그가 있어 더욱 의미 있고 유쾌해지는 길, 그 길에서 '눈 크고 키 큰, 슬픔을 댓말쯤 가슴에 담고 있어 늘 외로워 보이는' 그와, 통기타 반주에 맞춰 7080노래를 부르고, 휘영한 달밤에 바닷가에서 술을 마시며, 어린아이처럼 우렁차게 "으헤헤헤" 웃는 웃음소리를 다시 듣고 싶다.

그때 바다는 또 어떤 빛깔로 빛날지……. 그리고 "이런 게 바로 문학 강의야."라며 들려주는 질펀한 육담에 배가 아프도록 실컷 또 웃고 싶다.

(2009년 6월)

 ## 만나면 행복해지는 사람

　이런 저런 이유로 선생과 여행을 다니다 보면 '행복'이라는 것이 손끝에 만져지는 느낌이다. 그것은 화려하거나 풍성해서가 아니라 '사람다운 사람'과 함께 한다는 기쁨인 것 같다.

　선생이 주위의 모든 사물을 건성으로 보지 않는 것은 사람에게도 마찬가지다. 아는 사람이든 모르는 사람이든, 선생과 말을 나누는 순간 모두 오래된 벗이 되어버리는 마법의 사람. '인간 재벌'이라는 어느 기업인의 말에 저절로 동의하게 되는 사람이다.

　따뜻한 봄 날, 선생의 《객주》를 재현한 '보부상의 길'을 함께 걸었다. 올해 들어 선생이 부인 얘기를 공식적으로 하기 시작했다. 나는 개인적으로 선생의 부인은 훌륭한 아내이며 어머니이지만, 불행한 여인이라는 생각을 가지고 있었다. '길 위의 작가'인 선생에게 삶은 곧 '길'이었으니….

　그동안 하도 길 위에서 살아서, 집도 이젠 '길'이 되었나 보다.

《한국산문》 창립기념회에 참석한 김주영작가. 2011년

"우리 마누라가 말이지……" 하면서 얘기를 시작하는 선생의 모습은 어찌나 정겨운지. 심각한 이야기를 하다가도 삼천포(육담)로 빠지는 바람에 듣는 사람은 긴장하고 들어야 하지만 아직까진 "우리 마누라가 말이지……"로 시작해선 옆길로 샌 적이 없다.

교훈적인 얘기도 가끔 한다. 미얀마인의 원숭이 생포 작전, 에스키모인들의 늑대잡이, 중국 계림의 가마우지 사냥법 등을 통해 관찰의 지혜와 호기심은 인간의 자산이라며, 고향인 청송 월전리의 첩첩산중에서 호기심을 키운 어린 시절을 들려주기도 한다.

문학이란 어깨에 힘주고 생색내는 것이 아니라 많은 사람을 위로 할 수 있어야 한다는 선생이 푸쉬킨을 예로 든다.

"몇 년 전에 모스크바 광장에 갔었는데 말야. 영하 삼십도인 날씨였어. 그 광장에 레닌, 스탈린 같은 많은 동상들이 있었는데 모두 조화가 놓여 있더라구. 근데 저쪽 구석에 있는 동상엔 그 추위에 생화가 놓여 있길래 보니까 '삶이 그대를 속일지라도'라는 시를 쓴 푸쉬킨의 동상이었지. 그를 좋아하는 시민들이 집에서 손수 키워서 매일 가져다 놓는 거야. 가난과 착취에 떠는 시민의 가슴을 위로해준 것은 시인이었던 거지."

한국 문단의 정상까지 긴 길을 걸어 온 작가가 '나는 왜 문학을 하는가'에 대한 답이었다. 그리곤 산악인 故박무택의 어머니와 자신의 어머니에 대한 일화를 덧붙인다.

어머니에서 아내로 이어지는 무궁하고 간곡한 굴레, 그 생명의 원천인 모성을 지극히 껴안은…… 영원히 죽지 않는 소년 김주영을 나는, 우리는…… 오래 기억할 것이다.

김친순

'그, 똥, 짧지만,
그래도 획을 그을 수 있는'

1955년 경기도 송추 출생.
1997년 계간 《한국소설》 신인상에 〈아스팔트 신기루〉당선으로 등단.
2001년 소설집, 《프로스트의 목걸이》
2002년 이노블타운에 장편 《머플러》 연재.
2005년 장편소설, 《시선》
2007년 소설집, 《옆방이 조용하다》
2009년 장편소설, 《교외선》
　　　　소설집, 《노천국씨가 순환선을 타는 까닭》
1999년 한국소설문학상에 〈귀먹은 항아리〉추천우수작 선정.
2004년 문예진흥원 창작지원금 1,000만원 수혜.
2006년 제17회 인천문학상 수상.

한국에는 동해, 서해, 남해, 그리고 진초해가 있다

하나로 묶은 긴 생머리, 뚜렷한 이목구비, 자그마한 체구의 그녀에게선 신기(神氣)가 훅 끼쳐왔다. 지천명을 넘긴 나이이기도 하지만 세상의 이치를 알아버린 자의 여유, 포기와 절제가 적당히 버무린 초연함, 잔잔한 미소가 드러내는 실주름에 함부로 넘볼 수 없는 단호함이 묻어있다.

을왕리 해수욕장이 끝나는 지점에 있는 언덕 위 까페 테라스. 서해바다에서 불어오는 바람이 그녀의 결 좋은 머리카락을 자꾸만 흩트려 놓는다. 발밑에 철썩이는 파도에서 멀리 잔잔한 수평선까지 고양이털 같은 햇살이 퍼지는 오후에 작가 김진초를 만났다.

본명 김선옥, 언제나 '진짜 처음' 같이 진정하게 살려는 생각으로 필명을 진초(眞初)라고 지었다는 그녀는 이 우주공간에 진짜 처음으로 자기만의 바다를 갖고 있다.

"몇 년 전 왕산해수욕장에 갔다가 오른쪽에 있는 산을 넘었는데 탁 트인 서해바다를 배경으로 갖가지 모양의 바위들이 전시되어 있었어요. 세월이 지나면서 갈라지고 부식되어 저절로 형상을 갖춘 모습에서 바다의 나이, 바위의 나이, 그리고 인간인 나의 나이가 느껴졌지요. 어떤 모습, 어떤 자세로 나는 늙어갈 것인가 생각하다 그곳을 '진초해'라 이름 붙이고 가끔씩 찾아가 안부도 묻고 배움도 얻곤해요."

처음 깃발을 꽂는 것보다 진정한 첫 마음을 지키려는 뜻을 품은 그녀의 바다, 한국에는 동해, 서해, 남해, 그리고 진초해가 있다.

귀먹은 항아리는 함부로 버려서는 안 된다는
숨은 뜻이……

등단 11년차, 중견작가로서의 입지를 굳힌 그녀를 문단에서 주목하게 된 것은 〈귀먹은 항아리〉였다. 《프로스트의 목걸이》에 실린 이 작품은 한국소설문학상 우수작으로, '거창한 이념이나 정치적 관점에서 벗어나 담담하면서도 애틋하게 그려낸 수작'이라는 평이다.

비무장 지대에 고향을 둔 할머니가 출가한 손녀에게 얹혀살면서 두고 온 작은 아들과의 만남을 소망하다가 죽는 것을 손녀인 '나'가 유품인 항아리를 보며 회상하는 이야기다.

금이 간 항아리는 울림이 없다. 깨진 항아리야 버려야겠지만 의인화된 귀먹은 항아리는 함부로 버려서는 안 된다는 숨은 뜻이 있다고 한다.

중년 여성의 원숙한 세계관과 노련한 감성을 바탕으로, 잊혀졌거나 버려진 계층에 대한 연민, 우리의 전 세대와 현 세대를 종횡무진하는 그녀의 소설을 읽다보면 온갖 허상이 벗겨진 인간의 속살과 만나게 된다.

저 깊고 어두운 자궁이 두 번 거듭나 내가 있고 세 번 거듭나 내 자식이 있고, 그리고 내 딸의 자궁이 단단히 여물어지는 이때, 물이 마른 까마득한 우물을 들여다보며 뜨거운 눈물을 흘리는 내가 있었다. 〈귀먹은 항아리 中에서〉

젊어지는 비결은 '소주 한 병'

'늦었다고 생각할 때가 가장 빠른 때이다.'라는 말을 좌우명으로 삼는 그녀는 43세라는 늦은 나이에 등단한 것이 오히려 잘된 일이라고 한다. 일찍 등단했다가 조로하는 작가보다는 아직도 신인인 것이 글도 마음도 젊어지는 것 같다며 그 비결을 쾌히 알려준다.

"계간 《학산문학》편집장일 외에 '굴포문학' 동인으로 활동하고 있어요. 그 안에 '소주 한 병'이라는 소설합평회가 있는데 여자 일곱 명이 멤버죠. 소주 한 병이 딱 일곱 잔이 나오잖아요. 그래서 모임 이름을 '소주 한 병'으로 했어요. 매달 만나서 소설합평회를 하는데 이를테면 작품 발표하기 전의 검증장치지요. 주례사 같은 평은 절대 사절, 아주 무자비하고 혹독한 평을 하지요. 그런데도 탈퇴하는 사람이 없어요. 당연히 만나면 소주 한 병을 따서 한 잔 씩 돌리는 것으로 개회를 하고. 남자 작가들이 자기들 일곱 명 보태 사 홉들이로 하자고 보채기도 하는데 어림없죠. 작가로 데뷔한 후에야말로 자기 작품에 대한 검증이 더욱 필요하거든요. 그래서 모두들 극성스럽게 작품을 쓰고 지독한 평을 즐겨 듣는 것 같아요."

중견작가임에도 데뷔 때의 초심을 잃지 않으려는 것이리라. 하루에 수만 권의 책이 쏟아져 나오는 요즘, 한 사람의 책을 열 권 이상 읽으라는 것은 폭력이라며 평생 열 권의 책만 쓰겠다는 그녀. 이미 네 권이 발간된 상태이고 세 권 분량의 원고를 갖고 있다니 이제 세 권 밖에 쓸 수가 없다.

"이젠 함부로 쓰지 말고 아끼고 아껴서 써야지요. 여태까지는 사람들이 어떻게 사는가를 주로 보여줬는데 이젠 그럼에도 불구하고 왜 사는가에 초점을 맞출 생각이에요."

제3의 성(性)인 내시의 마지막 세대, 완자 씨

송추에서의 어린 시절은 그녀에게 문학적 토대가 되어준 안경과의 사연이 있다.

"어린 시절 제 고향 송추엔 안경아저씨라는 분이 계셨어요. 서울에서 교직에 있던 분이었는데 폐병으로 공기 좋은 송추에 휴양을 오셨죠. 어른들은 그분을 김 선생이라 부르고 저는 안경 아저씨라고 불렀는데 그 댁엔 책이 아주 많았어요. 그 집을 뻔질나게 드나들면서 책을 닥치는 대로 빌려보았죠. 그리고 우리 학교에서 유일하게 안경을 쓴 친구와 서로 이야기를 만들어 들려주는 놀이를 한 것이 제가 문학을 할 수 있는 토대가 되어준 것 같아요. 안경과의 인연이 각별한 셈이죠."

그녀의 작품〈고수 먹는 여인〉과 〈내시, 완자 씨〉는 고향인 송추에 살았던 내시들이 모델이 되었다. 명맥뿐인 내시가계, 혼자된 마나님은 늦게 들인 양자의 실수로 몰락의 길을 걷고 있다. 욕정을 잠재우는 비방인 고수 나물을 과부인 엄마에게 가르쳤던 마나님과의 인연과 그 마나님이 내시의 부인으로 살았던 과거를 추억하는 〈고수 먹는 여인〉. 제3의 성(性)인 내시의 마지막 세대로 마을회관에서 궂은 심부름이나 하며 얹혀사는 완자 씨의 삶과 죽음을 그린 〈내시, 완자 씨〉.

이 작품들은 충격적이고 참신한 소재라는 호평을 넘어 '그동안의 페미니즘적 관점으로는 도저히 설명할 수 없는 보다 근원적인 관점에서의 인간이해' 라고 이경재 문학평론가는 말한다.

"이제는 역사 속으로 사라진 그들을 저는 곁에서 지켜보았어요. 당연히 제가 증언해야지요. 그들의 아픈 삶을…… 그 문제에는 약간의 책임감까지 느낍니다. 그리고 내시 가족 이야기는 앞으로도 계속 이어갈 생각이구요."

이혼은 추락, 그 자체였습니다. 끝없이 추락했지요.

풍족하고 평범했던 결혼생활이 IMF로 인한 남편의 사업 실패와 이혼으로 끝나고 두 아이의 교육과 생활을 책임지며 살아온 지 8년 째. 이제는 대학을 졸업한 남매와 종종 술자리를 같이하며 가난하지만 행복하다는 그녀. 인간과 문명이 편리로 만든 '선'을 이탈함으로써 오히려 양면을 폭넓게 끌어안는 법을 습득한 듯, 정화된 초탈함이 녹아있는 그녀와의 대화는 진솔하고도 편안한 시간

<진초해>

을 이어갔다.

"경제적 보장이 없는 이혼은 추락, 그 자체였어요. 끝없이 추락
했지요. 잘 살 때 시작한 카페마저 운영이 어려워지고 돌려 쓴 카
드 막기에 피가 마를 땐 내일 아침엔 눈 뜨지 않게 해달라고 기도
했으니까요. 아이들과 생존하는 일만으로도 녹초가 되었어요. 그
때 소설이 도피처였고 위안이었으니 소설이 나를 살게 한 거지요.
이혼한 지도 8년쯤 되니까 이젠 가난도 익숙해져서 불편하지 않
고…… 지금은 누구보다 행복하고 자유로워요. 올봄에는 딸하고
한 달간 인도 여행도 다녀왔어요. 저만 행복한 게 아니고 두 아이
들도 엄청 행복해 하죠."

행복은 성적순이 아닌 것처럼 부자순도 아니다. 이미 주어진 행
복을 발견하고 누리는 자의 몫이다.

영화감독이 꿈인 아들은 훗날 엄마의 소설 〈노천국 씨가 순환
선을 타는 까닭〉으로 첫 작품 제목을 벌써 정해 놓았다고 한다.

어느새 서쪽 하늘이 붉어져 온다. 고픈 배를 채우기 위해 '진초
해'가 보이는 왕산 해수욕장 앞 횟집으로 자리를 옮겨 그녀가 운영
했던 카페 'solo'의 얘기를 듣기로 한다.

**카페에 많은 남자들이 드나들었지만 그들 때문에 남자
를 버렸지요.**

"1999년부터 2003년까지 인천 신포동에서 북 카페 'solo'를 운영
했어요. 어려서부터 막연히 갖고 있던 로망이었죠. 제가 하면 잘할
줄 알았는데 4년 만에 한 푼도 못 건지고 나왔어요. 그래도 그동안
두 편의 장편과 십여 편의 단편을 썼으니 억울하진 않아요. 게다가

남자 공부는 얼마나 했게요. 학력, 지위, 연령 불문하고 술만 취하면 형편없이 무너지는 남자들의 적나라한 모습들을 허구한 날 봤지요. 카페에 많은 남자들이 드나들었지만 그들 때문에 저는 남자를 버리게 된 것 같아요."

여자 나이 54세, 아니 나이를 떠나 남자를 버렸다는 것은 행복 중 불행이 아닐런지. 그래도 사랑이 찾아온다면…… 하고 말끝을 흐리는데 "사랑요? 오기만 하면 대환영이죠. 과연 그런 행운이 올까 몰라도…… 제 경험으로 볼 때 사랑, 그거 하면 할수록 진화하는 것 같더라구요. 이제쯤 사랑하면 정말 멋지게 할 수 있을 것 같은데 제가 준비하고 있으니 저쪽에서 꾸물거리네요."라는 대답이 쏜살같이 나온다.

함께 터진 웃음에 잔이 출렁이고, 어둠과 몸을 섞느라 바다가 출렁이고, 햇살을 잃어버린 하늘이 별빛을 틔우느라 출렁이는 시각. 그녀를 들여다보다 카페 운영 중 썼다는 작품 〈슬픔을 들여다본다〉가 생각났다.

삼류 화가인 홀아버지와 근친상간의 어린 날을 보낸 '나'는 '혼자라서 좋은 날'이라는 카페를 운영한다. 아버지로부터 받은 슬픈 상처는, 아버지가 준 시집 속에 끼워져 있던 고흐의 〈슬픔〉이라는 그림을 들여다보며 '나'와 슬픔이 일체가 될 때 비로소 편안함이 찾아온다.

불행이든 슬픔이든, 있는 그대로 인정하고 받아들이며 도덕과 윤리의 잣대로 죄의식이나 갈등을 유발하지 않는 작품 속에서 그녀만의 삶의 방식이 들여다보인다.

그 똥, 짧지만, 그래도 획을 그을 수 있는

　문학수업 한 번 받지 못한 그녀에게 사숙(私淑)이 된 작가는 얼마 전 타계하신 이청준 선생이다. 그의 작품 〈눈길〉을 여러 번 필사하며 공부했고, 신문의 한 줄 기사에서 때론 소설 한 편이 써진다는 말엔 찰떡같은 내공이 전해진다. 찰지고 고소하고 소화 잘되는.
　그녀를 처음 보았을 때 느꼈던 신기(神氣)는 이런 따뜻한 카리스마였음을 깨닫는다. 안으로는 단단히 쌓이면서 밖으로는 '싸우지 않고도 이기는 힘'을 지닌 따뜻한 카리스마.

〈카페 'solo' 운영 당시. 2003년〉

밖으로 나오니 멀리 도망친 바닷물을 따라가지 못한 개펄이 총총한 별빛 아래 알몸으로 누워있다. 그녀가 긴 머리를 풀어 이마부터 곱게 쓸어내린다. 그리곤 하나로 단단히 묶는다.

그녀의 머리카락 위로 별들이 쏟아질 것만 같다. 문득 김중식의 시가 떠오른다.

이탈한 자가 문득
〈김중식〉

우리는 어디로 갔다가 어디서 돌아왔느냐
자기의 꼬리를 물고 뱅뱅 돌았을 뿐이다
대낮보다 찬란한 태양도 궤도를 이탈하지 못한다
태양보다 냉철한 뭇별들도 궤도를 이탈하지 못하므로
가는 곳만 가고 아는 것만 알 뿐이다
집도 절도 죽도 밥도 다 떨어져
빈 몸으로 돌아 왔을 때 나는 보았다
단 한 번 궤도를 이탈함으로써
두 번 다시 궤도에 진입하지 못할지라도
캄캄한 하늘에 획을 긋는 별, 그 똥, 짧지만,
그래도 획을 그을 수 있는, 포기한 자
그래서 이탈한 자가 문득 자유롭다는 것을.

거스를 수 없는 것을 인정함으로써 평안을, 경계를 넘어섬으로써 넓은 땅을 획득한 그녀가 긋게 될 '선'이 어떤 모양이 될지, 무슨 빛깔이 될지 나는 모른다.

마지막 한 작품을 위해 쓰고 또 쓴다는 그녀, 작가 김진초.

'그 똥, 짧지만, 그래도 획을 그을 수 있는' 그날이 올 것을 믿어 의심치 않는 것은, 깜깜한 서해바다 그 너머엔 찬란한 태양이 빛나고 있음을 믿기 때문이다.

그녀의 두 눈 가득 바닷물이 담긴다.

〈2008년 12월〉

〈딸과 함께한 인도여행. 2008년〉

김탁환

매력적인 여자는
자신의 삶을 매순간 올인한다

1968년 진해 출생. 서울대학교 국어국문과와 동대학원 졸업.
1989년 대학 문학상 평론부문 수상
1994년 《상상》에 평론 「동아시아 소설의 힘」으로 데뷔.
저서: 장편소설, 《불멸의 이순신》,《열녀문의 비밀》,《방각본 살인사건》,《허균, 최후의
　　　19일》,《나, 황진이》,《누가 내 애인을 사랑했을까》,《독도평전》,《서러워라 잊혀진
　　　다는 것은》,《압록강》,《열두 마리 고래의 사랑 이야기》,《노서아 가비》,《리심》,
　　　《밀림무정1,2》 등.
　　　소설집, 《진해 벚꽃》.
　　　문학비평집, 《소설 중독》《진정성 너머의 세계》 등
　　　스토리텔링 작법, 《김탁환의 쉐이크》.
약력: 해군사관학교 사회인문학 국어교수, 건양대, 한남대 문창과 교수, 한국과학기
　　　술원(KAIST) 문화기술대학원 교수. 현재 전업작가.

'황진이 돌아오다'

〈新 여우의 법칙〉

1. 과잉공급은 애정하락으로 연결된다.

2. 길들여지길 거부하는 여성에게선 빛이 난다.(예, 황진이)

3. 순진한 여우보다는 까칠한 싸가지가 낫다.

4. 외모를 가꾸려면 아예 끝장을 봐라.(피부는 아기 피부처럼, 몸매는 20대처럼, 정신은 그보다 더 강하고 맹렬하게)

5. 여우는 완전정복이 불가능하다.(남자는 예측 불가능한 상태를 즐긴다)

6. 지갑이 비면 여자의 자존심은 끝없이 추락한다.(목돈마련에 도가 터라)

7. 정당하게 자신의 권리를 요구하는 여자일수록 여왕대접을 받는다.

드라마 황진이가 인기를 끌자 모 일간지에 난 기사이다.

무궁무진하고 복잡다단한 여성의 삶을 몇 가지 법칙을 내세운 테크닉 따위로 결정할 수는 없지만 모계사회 이후 남성우월시대를 살아가자면 한번쯤 긴장하고 새겨들을 법도 하다.

서울 시내 대형 서점에 '황진이 돌아오다'라는 선전문구 아래 20여 종의 기생 소재의 책이 진열되고, 뮤지컬, 연극, 드라마, 전시회가 황진이를 소재로 무대에 올려졌다. 인터넷 사이트마다 그녀의 매력에 찬사를 담은 글들이 쏟아지고, 내년엔 영화도 개봉될 예정이라니 황진이가 돌아오긴 온 것 같다.

이런 '기생 신드롬'에 결정적 역할을 한 것은 단연 KBS TV드라마 '황진이'이다. 그리고 원작인 《나, 황진이》의 작가 김탁환이 있다.

방대한 자료조사와 치밀하고 정확한 고증을 거쳐 역사 팩션 소설의 새 지평을 열고 있는 그는, 사대부 남정네를 쥐락펴락하며 송도삼절, 자유연애, 계약결혼으로 일축된 그녀의 삶을 '지식인 황진이'로 재구성했다.

'동양적 상상력의 복원'을 추구하는 이 시대의 탁월한 매설(賣說)꾼인 김탁환. 그가 서경덕의 제자였던 황진이를 통해 조선 중기 문단의 시적 성취와 철학적 사유를 증언하며, 시와 언문으로 가득한 문장의 새로운 형식 실험에 도전한 것이다.

화려한 치장 뒤로 버려진 사랑, 고뇌, 눈물

소설은 지천명을 앞둔 황진이가 스승인 서경덕의 사후, 그의 가르침을 글로 남겨 전하고자 회고록을 부탁한 허태휘(허균의 아버지)에게 보내는 편지 형식의 자기 고백이며 회고록이다.

화자인 황진이가 자신의 지나온 삶을 반추하면서 조선 중기 송도의 문화지형을 더듬고, 회통적 사상계의 주역인 서경덕의 가르침을 풀어 놓은 후, 새로운 스승(남명 조식)을 찾아 다시 유랑 길에 나서는 것으로 맺고 있다. 그녀는 자신을 둘러싼 세간의 소문들을 꺼내어 자신의 입장을 밝히고, 서경덕의 제자로서 학문에 정진하며 진리를 추구한 삶과 철학적 사유로 가득한 정신세계를 보여 주고 있다.

작가 김탁환은 "신분을 뛰어넘어 자유연애를 하고 팔도유람을 다녔던 자유인 황진이, 한시와 시조에 능하면서 서경덕의 철학을 배운 지식인 황진이를 통해 '여성은 무엇으로 사는가'에 대해 질문을 던지고 싶었다."고 한다.

황진이만큼 널리 알려진 여성도 없지만 황진이만큼 제대로 평가받지 못한 여성도 없다며 누구나 황진이를 알지만 아무도 황진이를 모른다고 말하는 작가에게서 황진이를 통한 오늘날의 여성상을 들어보기로 한다.

사랑 같은 혁명, 혁명 같은 사랑이 내면에서 일어나 혁명적인 삶을 산거죠

뛰어난 문학적 수준으로 한국시가 문학사에서 여성문학의 한 정점을 이룬 황진이의 진정한 매력과 시대를 초월하여 여성에게 던지는 교훈은 무엇일까.

"남존여비 사상이 뿌리 깊은 시대에 사회의 모순, 부조리에 맞서 기생으로 결정되어진 운명에 굴복하지 않고 자신의 삶을 스스로 개척해 나간 그 자유혼이 아름답죠. 우리는 살면서 사람에게나 무슨 일에서 백 프로를 다 걸기가 쉽지 않잖아요. 황진이는 백 프로를 거는 여자에요. 사랑 같은 혁명, 혁명 같은 사랑이 내면에서 일어나 혁명적인 삶을 산거죠. 이렇게 올인하는 사람은 불행한 삶을 살 수밖에 없지만 자신의 의지대로 삶을 확, 확 움직일 수 있는 힘이 황진이의 삶을 예술가적으로 만들었고 오백여 년이 지난 지금도 그녀를 그리워하는 이유겠지요."

그녀가 지금의 우리보다 더 자유로울 수 있는 신분이기에 가능했다고 말하지 말자. 운명의 한계는 신분 말고도 돈, 명예, 가족, 사랑, 육체적, 정신적 등의 이유로 우리의 열정과 의지를 시시때때로 꺾고 있지 않은가. 그리고 자신에게 주어진 한계가 가장 높고 힘들다며 자위하지는 않았는지 생각해 볼 일이다.

운명에 맞선 그녀의 고백은 소설 곳곳에서 메아리친다.

"아름답지 못하고 방자하다는 비난을 듣더라도, 저 시업(詩業)의 위대함과 시마(詩魔)의 지독함을 보임으로써 나만의 자리를 만들고 싶었습니다."

"그 '다움'은 어디서부터 오는 걸까요. 나로부터 비롯되는 것이 아니라 내 밖으로부터 오는 것이라면, 어찌 그것을 내 삶의 원칙으로 받아들일 수 있겠습니까."

"기막히게 선명한 장래와는 다른, 더 높고 아득한 꿈을 찾고 싶었습니다."

자신의 한계를 돌파하기 위해 혼신의 힘을 쏟은 그녀의 눈물겨운 투쟁과 무거운 성찰은, 시대를 넘고 성(性)의 구분을 넘어 어떻게 살아야 하는가에 대답을 주고 있다.

"황진이의 분명한 자아의식이나 목표를 향한 의지와 집념, 그리고 여성 간의 우정과 의리, 또 남성으로부터의 독립심, 이런 것들이 여성에게 주는 중요한 교훈이랄 수 있지요."

100을 향해 밀어 올리는 삶을 좋아해요. 설령 불행해진다 해도 그것이 죽음일지라도.

창문과 출입구를 뺀 벽면이 책으로 가득 쌓여진 그의 연구실은 《나, 황진이》에 대해 "글 한 편을 읽어도 실은 수십 수백 권을 읽는 효과에 상응하는 효과"(평론가 장일구)라는 말을 실감나게 한다.

맑고 깨끗한 소주보다는 벌컥 벌컥 들이킨 후 가슴이 탁! 트이는 막걸리가 떠오른 것이 '탁환'이라는 이름 뿐만은 아니었다.

코밑에서 시작해 턱까지 동그랗게 말아 키운 짙은 수염은 그의 작품처럼 오랜 정성과 곰삭은 멋이 난다.

"100을 향해 밀어 올리는 삶을 좋아해요. 설령 불행해진다 해도 그것이 죽음일지라도. 한마디로 '징~헌 삶'이죠."

삶은 죽음의 또 다른 이름이라 했던가. 그의 소설 중엔 늘 죽음이 삶만큼이나 징~허니 서려있다.

《나, 황진이》의 이모할머니이며 행수인 백무의 처절한 죽음, 《불멸의 이순신》에서 이순신의 장렬한 죽음, 마지막 춤사위를 죽음으로 추어낸 《리심》과, 《열정》에서 온 몸을 활활 태우며 낙화처럼 사라진 공승하와 강혁, 《허균, 최후의 19일》에서 사지가 찢겨 죽는 허균 등, 죽음의 장면과 심리 묘사가 탁월하다.

문자와 영상을 넘나드는 그의 작품들이 영상매체의 뜨거운 호응을 받는 이유 중엔 '징~허니' 살다간 비극적인 인물 또한 무시할 수 없는 점이리라

르네상스적 인재를 양성하는 교수이며 아내와 두 딸을 거느린 가장으로서, 나이 사십도 되기 전에 이미 30권이 넘는 책을 집필한 그는 "일기, 에세이, 소설 등 모든 장르를 넘나드는 글을 쓰려 해요. 리심이 사하라 사막을 걸음으로써 조선 여인의 첫걸음이 된 것처럼 제 글쓰기가 처음 시도되는 첫걸음이고 싶은 거죠. 즉 계속 실험하는 작가가 되는 거지요."라며 야심찬 말을 이어갔다.

크린트 이스트우드 감독의 《밀리언 달러 베이비》같은 영화 만들고파

"탈고를 끝낸 작품으로 《애이불비-백제인의 사랑》이 있는데 내년 봄에 출간 예정이고요, 지금은 내년 말쯤 크랭크인하는 《연

인》의 시나리오를 집필 중이에요. 1940년에서 50년대가 배경이고 박종훈 감독이 메가폰을 잡았어요. 소설 계획은 K1유도선수인 추성훈의 일대기를 다룬 장편 소설을 구상 중인데 크린트 이스트우드 감독의 〈밀리언 달러 베이비〉같은 영화를 만들어 보고 싶은 것이 또 하나의 꿈입니다."

대화 도중 시원한 너털웃음으로 상대를 편안하게 하던 그가 이번엔 계면쩍은 미소를 짓는다.

"나의 경쟁 상대는 내가 쓴 마지막 글이라고 생각해요. 그리고 내가 만들 수 있는 이야기가 어디까지인지 알고 싶고 궁극적으로는 최후의 독자인 나 자신을 위해 계속 책을 쓸 겁니다."

하루에 책 한 권을 읽고 영화 한 편을 보고 학생들을 가르치고 소설을 쓰고 시나리오를 쓰고, 틈틈이 문화 예술 전시회를 섭렵하는 그의 열정은 결국 자신의 한계를 넘기 위한 몸부림이 아닐런지.

이미 《불멸의 이순신》, 《서러워라 잊혀진다는 것은》, 《나, 황진이》가 드라마로 만들어졌으며, 영화 촬영 중인 《방각본 살인 사건》, 영화 계약이 된 《열녀문의 비밀》, 영화 계획 중인 《리심》 등, 작가 김탁환은 공감대를 형성하는 탄탄한 대본으로 이 시대 소설의 영상화를 이끌고 있다.

"소설가는 잘 쓰는 것도 중요하지만 또 잘 잊기도 해야 하죠. 몇 년을 연애하면서 끝낸 작품은 빨리 떠나보내야 하는데 그게 쉽지 않더라구요. 저는 일주일 정도 제주도 앞바다에서 혼자만의 씻김굿을 합니다."

파도 소리가 가슴을 치는 깜깜한 바닷가에 술병과 나란히 앉은 그가 보이는 듯하다.

파국의 고통보다는 때 이른 결별의 아쉬움을 택한 겁니다라는 황진이의 마음으로, 있으나 보이지 않고 보이나 있지 않은 곳까지 다다른 한 예술가의 영혼으로, 밤바다를 응시하는 그가 있어 우리는 계속 행복한 글읽기를 할 수 있으리라.

바다에서 돌아와 앉은 그의 예리한 눈빛과 섬세한 손끝에서 또 어떤 비극적이고 징~헌 삶이 만들어 질지. 또 어떤 인물이 우리 앞으로 뚜벅 뚜벅 걸어 나와 무엇을 들이밀며 놀라게 할지. 그저 기다릴 밖에.

〈2007년 2월〉

오랜만에……

2010년 11월 24일 강남 교보문고. 《밀림무정》(1,2) 출간기념 사인회를 하는 자리에서 작년 말에 교수직을 그만두고 전업 작가가 되었다는 그를 만났다.

전보다 좀 야위고 머리엔 백발이 늘었다. 백석 시인에 대해 쓰고 싶었던 그는 2005년 겨울에 '시인과 호랑이의 대결'이라는 구상을 떠올렸다고 한다.

러시아와 제주도에 이르는 철저한 현장 답사 이후 6개월간 자료

조사, 6개월간 초고 집필, 6개월간 퇴고를 거쳤다. 어려서는 책을 읽으며 몽상을 즐겼다면, 지금은 글을 쓰면서 몽상을 즐긴다는 그는 이번 책을 통해 인간의 궁극적인 한계를 나타내고 싶었다고 한다. 독자들 앞에서 그가 한 말이다.

"홀로 쓰는 단독자로, 머무르지 않고 계속 돌아다니며 쓰는 방랑자로, 글감을 뒤쫓아 끈질기게 쓰는 추격자로, 영혼을 뒤흔들 만큼 강력하게 쓰는 포식자로, 그런 호랑이의 혼으로 쓰겠습니다."

최근엔 목동 5단지 근처와 블랑블랑 커피집에서 그를 목격했다는 제보가 속속 들어오고 있다. 몽상을 즐기는 호랑이를 보고 싶은 분은 그곳으로 가보시길. ^^

생명평화 탁발 순례하는 **도법스님**

밥을 빌어 몸을 유지하고 진리를
빌어 자기를 완성하는 길 위의 수행

사진 _ 박건식

1949년 제주 출생.
1965년 전북 김제 금산사에서 월주스님을 은사로 출가.
저서: 《부처를 만나면 부처를 죽여라》, 《내가 본 부처》, 《청안 청락하십니까》,
　　　《화엄의 길, 생명의 길》, 《길, 그리고 길》, 《화엄경의 길, 생명의 길》.
1995년 실상사 주지.
1999년 인드라망 생명 공동체 창립.
2000년 지리산 살리기 국민 행동 공동 대표.
2004년 생명평화 탁발 순례단 단장.
2011년 조계종 '자성과 쇄신 추진 결사 본부' 화쟁위원장.
2008년 포스코 청암상 수상.

내가 너에게 베푸나 교만하지 않고
본래 내 것이 아님을 배우는 일
내가 네게 의탁하여 나를 낮추나 비굴하지 않고
본래 누구의 것도 아님을 배우는 일
탁발은, 받아서 베풀고 주어서 의탁하는 것
그래서 놓아버리는 일, 마음에서 손에서 일체를
놓아버리는 일, 놓아버리는 일은 흐르게 하는 일
흐르게 하는 일은 살리는 일

백무산의 시, 〈이 길에서 삶을 혁명하리라〉 中에서

인드라망이란 제석천 궁전에 있는 투명한 구슬그물을 뜻한다. 인드라는 본래 인도의 수많은 신 가운데 하나로, 한역하여 제석천이라 하는데, 그곳에는 그물코마다 달린 투명구슬이 우주 삼라만상을 투영하는 그물(망)이 있다는 것이다.

정신, 물질, 시간, 공간, 인간, 자연 등의 구슬들이 동시에 겹겹으로 서로 투영되고 받아들임으로써 총체적이고 무궁무진한 투영이 이루어진다. 즉, 불교의 연기법, 연기적 세계관과 같은 것이다.

이 세상 모든 것이 하나하나 별개의 구슬같이 아름다운 소질을 갖고 있으면서 그 개체성을 유지하고 있지만 결코 그 하나가 다른 것들과 떨어져 전혀 다른 것으로 존재하는 것이 아니며, 다른 것 모두와 서로 서로 그 빛을 주고받으며 뗄 수 없는 하나를 이루고 있다는 것이다.

세계는 본래부터 한 몸, 한 생명이라는 것에서 인드라망 생명공동체는 출발한다.

한국 불교 개혁의 상징적 인물–내가 변해야 상대도 변화된다

인드라망 생명공동체 단장이신 도법스님은 한국의 실천 불교를 대표하며 한국 불교 개혁의 상징적인 분이다. 금산사 부주지로 있던 시절엔 청정 불교 운동을 이끈 승가 결사체인 선우도량을 만들어 조계종단 개혁의 중심에 있었다.

1995년 실상사 주지를 맡으면서 1998년에는 실상사 소유의 땅 삼만 평을 기반으로 불교귀농학교와 귀농전문학교를 설립하고, 1999년 인드라망 생명공동체를 창립하여 대안교육과 지역자립생태공동체운동 등의 활동을 꾸준히 해오고 있다.

종단이 어지러운 분규에 휩쓸렸던 1998년 말. 총무원장 권한대행으로서 분규를 마무리 짓고 미련 없이 실상사로 내려간 스님에 대해 '수행과 실천이 안팎으로 일치해 한국 불교의 참모습을 보여

주는 스님'이라고 세상은 평했다. 그리고 너와 내가 어울려 살아가는 세상, 원래 한 몸이고 한 생명인 우주를 향한 스님의 행보는 절간에만 머물지 않았다.

'지리산'으로 상징되는 현대사의 아픔을 치유하고 나아가 21세기 생명평화운동의 전망을 모색하기 위한 1,000일 기도가 끝나자, 스님은 깨달음도 접고, 부처도 내려놓고, 수행도 포기하고 붙잡았다는 화두-생명 평화. 그 문을 열기 위해 길을 나섰다.

2004년 3월 1일. '생명평화 탁발순례'가 시작된 것이다.

밥을 빌어 몸을 유지하고 진리를 빌어 자기를 완성

"탁발이란, 원래 무소유를 근간으로 하는 수행자들이 살아가는 방식이지요. 밥을 빌어 몸을 유지하고, 진리를 빌어 자기를 완성한다는 의미를 담고 있어요. 이런 탁발 정신을 지금 시대에 맞게 살려, 면단위 마을을 직접 찾아가 사람들을 만나 이해와 포용력을 구하고 평화문제에 대한 대화를 통해 문제해결 방안을 모색하자는 것이지요."

탁발은 걸식이다. 걸식은 부처 이래 두타행의 한 중심을 이루어온 수행법이다. 부처는 탁발을 통해 수행의 큰 적인 교만과 아집을 없애고 걸식으로 얻은 음식을 중생에게 베풀라고 가르쳤다.

"생명평화 탁발순례는 천일기도의 연장이고, 기본적 전제는 인간에 대한 무한한 신뢰를 바탕으로 합니다. 그리고 탁발은 내가 만나야 할 지역 주민들에게 좀 더 겸손히 다가가려는 몸짓이지요."

전국 방방곡곡을 누비며 지역, 사람, 이념, 종교의 경계를 허물고 생명 평화의 중요성을 공유하는 사람들이 모여 대화를 나누는 마당, 그리하여 진보와 보수, 영남과 호남, 부자와 가난한 자, 남자와 여자가 대립하는 '남남 갈등' 혹은 집단이기주의를 풀어내는 계기를 마련하자는 것이 탁발순례라는 것이다.

걸음걸음이 천국이요 극락입니다

2004년 지리산 노고단에서 출발한 순례단은 지리산 일대 1천6백리를 40여 일 동안 걸은 후 제주도를 거쳐 경남, 전남, 경북, 전북을 지나 지난 8월부터 충북지역 순례를 시작했다.

단장이신 도법스님을 만나기 위해 옛 부여의 수도인 공주를 찾았을 땐 가을이 끝자락을 금강에 걸쳐 놓고 있었다.

코끝이 매운 이른 아침, 공산성(옛 웅진성)입구에서 만난 스님은 3년 동안 탁발순례 중임에도 힘든 기색을 찾을 수 없었다.

강단 있어 보이는 작고 마른 체구에 헐렁한 승복과 낡은 바랑, 어깨에 걸친 땀수건과 군데군데 찢어진 밀짚모자가 보이는 전부였다. 그러나 스님의 눈빛과 마주친 순간, 모든 것을 가진 자, 깨달은 자가 품고 있는 깊고 넉넉한 우물이 그곳에 있었다. 누구에게든 아낌없이 퍼줄 것 같은, 그것이 생명평화를 위하는 일이라면 마지막 한 방울도 기꺼이 내 줄 것 같은.

3년 동안 걸었다면 얼마나 걸은 것일까. 얻어먹고 얻어 자는 것이 쉽지만은 않았을 텐데.

"약 이만리쯤 걸었고 산길, 들길, 물길에서 약 사만 오천 명쯤의 사람들을 만났어요. 먹는 것은 개인집이건 음식점에서건 주는 대로 먹고, 자는 것은 교당, 성당, 교회, 사찰은 물론이고 마을회관이나 어린이집, 닥치는 대로 잡니다. 그래도 걸음걸음이 천국이요 극락입니다."

이제 막 퍼지기 시작한 햇살처럼 스님의 미소가 따끈따끈하다.

순례 일행은 스님을 포함해 일곱 명이었다. 대접하는 지역 주민들에게 자칫 부담이 될까봐 회원들 중 시간이 허락되는 사람들이 돌아가며 참석하고, 순례 지역에서 동참하고 싶은 사람이 있으면 동행하는 식이었다.

지역마다 각계각층의 성직자, 주민, 자원 봉사자, 시민단체회원 등이 동참해 종교 간의 벽을 허물고, 거제도 위령제, 대전형무소 위령제를 비롯한 지역 문제 해결을 통해 잠재된 대립과 갈등을 씻으며 화합과 상생의 길을 열어가고 있다.

내 출가는 인연, 그냥 인연이지요.

한 세상 살아내기가 어디 호락호락한 일이던가. 내 한 몸 거두고 내 마음 하나 추스르기에도 가진 것은 늘 모자라고, 목표를 위해 열심을 내보지만 뒤돌아보면 늘 아쉬움이 따른다. 참선을 하고 자원 봉사를 한다는 것도 자기 위로일 뿐. 욕망에서 욕망으로 이어지는 삶의 고리를 끊기란 쉽지 않다. 그런데 자신의 욕망을 끊고 대신 사회와 인류에 대한 욕망을 품는 그런 큰 사람들이 있어 세상은 진화하고 발전되어 가는 것이리라.

환경오염으로 생태계가 파괴되고 생명이 경시되는 이 위기의 시대에 도법스님 같은 큰 인물이 있다는 것은 분명 이 사회의 미래가 어둡지만은 않음일 게다.

스님의 출생과 어린 시절, 그리고 출가한 사연은 뭐였을까. 지난날을 묻는 질문에 스님의 눈길이 잠시 허공에 머문다.

"자의반 타의반이랄 수도 있지만 내 출가는…… 인연…… 그냥 인연이지요."

흐린 말끝을 따라 연꽃 같은 미소가 번진다.

"난 제주에서 유복자로 태어났어요. 그러니까 편모슬하에서 자랐지요. 학교는 초등학교만 나왔고, 공부를 계속할 수도 있었는데 왠지 하기가 싫었어요. 바보 같은 마음으로 바보 같이 살았던 것 같아요. 정말."

빈 그릇만이 가장 많이 채울 수 있는 것처럼 하늘은 세상을 품고 부처를 모시기엔 빈 그릇 같은 마음이 필요했나보다. 세상의 지식이 담기지 않은 온전하고 순전한 빈 그릇이……. 그래서 가장 존경하는 분은 부처님이며 가장 감명 깊은 인물은 간디라고 한다.

"만약 비폭력을 포기해야한다면 차라리 인도의 독립을 포기하겠다던 그 분의 말을 존중합니다. 민족과 국가보다 진리를 우선으로 삼았던 간디의 예가 현대사회의 민족문제나 지역문제를 해결하는 올바른 태도라고 생각합니다."

한 여론 조사에서 성철, 원효, 서옹 스님에 이어 '존경 하는 스님' 4위에 선정될 만큼 신망도, 게다가 외양도 간디와 흡사하다. 자연스레 이름 하나 떠오른다. '한국의 간디!'라는.

성찰이란 내면의 소리, 양심의 소리를 듣는 것

아침 9시, 공산성 유적지를 시작으로 무열왕릉지와 공주 시내를 걷는 오전 순례가 네 시간여 만에 끝났다. 유적지에선 입장권을 탁발 받았고 한 음식점에선 우거지해장국에 쟁반 냉면을 곁들인 푸짐한 점심 탁발을 받았다. 받아서 베풀고, 주어서 의탁하는 진리가 가는 곳마다 열리고 있었다. 점심 공양을 마친 스님이 말씀을 이어갔다.

"현대인은 현대 문명의 모순에 대해 문제의식을 갖고 뼈아픈 성찰과 반성을 해야 합니다. 자연 질서를 존중하고 사회 질서와 맞춰 조화와 균형을 이루어야 해요. 성찰을 통한 정확한 진단이 있어야 하는데 성찰이란 내면의 소리, 양심의 소리를 듣는 겁니다. 그러나 지금 이 시대는 비장한 각오 없이는 성찰하기가 쉽지 않지요. 하지만 성찰을 박탈당한 시대일수록 종교가 성찰의 흐름을 만들어 가야합니다. 그리고 성찰의 시간을 갖는 것에 머무르지 말고 성찰의 문화를 가꾸는 사람이 되어야합니다. 모든 것이 관계적 존재임을, 실제 세계는 분리되어 있지 않음을 성찰을 통해 깨닫지 않고서는 인류가 살아날 방도가 없습니다."

성찰이란 내면의 소리, 양심의 소리를 듣는 것이라는 말씀이 가슴을 친다. 성경에는 행함이 없는 믿음은 죽은 믿음이라 하지 않았던가. 성찰을 통한 깨달음 다음엔 실천이 따라야 한다는 말씀과 같은 뜻이리라.

내 취미는 삶에 대한 원초적 고뇌

그동안 스님은 한국 불교와 승단을 향해서, 출가자를 향해서, 부처님의 생애와 교리에 대해서, 깨달음과 전법에 대해서 저서를 통해 많은 글을 남겼다. 논리 정연함은 물론이고 문장력이나 표현력이 놀라웠다. 문학에도 관심이 있으신지 여쭈니 얼굴에 밝은 웃음이 번진다.

"나는 문학은 몰라요. 문학은 꿈꾸는 사람들의 몫 아닌가요. 나는 꿈을 깬 사람이거든요. 그래도 조정래 씨의 태백산맥은 아주 감명 깊게 읽었어요."

덧붙여 "내 취미는 인생에 대한 원초적 고뇌를 하는 겁니다."라는데 고뇌하는 사람의 얼굴이 저리 편안할 수가.

오후 순례를 시작하려는 듯 일행들이 하나 둘 일어선다. 아직도 못다 한, 못다 들은 얘기가 많은데…… 엉거주춤 따라 일어날 수밖에 없었다. 하루 일정으로 왔으면 좋았을 걸 하는 아쉬운 마음으로 스님과 일행에게 작별인사를 드렸다. 서울에 입성하는 날 꼭 다시 동행할 것을 약속하며, 그들의 건강과 평화를 빌며 서울행 차에 올랐다.

공산성에서 내려다보이던 금강 물줄기가 맑고 낭랑한 스님의 목소리를 싣고 한참을 따라오고 있었다.

"존재의 실상은 바로 너 없인 내가 없다는 것, 때문에 서로 존중하고 서로 사랑할 수밖에, 그게 바로 자비에요. 또 그것이 예수님께서 말씀 하신 '네 이웃을 사랑하라.'는 겁니다."

(2006년 12월)

안상학

싸울 때 목숨 바칠 줄 알고,
일할 때 땀 흘릴 줄 알고,
사랑할 때 영혼을 다하는

사진 _ 박건식

1962년 경북 안동 출생.
1988년 중앙일보 신춘문예 시 〈1987年 11月의 新川〉 당선.
1991년 《그대 무사한가》〈한길사〉
1999년 2시집 《안동소주》〈실천문학사〉
2003년 3시집 《오래된 엽서》〈천년의 시작〉
2004년 평전 《권종대−통일걷이를 꿈꾼 농투성이》〈민주화운동기념사업회〉
2008년 4시집 《아배 생각》〈애지〉
현재: 재단법인 권정생어린이문화재단 사무처장.

시는 결핍의 다른 이름이며 결핍을 채우는 공간

네루다는 "세상에서 제일 어리석은 일이 시를 정의하는 일"이라고 했지만, 동시대의 옥타비오 파스는 《활과 리라》에서 시에 대한 무수한 정의 중 "시는 고백이다. 시는 본래적 경험이다." 그리고 "시는 민중의 목소리이자 선민의 언어이고 고독한 자의 말이다."라고 했다.

천차만별인 삶처럼, 누구든 자신의 절실한 각도는 있는 법. 민중의 목소리와 고독한 내면의 고백을 구체적인 일상으로 풀어내는 시인 안상학은 "시는 결핍의 다른 이름이며 결핍을 채우는 공간"이라고 말한다.

"시 쓰기는 인생이라는 그릇에다 빠져나간 결핍을 하나하나 불러와 시로 채우면서 마음에서는 비우는 행위입니다. 만약 어머니가 없다, 그 어머니를 다시 불러올 수도 다른 것으로 대체할 수 없다, 그래서 괴롭다가 아니라, 시로 만든 어머니로 부재를 채움으로써 고통에서 벗어나는 것이죠. 종교적 수행이나 시 쓰기는 길이 다를 뿐 고통을 무화된 원형으로 돌려놓는 수행이라고 생각합니다."

수행이라…… 그렇다면 시는 시인들이 토해내는 언어의 사리가 아닐까. 고통에 대해 벼린 칼날 같은 촉수를 타고난 존재들이 잉태한 절대 고독의 산물들…….

도시개발로 뚫린 도로 옆 주차장을 내려다보며 서 있는 제비원 미륵불이 외경스럽게 느껴지는 안동시 이천동 작은 시골 마을, 좁은 논둑길 끝에 있는 마을회관 앞에서 그를 만났다.

껑충한 키에 투박한 사투리, 순하고 선한 인상이 상대방을 무장 해제 시키는 안동의 시인 안상학. 그를 따라 차 한 대가 겨우 지나

갈 수 있는 골목을 들어서니 왼편으로 대문도 없는 조립식 주택이
나왔다. 그의 작업실이었다. 창가에 놓인 컴퓨터 책상과 벽 한 면
이 책으로 가득한 서재가 정갈한 모습으로 손님을 맞는다.

〈아배생각〉

뻔질나게 돌아다니며
외박을 밥 먹듯 하던 젊은 날
어쩌다 집에 가면
씻어도 씻어도 가시지 않는 아배 발고랑내 나는 밥상머리에
앉아
저녁을 먹는 중에도
아배는 아무렇지 않다는 듯
- 니, 오늘 외박하냐?
- 아뇨, 올은 집에서 잘 건데요.
- 그케, 니가 집에서 자는 게 외박 아이라?

집을 자주 비우던 내가
어느 노을 좋은 저녁에 또 집을 나서자
퇴근길에 마주친 아배는
자전거를 한 발로 받쳐 선 채 짐짓 아무렇지도 않다는 듯
- 야야, 어디 가노?
- 예…… 바람 좀 쐬려고요.
- 왜, 집에는 바람이 안 불다?
그런 아배도 오래전에 집을 나서 저기 가신 뒤로는 감감 무
소식이다.

안상학 시인의 네 번째 시집《아배 생각》에 실린 〈아배 생각〉
과 〈아버지의 검지〉는 그가 뒤늦게 부르는 사부곡이다.

1998년에 돌아가신 아버지의 10주기를 맞아 '아배'에 대한 그리
움을, 어느 날 있었던 농담처럼 표현함으로써 오히려 가슴 먹먹한
감동을 주고 있다.

"아버지의 인생을 한마디로 말하
자면 가난입니다. 화전민이셨던 아
버지는 소개령이 떨어지자 도시로
나와 밑바닥 인생을 걸었지요. 채소
장수, 닭장수, 막걸리 배달꾼 등. 지
지리 복도 없고 가난한 아버지였지
만 부지런하고 낙천적인 성격이셨
습니다. 유머도 풍부하고 노래는 또
얼마나 구성지게 넘기셨는지, 온몸
이 악기인 분이셨습니다. 그런 아버
지 속을 저는 어지간히 썩여드린 것
같습니다. 왜 아버지란 존재는 자식

〈아버지〉

에게 한없이 지기만 하는 존재인지……. 한 딸아이의 아버지가 되
면서 많은 것을 느끼고 있습니다."

세월이 뒤늦게 선사하는 삶의 진실이나 이치도, 인간이 이루는
한 풍속일 터, 팍팍하게 까먹은 청춘 뒤에는 더 애지고 뭉클한 깨
달음이 찾아오나보다.

올해 중학교 2학년인 딸에게 아비 노릇을 잘 못해줘서 미안한
마음이라는 그가 "사람은 누구나 자기가 크는 것이지만 내 아버지
가 그랬듯이 아이의 인생을 지그시 지켜봐주는 역할을 잘하고 싶

다.”고 말한다. 30여 년 전, 어머니가 간경화로 돌아가시고 새어머니와 새새어머니를 모신 남다른 가족사에서 빚어진 방황과 갈등, 그러나 끝내 축축한 연민으로 끌어안는 그의 정서가 눈물겹다.

세상에서 가장 부르고 싶은, 그러나 가장 어색하기만 한 그 이름 – 엄마

“복에 겹게도 세 분의 어머니”가 계셨지만 친어머니는 3년 투병 끝에 그가 11세 때 돌아가시고, 새어머니는 들어온 지 9개월 만에 옛 애인에게 피살되었다. 중학교 2학년 때부터 같이 지낸 새새어머니는 전형적인 팥쥐 엄마 스타일로, 그는 ‘어머니’란 소리를 일주일 만에 거두었다.

“내가 삶의 속뜻을 깨우치고 딸을 낳아 기르면서 생각해보니, 내가 처음으로 굳은 혀를 풀고 엄마라고 불러본 게 언제였던가……. 세상에서 가장 부르고 싶은, 그러나 가장 어색하기만한 이름이 내겐 ‘엄마’입니다.”

시인의 꺼끌한 사투리도 잦아들었지만, 갑자기 쏟아진 소나기에 미처 거두어들이지 못한 솜이불이 내 마음에 덮쳐왔다.

〈보리밭〉

꽃이 피기도 전에 봄이 왔는가 보다
너무 일찍 잠깬 호랑나비 한 마리
청보리밭에 잠시 앉았다 날아간다
고생만 하고 간 엄마 생각이 난다

새새어머니와 불화하면서 그의 10대는 가출, 폭력, 술, 담배, 자퇴로 이어지는 비행청소년의 전형을 걸었다. 그때 구원처럼 다가온 것이 시였다.

중학교 3학년 때 방에 걸린 '류향'이라는 여고생의 시화 한 점이 방황과 불화의 골목에서 그를 골방으로 이끌었다.

"세상 누구도 그 지랄 같던 생의 한가운데서 허우적거리는 내 손을 잡아주지 않습디다. 그때 그 한 편의 시가 부유하던 내 심정을 헤아린 듯했지요. 내게 시는 결핍을 채우는 정신적인 힘이었습니다. 꿈이랄까, 의지랄까, 어쨌거나 지긋지긋했던 십대의 터널을 빠져나오는데 참 좋은 동무였습니다. 그때 친구들 연애편지 대필도 많이 하고 그 덕에 더러 점심을 빵으로 때울 수 있었지요."

세상에 시간만큼 좋은 약이 있을까? 어제의 고통이 있었기에 오늘은 웃으면서 이야기 할 수 있는 것. 그리고 그 어제의 고통은 시인에게 소중한 양식이 되어준다.

진정한 글쓰기가 가리키는 지향점은 인간답게 사는 것

그가 민족·민중문학을 공부하던 80년대는 시대적인 상황으로부터 자유로울 수 없었다. 천성이 두려움 많고 싸움을 싫어하는 성격이었지만 진정한 글쓰기가 가리키는 지향점이 인갑답게 사는 길로 향해 있다는 것을 알고서는 시를 버리고 대구의 공단으로 들어갔다. 그리고 87년 7·8월 노동자 대투쟁이 끝나고 대선정국으로 들어가자 다시 골방으로 돌아왔다. 그가 시대의 아픔을 외면하지 않은 흔적을 시에서도 볼 수 있다.

〈가르마〉

단골집 이발사는 머리를 깎다 말고
가르마 쪽 머리가 잘 빠지는 법이라고 했다
나는 성근 가르마를 비춰 보며 문득
가장 가까운 머리카락끼리 헤어진 상처라고 생각했다

하필 빛바랜 금강산 사진이 걸려 있는 이발소에서
또 나는, 지금 이 나라도
그런 가르마를 곱게 빗어 넘기고 있다고 생각했다
아니, 누군가 빗겨준 것이라고 생각했다

머리를 깎으며 자꾸만
허전한 가르마가 거슬려
차라리 빡빡 밀어버릴까
아니면 올백을 해버릴까 궁리 중인데
　내 생각을 눈치 챈 듯, 잡생각 말라는 듯 어느새 나를 누이
고 목에 칼을 들이대는 이발사의 콧구멍이 벌름거리고 있었
다. 거울에 거꾸로 박힌 낡은 텔레비전에서는 평택 대추리에
미군 기지를 마련해 주겠다고 이 나라 군인들이 철조망으로
가르마를 타고 있었다. 순하디 순한 논바닥에서는 가장 가까
운 흙끼리 헤어지고 있었다.

　삶의 현장성에 굳건히 발 딛고 서되 능청스런 농담과 해학으로
버무린 그의 시들을 읽다보면, 어디에서 웃다가 어디에서 울어야

할지 헷갈린다. 그러나 결연한 의지보다 더 깊은 내상을 안겨주는 것은 틀림이 없다.

도대체 나란 놈은 어떻게 생겨 먹었길래…….

이제는 소리 없는 미소, 아픔 없는 분만의 시를 쓰고 싶다는 그가 요즘 심취해 있는 것은 명리학이다.

"어려서부터 사람 사는 세상은 왜 이렇게 불평등한가에 관심이 많았습니다. 아버지처럼 저렇게 착하고 성실하게 살아도 가난에서 벗어날 수 없는 것인지……. 물론, 내가 살아보니 참으로 만만치 않은 게 인생이라고 느끼지만…… 도대체 나란 놈은 어떻게 생겨먹은 것이길래 이렇게 사는가. 뭐 이런 궁금증에 혹 대답을 해주지 않나 해서 고교시절부터 조금씩 보았죠. 그러다 최근에 여러 명리서를 다시 보고 있습니다. 덕분에 내 그릇도 짐작해 보고 인간관계 속에서 일어나는 크고 작은 다툼의 단서를 잡으며 마음을 비우게 됩니다. 명리학의 큰 가르침은 자연스런 인간을 보는 것인데, 마음을 쓰기에 따라서 인생도 변하고 자신을 이해할수록 새로운 세상을 경험하게 되는 것 같습니다."

그렇다고 운명론자는 아니라는 그가 세상만사, 만물을 있는 그대로 인정하고 이타의 마음으로 심연을 길어 올린 시, 〈불영사〉가 그의 삶의 그림자를 지운다.

〈불영사〉

새가 날아오른다
그림자는 땅에 두고 간다
잊어버린 모양이다

부처는
그림자를 연못에 두고
산등을 타고 올라가 바위가 되었다

대웅보존 앞
삼층석탑은
원래 그림자를 갖지 않았다

초파일 무렵,
아홉 번째 용을 타고 들어간 선묘는
여승의 그림자로 남았다

산신당 앞 할미꽃은
제 그림자를 물고
오체투지 삼매에 들었다

몸을 땅에 묻은 돌거북은
그림자의 집착을 벗은 대신
절을 등에 지는 고행을 얻었다

새는 하늘에 있었고
그림자는 땅에 있었다
새는 새였고 그림자는 그림자였다.

싸울 때 목숨 바칠 줄 알고, 일할 때 땀 흘릴 줄 알고, 사랑할 때 영혼을 다하는……

안동에 도착한 첫 날, 그의 살뜰한 안내로 비밀스런 절경들을 둘러볼 수 있었다.

돌아나가는 낙동강 물줄기를 사이에 두고 하회마을을 향해 서 있는 깎아지른 절벽에 자리한, 서애 류성룡 선생의 옥연정사와 형님이신 류운룡 선생의 겸암정사. 두 정사를 잇는 사이길인 '벼리길'은 인터넷에도 없는 '비밀길'이었다.

겸암정사에서 나와 발 한 번 헛디디면 낭떠러지로 추락하게 되는 아슬아슬한 길을 걸어 옥연정사에 도착했을 때의 희열이라니……. 그곳에서 언덕을 올라 부용대에서 바라보던 하회마을은 눈으로 하회(河回)를 각인시켜 주었다.

병산서원에서 맞이한 일몰도 오래 기억될 것이다.

만대루 마룻바닥에 앉아, 누각을 받치고 서 있는 기둥 사이로 해가 떨어지기를 함께 기다렸다. 그 절대 정적의 시간을 뚫고 화려한 듯 쓸쓸하게 사위어 가는 해가 마루를 점령해 올 때, 이곳에서 시심을 키웠을 시인의 눈빛도 황홀한 금빛이었다.

이내가 깔리는 시각, 병산서원앞 은모래 위를 사각사각 걸어 병풍처럼 둘러 선, 산 밑에 누운 강가에 앉았다. 강물이 서서히 옷 벗을 준비를 하는 듯 뒤채는 소리를 들으며 못 다 한 시인의 말에 귀기울였다.

"구차한 어린 시절을 보냈지만 원망하는 마음은 없습니다. 오히려 더 아련하고… 아버지와 어머니, 그 모든 관계 속에 있었던 사람들에 대한 연민과 그리움이 많습니다. 오롯이 공부할 기회는 놓쳤지만 인생 공부는 많이 한 셈이죠. 1988년 신춘문예에 당선되고, 몇 권의 시집을 내며 시인 소리 간혹 듣고 삽니다. 앞으로 인생 공부를 바탕으로 진짜 공부를 하는 시간이 마련되었으면 좋겠습니다."

한국작가회의 사무처장을 그만두고 지금은 '권정생어린이재단'의 일을 맡고 있는 그가 올해부터는 선생님의 유의를 받들어 어려운 상황에 놓여 있는 남북 어린이와 전쟁과 기아에 시달리는 세계 곳곳의 어린이를 위해 일할 수 있을 것 같다며 표정이 밝아진다.

천성적으로 나보다 낮고, 외롭고, 어둡고, 습한 곳의 삶에 말을 걸고, 함께 하고, 나누는 것이 진정한 시인이라는 그의 삶이 조금 더 바빠지겠지만, 그를 그리워하는 많은 사람들에겐 '오래된 엽서' 처럼 반가운 안부를 대신할 것이다.

다시 태어나면 싸울 때 목숨 바칠 줄 알고, 일할 때 땀 흘릴 줄 알고, 사랑할 때 영혼을 다하는, 몸은 스러져도 씨를 잉태하고 다시 환생하는 벌이 될 것을, 풀꽃이 될 것을 꿈꾸는 시인은, 오늘도 종래 잠이 오지 않아 또 금쪽같은 봄밤을 야금야금 먹어치우고 있지는 않은지…….

길바닥에 나앉은 제비원 미륵불처럼 선하고 외로운 눈빛을 지닌 시인아.

(2009년 4월)

오봉옥

나를 키운 8할은 아버지였다

1961년 광주 출생. 전주대 국어국문과 졸업. 연세대 국어국문학 석사, 박사.

1985년 창작과비평사 《16인 신작시집》에 〈내 울타리 안에서〉 외 7편 발표하면서 등단.

저서: 시집, 《지리산 갈대꽃》,《붉은 산 검은 피(상, 하)》,《나 같은 것도 사랑을 한다》,
《노랑》.

산문집, 《난 월급 받는 시인을 꿈꾼다》.

동화집, 《서울에 온 어린 왕자(상, 하)》.

비평집, 《시와 시조의 공과 색》,《김수영을 읽는다》 등.

현재: 《겨레말 큰 사전》 남측 편찬위원. 서울디지털대학교 문예창작학부 교수.

노랑이 피워 낸 초록 세상

〈노랑〉

　시작은 늘 노랑이다. 물오른 산수유나무 가지를 보라. 겨
울잠을 자는 세상을 깨우고 싶어 노랑별 쏟아낸다. 말하고 싶
어 노랑이다. 천개의 입을 가진 개나리가 봄이 왔다고 재잘재
잘, 봄날 병아리떼 마냥 종알종알, 유치원 아이들 마냥 조잘
조잘. 노랑은 노랑으로 끝나니 노랑이다. 바람도 없는 공중
에 보이지 않는 손이 있어 잠든 아이를 내려놓듯이 노랑꽃들
을 내려놓는다. 노랑을 받아든 흙덩이는 그제야 발가락을 꼼
지락거리며 초록으로 일어나기 시작한다. 노랑이 저를 죽여
초록 세상을 만든 것.

　핏줄처럼 뜨거운 것들로 가득찬 기억의 창고에서 오랜 침묵을
깨고 태어난 시들이 다채롭고 깊고 편안하게 펼쳐진다.

　오봉옥은 해방 전후의 무거운 시대상을 연작시와 서사시의 형
태로 전면에 드러낸 최초의 시인이었다. 그런 그가 풍부한 상상력
과 해학미를 곁들여 곰삭은 사유를 풀어놓은 새 시집 《노랑》을 내
놓았다.

　이른 봄, 노란 산수유꽃이 떨어지면서 본격적인 봄이 오는 것을
노랑이 저를 죽여 초록 세상을 만든 것이라고 표현하는 시인은 무
거운 '죽음'으로 새롭게 태어나는 '생명'을 저리 가볍게 노래하고 있
다. 그리하여 눕고 싶은, 뒹굴고 싶은, 나도 따라 물들고 싶은 징글
징글한 초록에서 또 한 생을 시작한다는 그를 서울디지털대학 내

에 있는 연구실에서 만났다.

30년 만에 찾아온 추위였지만 상처난 곳을 동여매는 하얀 무명천 같은 미소와, 동여맨 무명천을 다시 풀어내는 듯한 따뜻한 목소리가, 입고 간 두꺼운 외투를 벗게 했다.

실감(實感)과 새로움이라는 수레바퀴의 두 축을 잘 활용해야 좋은 시

《노랑》이 세상에 나온 지 한 달도 되지 않았지만 각 언론사의 관심이 뜨겁다. 모 일간지에서는 유명 비평가들의 추천으로 진행된 '2010년 베스트 북'에 두 권의 시집 중 하나로 《노랑》을 선정했다. 병아리 빛 노란 시집 속에 담긴 시들이 농익은 밀주처럼 내장에 착착 감겨든다.

"시에서 중요한 것 중 하나가 상상력이죠. 그러나 어떤 상상력이라도 현실을 떠난 것은 의미가 없어요. 현실에 발붙이고 건너편을 바라보는 시각이 필요하죠. 이전엔 무거움을 무거움으로 드러내는 것이 용기 있는 일이었지만 지금은 무거우면 안 읽어요. 무거운 현실을 동화적 상상력으로 가볍게 띄우거나 무거움이 밀어 올리는 가벼움의 형태로, 쉽지만 깊이 있는 시를 쓰려 합니다."

인터넷상 '아트앤 스터디'에서 7년째 시 창작 강의를 하는 그의 시론이다. '오봉옥 사단'이라고 불릴 만큼 시인 제자를 많이 배출한 그의 강의는 학교 내에서도 명강의로 유명하다.

밀도 있는 적당한 길이와 새로운 발상을 앞세우는 등 마치 정답이 있는 듯한 신춘문예가 작위적인 시를 마구 양산하게 한다며, 울림과 감동이 있는 시를 뽑아야 시 독자층이 두터워질 거라고 한다.

좋은 시는 실감(實感)과 새로움이라는 수레바퀴의 두 축을 잘 활용해야 한다는 그는, 진실하게 잘 살려고 노력해야 그만큼 시가 나오는 것 같다는 말로 시인의 자세에 대해 답한다.

잘 산다는 것은 잘 죽어간다는 말이겠다. 유독 이번 시집에 죽음을 노래한 시편이 많은 것도 그의 잘 살고 싶은 몸부림이 아닐는지.

바람 불어 좋은 날 /이 세상 하직하기 딱 좋은 날/ 흰 철쭉 붉은 철쭉 서로 먼저 떨어져/(중략)/누가 와서 흔들어도 잠시만 쉿, 하고/ 저 세상으로 말없이 건너가고 싶다는 시인에게 삶과 죽음은 한 몸이고 연장선일 뿐이다.

이 저 세상이 다 극락이니 잘 살고 죽을 수밖에.

"인생은 결국 죽어가는 것 아니겠습니까. 아름답게 죽어가는 것이 중요하지요. 타자에 대한 배려가 없는 현대사회에서 나만 잘 먹고 살겠다는 욕심을 버리지 않고는 아름다워질 수 없다고 봐요. 내 욕심을 버려야 오히려 내가 소중해집니다. 현실에서 실천하고 산다는 게 쉽지 않은 일이지만 정신지향만큼은 이것을 붙잡고 있지요."

비워야 채워지고, 이것이 있기에 저것이 있는, 상생과 비움의 철학이 한 때는 눈물 많은 짐승이고 세상의 상처였던 그를 이렇듯 맑고 가볍게 띄웠나 보다.

나를 키운 8할은 아버지였다

전남 화순군 동복면. 한국전쟁 전후로 낮에는 국군이, 밤에는 인민군 세상이 되던 그곳은 '민주부락'이라는 이유로 많은 사람이 죽어나갔다.

후손을 걱정한 그의 할아버지는 열아홉 살이었던 아버지를 몰래 광주시내로 빼돌렸다. 지인의 도움으로 공장에 숨어 살면서 군대도 가지 못한 아버지는 오랜 세월을 무국적자로 살면서 그를 낳았다. 그리고 그가 자라면서 목격한 것은 '아버지'라는 거대한 함선이었다.

"집이 고아원 같았어요. 할아버지의 유지를 받들어 일가친척 중 전쟁 때 부모를 잃은 자식들을 당신이 모두 키운 거죠. 그런데 피붙이든 피붙이가 아니든 모두 대학까지 보냈어요. 우리 동네에선 그것으로 우리 집이 아주 유명합니다. 당신 한 몸을 희생해서 가족은 물론이고 할아버지의 유지까지 받든 아버지의 헌신적인 삶이 나를 키운 8할이라고 할 수 있죠."

〈어린 시절 아버지 어머니와 함께〉

지퍼 같은 기억 창고를 열면 자식을 위해서 불구덩이에 뛰어든 당신의 모습이 줄지어 기어 나온다. 물 불은 냇가에 내가 휩쓸려갈 때 아무런 망설임도 없이 뛰어들던, 오늘도 어둠을 한 걸음 한 걸

음 베어 먹으며 새벽기도 올리러 간, 그러나 자신을 위해선 단 한
번의 기도도 올리지 않던, 결국은 몸 안에 있는 영양분 내게 다 빼
앗기고 숭숭 구멍난 뼈로 묻힐 것 같은, 당신의 긴 생애 속에 당신
은 없는, 절대 없는, 그런······

(무서운 당신 I) 中에서

근대 이후 문학에 곧잘 나타나는 술 먹고, 때리고, 가출하거나
무지막지한 권위를 내세우던 일반적인 아버지의 모습과는 너무도
다르다. 그의 첫 시집에서는 아버지에 대한 시가 31편, 두 번째 시
집에서는 아예 아버지에 관한 얘기를 서사시로 썼다. 근대 이후 아
버지를 제일 많이 노래한 시인이다.

"어떤 경우에든 거짓꼴(거짓말)하지 말라는 말씀이 평생 가르침
이었습니다. 한 예로 길을 가다 동전이라도 하나 주우면 그걸 우체
통에 넣으셨지요. 내 것이 아니니 돌려줘야 한다는 거예요. 정직하
게 살라는 아버지의 교육방침이었던 거죠."

그런 아버지를 흉내라도 내보고 싶은 것이 그의 꿈이란다. 아들
과 딸에게 그런 아버지로 서고 싶은, 소박하지만 어쩌면 가장 무서
운 꿈일지도 모를.

제일 듣고 싶은 말은 '아름다운 사람'이라는 말

중학교 2학년 때 수업시간에 쓴 글이 뽑혀 교지에 실리면서 문
학에 관심을 두었던 그는 고등학교 때까지 문학 서클 활동을 하면
서 꿈을 키웠다.

스치면 베이는 칼날이 되어 거리를 누비던 열혈 청년 시절, 외

로워서, 슬퍼서 쓴 시를 김용택 시인의 권유로 우연히 처음 투고한 것이 《창작과비평》에 실리면서 등단했다.

백석과 이용악의 시를 좋아했고, 네루다가 세 번째 여인이었던 마띨데 우르띠아에게 바치는 《백 편의 사랑의 소네트》는 한동안 그를 침몰시켰다.

이번 시집에서 유일한 연시인 〈나를 던지는 동안〉을 읽다보면, 차가운 눈을 이렇듯 뜨겁게 노래한 눈물 많은 시인이 다가온다.

〈나를 던지는 동안〉

1.
그대 앞에서 눈발로 흩날린다는 게
얼마나 벅찬 일인지요
혼자서 가만히 불러본다는 게,
몰래몰래 훔쳐본다는 게
얼마나 또 달뜬 일인지요
그대만이 나를 축제로 이끌 수 있습니다

2.
그대가 있어 내 운명의 자리가 바뀌었습니다
그댈 보았기에 거센 바람을
거슬러 가려 했습니다
발가락이 떨어져나가는 아픔도 참고
내 가진 모든 거 버리고 뜨겁게
뜨겁게 흩날리려 했습니다

그대의 옷깃에 머물 수 있다면
흔적도 없이 스러져가도 좋았습니다

3.
그러나 나에겐 발이 없습니다
그대에게 어찌 발을 떼겠습니까
혹여 그대가 흔들린다면,
마음 졸인다면,
그대마저 아프게 된다면 그건
하늘이 무너지는 일입니다
나에겐 발이 없습니다
나를 짓밟는 발이 있을 뿐

4.
그대의 발밑에서 그저 사그라지는 순간에도 난
젖은 눈을 돌리렵니다 혹 반짝이는
눈물이 그대의 가슴을 가르며 가 박힐지 모르니까요
그 눈물 알갱이가 그대를 또
오래오래 서성이게 할지 모르니까요
먼 훗날 그대 앞에는 공기방울보다 가벼운
눈발이 흩날릴 것입니다
모르지요, 그땐 그대가 순명의 자세로 서서
나를 만지게 될는지

시 창작 강의 이외에 그는 《겨레말 큰 사전》 남측 편찬위원으로 문학어를 담당하고 있다. 1900년도 이후로 도서관에 납품된 한국문학 서적을 다 읽고 검토하는 일이다.

만여 권에 이르는 책 중 감각적인 시나 소설보다는 정확한 문장을 앞세우는 수필을 많이 활용하게 된다며 《한국산문》같은 수필 잡지의 중요성을 강조한다.

저녁 시간을 이용한 오프라인 시 강의를 위해 서둘러 식사를 마친 그와 헤어지기 전, 밤이면 한 시간씩 분당의 탄천을 산책하는 게 유일한 취미라고 하는 시인은 앞으로 각 나라의 원주민 신화와 민족 서사시를 공부하고 싶다고 말한다.

한 편이라도 좋은 시를 남겨야겠지만 그것보다 같이 살아가는 사람들에게 아름다운 사람이라는 소리를 먼저 듣고 싶다는, 이슬한 방울도 누군가의 눈물인 것 같아 쉬이 핥지 못했다는, 야생의 초록처럼 가볍지만 속은 바위처럼 무거운 사람. 그가 찍어낼 핏빛 지문은 또 어떤 생명력으로 우리에게 날아올는지.

바위 밑에서 올라오는 실뿌리들 사이로 툭! 물길 트이는 소리가 들리는 듯하다.

(2011년 2월)

윤후명

삶과 사랑의 본질에 대한 끝없는 갈증

윤후명 作

1946년 강원도 강릉 출생. 연세대 철학과 졸업.
1967년 《경향신문》 신춘문예에 〈빙하의 새〉당선.
1979년 《한국일보》 신춘문예에 소설 〈산역〉당선.
2005년 《둔황의 사랑》으로 프랑크푸르트 국제도서전 '한국의 책100'에 선정됨.
저서: 시집, 《명궁》, 《홀로 등불을 상처 위에 켜다》.
　　　 소설집, 《둔황의 사랑》, 《모든 별들은 음악 소리를 낸다》, 《여우 사냥》,
　　　 《가장 멀리 있는 나》, 《새의 말을 듣다》.
　　　 장편소설, 《별까지 우리가》, 《약속 없는 세대》, 《무지개를 오르는 발걸음》,
　　　 《협궤열차》, 《삼국유사 읽는 호텔》.
　　　 산문집, 《곰취처럼 살고 싶다》, 《꽃》, 《나에게 시간을 다오 시간이 흐린 눈
　　　 물을 다오》.
　　　 장편동화, 《너도밤나무 나도밤나무》.
　　　 문학그림집, 《지심도 사랑을 품다》.
수상 경력: 녹원문학상, 소설문학작품상, 한국일보문학상, 현대문학상, 이상문학상,
　　　 이수문학상, 동리문학상 등 다수의 문학상 수상.
현재: 국민대 문창대학원 겸임 교수. 한국소설학당에서 소설 창작 강의.

술 안 먹으니까 심정도 없어

유명한 술꾼이었던 그가 '금주 중'이라는 말에 술 얘기로 말문을 연다.

"요즘? 심정이 없지 뭐."

술 안 먹는 심정이 어떠냐는 질문에 심정이 없다는 재치 있는 대답이 푹신한 소파처럼 편안하게 한다.

"술로는 내가 박정만(시인)이 다음으로 셌지. 그 친구는 25일 동안 마신 적이 있는데 난 15일 만에 떨어졌거든. 죽음의 문턱까지 가서 마지막으로 쓰러질 땐 공포스런 꿈을 꾸고 환상을 보는데 아주 고통스러워. 결국 폐쇄병동까지 가게 된 거지."

알코올 중독이었던 그가 부인을 따라 진료를 받으러 갔다가 등 뒤로 철거덕하는 문소리와 함께 정신병동에 입원된 사건이다.

'현대문학상' 수상작이었던 〈별을 사랑하는 마음으로〉는 그곳에서의 경험담이다. 한 알코올 중독자의 눈에 비친 정신치료와 정신이상자들의 행태를 통해 기존의 가치관에 대한 허구성을 드러내면서, 비현실을 사는 사람이 현실을 사는 사람을 치료할 수 있다는 메시지를 전한다.

"한 한 달 정도 있으면서 순응을 배우고, 새로운 삶을 살자는 각오를 했지. 현대인들은 다 정신병자 아닌가? 누구나 한번쯤 경험해보라고 권하고 싶은 마음이야."

그곳에서 나온 후 그는 1년간 술을 끊었고 이상 문학상을 수상한 〈하얀 배〉를 비롯해 《여우사냥》, 《이별의 노래》 등 많은 중·장편 소설들을 쏟아냈다. 철저히 강제된 고립의 순간, 피할 수 없이 만나게 된 '나'의 모습과 대면하고 새롭게 태어난 그의 결과물들이다.

인간을 둘러싼 삶의 근원과 사랑의 본질에 대한 끝없는 갈증으로 자아 찾기와 자기 확인, 자기 회복의 길을 한결같이 걸어온 그는, 80년대 초 중앙아시아에서 시작된 《둔황의 사랑》을 시작으로, 독도와 제주도에 이르는 최근작 《새의 말을 듣다》까지, 자기고백체의 여로형 소설 기법으로 독특한 문학세계를 일궈냈다.

항상 막막하여 근원을 알 수 없는 그리움을 안고, 자신을 세상 속으로 내던져 삶으로부터 철저하게 고립되고 버려짐을 통한 자기 성찰의 과정이 삶의 궤적과 일치하는 작가 윤후명.

타고난 예술가적 기질로 새롭게 화단에 입문한 그를 어느 늦가을 오후 인사동에서 만났다. 오랜 연륜과 경륜이 묻어나는 초로(初老)의 작가는 여전히 뜨거운 눈빛을 지니고 있었다.

졸지에 한 결혼이었는데…… 참 고마운 일이지

'술과 문학밖에 모르는 이 시대의 마지막 로맨티스트'라는 그를 죽음의 문턱에서 일으켜 세운 것은 지금의 부인이다. 두 번의 이혼으로 피폐해질 대로 피폐해진 그에게 "내가 도와주겠다."며 내미는 그녀의 손을 잡기까지는 많은 문인들의 도움이 있었다.

《민족문학》 창단 기념식이 통영에서 있었던 91년 8월 12일. 작가와 독자 200여 명이 모인 곳에서 급작스레 치러진 결혼식은 마침 기념식을 촬영하러 온 KBS방송의 '전국은 지금' 프로를 통해 전국에 생중계되어 한때 문단의 큰 화젯거리이기도 했다.

"갑자기 하고 나니까 더 시적인 것 같더라구, 졸지에 한 결혼이

148

었는데 참 고마운 일이지. 특히 집사람한테. 내가 지금 이렇게 살아있는 것도 다 그 사람 덕이구 말구."

지난 여름 거제도에서 신간 《지심도 사랑을 품다》에 대한 스토리텔링과 그림 전시회를 겸한 '윤후명 소설낭독회'에는 부인이 동행했다. 하얀 피부에 잔잔한 미소를 머금고 남편의 곁을 지키는 모습이 하얀 그림자 같았다. 유명기업인의 딸이었던 그녀가 집안의 반대를 꺾고 사랑을 이룬 장소 '지심도'에 대해서 그는 "누구에게도 알리지 않고 마음에만 간직하고 싶은 섬"이라는 말로 그들의 각별한 사연을 대신했다.

〈거제도에서 낭독하는 저자, 2009년〉

산문집 《곰취처럼 살고 싶다》는 그가 인생과 사랑에 대해 여러 가지 모습의 물음을 던지는 자전적 글모음집이다.

부인과의 만남이야기를 비롯하여, 한국전쟁 중 새아버지를 만나 고향을 떠나는 길에 외딴 집에서 얻어먹은 점심밥인 〈풋마늘의 성찬〉, 펜팔을 통해 문학의 뜻을 세웠던 제주 소녀에게서 온 20년 만의 편지 이야기 〈내 빛깔 내 소리로〉, 잠자리를 찾아 농성 현장 과 넝마주이의 모닥불 곁과 술집의 툇마루를 전전하던 시절, '내 작 품'의 성실한 독자가 되어주었던 친구의 셋집 부뚜막 방에서 그 아 내가 차려주던 늦은 아침 밥상 이야기 〈눈물겨운 밥상〉, 술지게미 와 미군부대 옆 쓰레기통에서 얻은 커피에 맛 들였던 어린 시절부 터 서른넷의 새해에 소설가로 다시 태어나기까지, 신산한 삶의 여 정이 담긴 〈살아남은 자의 변명〉 등, 그가 살아온 날들과 그의 치 열한 내면세계를 담고 있다.

외로움이라는 원흉이 나를 글을 쓰게 한 거야

강릉에서 태어나 다섯 살 때 한국전쟁을 겪은 그에게 전쟁은 희 미한 기억일 뿐이지만, 바닷물에 떠가던 어머니의 고무신이라든 가, 등화관제 속의 방공호와 시가전, 홍역에 걸린 어린 그가 열에 들떠 보채자 호롱불을 밝혔다가 불빛이 새어나가는 바람에 어디 론가 끌려가던 어두운 통로, 그런 장면들 속에 푸르뎅뎅 겁먹은 얼 굴로 끼어들어 있는 처연한 자기 모습은 또렷이 남아 있다고 한다.

피난을 못가고 담뱃가게를 하셨던 어머니와 군 법무관이었던 새아버지의 만남으로 고향을 떠나 오랜 떠돌이 생활을 했던 유년 과 청소년시절, 그저 마라톤 선수나 식물학자가 꿈이었던 그에게 1961년의 5.16은 실로 엄청난 변화를 가져왔다.

아버지는 혁명검찰관이 되어 부산에서 서울로 입성했지만 얼 마 지나지 않아 숙정(肅正) 대상이 됨으로써 집안은 참담한 몰락을 맞이해야했다.

"서울로 온 것이 내가 중학교 3학년 때였어. 공교롭게도 전학 절차가 어긋나는 바람에 학교도 못가고 방구석에 혼자 있게 됐지. 친구 하나 없는 외롭고… 괴로운 시간이었어. 그때 우연히 《학원》이라는 잡지를 읽게 됐는데 내 또래의 애들이 글을 쓰는 것을 보고 나도 따라하게 됐지. 그러니까 외로움이라는 원흉이 나를 글을 쓰게 한 거야. 그리고 용산고에 들어가서부터 학교공부는 완전히 뒷전이 돼버렸어. 만날 지각하고 학교앞 시장에서 막걸리로 배 채우고… 자연히 성적은 곤두박질쳤지만 백일장에서 상 타고, 《학원》문학상 같은 걸 받으면서 평생을 구도자와 같은 시인으로 살리라 결심했지."

〈거제도에서 정호승 시인과 함께, 2009년〉

내 문학의 산실은, 마구간 방과 부뚜막 방

　부친의 예기치 않은 몰락으로 심한 궁핍에 시달렸던 대학시절, 돼지를 키우기 위해 사료 운반용 마차까지 준비했지만 그 일마저 거덜나자 마차를 끌던 말을 처분하고, 마구간 방에서 침식을 잊은 채 쓰고 또 쓰던 2학년 겨울방학.

　그 해 경향신문 신춘문예에 시가 당선되었고, 그 뒤 10년 지나 첫 시집을 내놓게 되지만 이미 그는 '자멸파(自滅派)'로 무너져 있었다. 그리고 밑 모를 갈망이 까마득한 나락에서 꺼내주지 않던, 차라리 불의의 사고로 비명횡사하기를 빌기도 했던 절망과 방황의 날들에서 그가 절벽처럼 만난 것은 '소설'이었다.

그 이후 임시직장의 야근을 마치고 돌아온 산동네의 부뚜막 방에서 원고지 위로 쏟아지던 졸음과 피와 눈물…. 당선되지 못하면 죽으러갈 결심까지 했던 그에게 날아든 소식은 《한국일보》신춘문예에 소설 〈산역〉의 당선이었다.

"어린 날의 부유와 극명하게 대립된, 숨이 턱에 닿는 시간들이었어. 나를 시인으로 만들어준 마구간 방과 나를 소설가로 다시 태어나게 한 부뚜막 방이 내 문학의 산실인거지. 지금도 그때가 가끔 그리워."

그리움의 여운을 붙잡듯 그가 황급히 담배에 불을 붙인다. 희부옇게 번지는 연기 속에 추억들이 떠가고, 손끝에 매달린 매끈한 담배 끝자락에선 아직도 뜨거운 그의 열망이 빠알갛게 타오른다.

언어와의 투쟁이 진짜 투쟁인거지

소설 《둔황의 사랑》은 친구로부터 혜초의 책이 발견된 둔황의 이야기를 대본으로 써보라고 요청받는 어제 저녁부터 오늘 저녁까지 이틀 동안의 이야기이다.

그의 출세작이며 그에게 중요한 의미를 지닌 작품으로, 〈작가의 말〉에서 그는 시인으로 시작한 문학적 행로를 소설가로서 다시 연이래, 비로소 내가 나아갈 자리를 찾기 시작했다고 쓰고 있다.

"나는 우리 소설에 부족하다고 여긴 시적 요소의 접목을 시도하였고, 아울러 우리의 삶을 향한 근본적인 물음으로써의 사랑의 문제를 제기하고 싶었어. 나는 소설이 형식면에서는 예술이어야 하고 내용면에서는 철학이어야 한다고 생각하거든."

혼란과 격정의 시기였던 80년대에도 그의 소설은 변함없이 자아를 향해 있었다. 시대적 부채감이 없다는 것에 대한 그의 의견을 듣는다.

"그때 그때 대두되는 사태, 분단, 이산, 이런 거 쓰면 나도 큰다는 거 알아. 근데 난 한 번도 그런 이득을 원한 적도, 받은 적도 없어. 그런 것들 다룬 사람들이 민주화의 기득권자 된 사람들 많아. 그럼 지금 완전한 민주화가 이뤄졌나? 근데 왜 안 써. 그건 아니라고 봐. 문학을 이용한 거지. 소설가에겐 그런 시대적 고통을 소설 속에 녹여내는 언어와의 투쟁이 진짜 투쟁인 거지. 난 이 길이 아니면 문학이 아니라고 봐. 일부러 안 썼지만 그땐 왕따 많이 당하고…… 외로웠어."

이제 머리 희끗한 문단의 대작가에게 그런 외로움 따윈 없다. 한 사람 한 사람이 개별적인 하나의 우주이듯, 모든 차별은 그 자체로 인정되어야 한다.

문학적 충전은 항상 초심으로 돌아가는 것

소설 창작과 더불어 인사동 공평빌딩 근처에 있는 '한국소설학당'에서 소설 창작을 가르치며 후학 양성에 힘써온 지 이십여 년. 그의 제자들이 신춘문예를 휩쓸다시피 하며 많은 제자들이 문단으로 진출했다.

문학을 하는 후배들에게 들려줄 조언을 구하니 "절망과 고통이야말로 진정한 스승이야. 인간으로서 꼭 해볼 만한 길임을 믿고 오로지 매진해야 돼. 그리고 문학적 충전은 항상 초심으로 돌아가는 것이지."라는 속 깊은 말을 해준다. 덧붙여서 소설은 외연의 확대, 시는 내연의 충일이 중요하며 요즘엔 오래전부터 관심을 갖고 있는 《삼국유사》에서 '사랑'의 화두라는 '거타지이야기'를 붙잡고 있다고 한다.

　예술가적 기질을 타고 났는지, 어느 날 그는 화랑에서 처음 만난 화가를 찾아가 재료를 사는 것부터 배우면서 그림 공부를 하게 됐다. 이후 헤이리에 마련한 그의 전시실인 '마음등불'에서 가진 '티베트의 친구들'전을 비롯해 '어머니'전, '신신낭만과 친구들'전 등의 그룹전에 참가했고, 요즘은 '탄생 백주년 문인' 행사 중 박태원의 '천변풍경'을 그림으로 그려 전시하는 기획에 참가할 작품 준비로 바쁘다.

　글쓰기와 그림 말고도 그가 한결같은 관심을 쏟고 있는 것은 꽃을 포함한 식물이다. 식물학자에 버금가는 방대한 지식과 자료에 꽃과 연관된 시, 잠언, 그리고 삶의 편린들을 엮은 것이 산문집 《꽃》이다.

　"우리 어머니는 꽃을 가꿔 피워내는 데 남다른 솜씨가 있었어. 내가 그 영향을 받았나봐. 싫증 잘 내는 내가 지금껏 싫증 안 내고 가장 꾸준히 한 일은 풀, 나무, 꽃들하고 사귀는 것이지."

　식물은 홀로 초근목피로 연명하면서도 내 삶에 전념하리라는 의지를 뜻하는 '구황(救荒)'의 뜻으로 읽힌다며, 그의 평창동 집 마당엔 시골 산자락처럼 여러 식물이 엉켜 있으며 요즘은 곤드레라고도 하는 고려엉겅퀴의 계절이고, 구절초가 많이 피었다고 한다.

'나'는 바로 우리들의 초상

문학의 역할은 모든 병든 가치관을 고발하는데 있으며, 문학은 무엇보다 진실에 민감해야 한다는 그가, 진실이란 우주의 질서와 인간의 질서가 조화를 이룰 때만이 꽃을 피우는 숭고한 영역이라고 한다. 그토록 찾아 헤매는 그 영역을 그는 일찍이 내 모든 헤맴과 해탈의 결집처라고 한 중앙아시아의 사막에서 이미 본 게 아닐까. 그리고 그 사막은 바로 지금, 이 자리가 아닐까.

모든 것의 근원과 스스로 맞닿아 있는 '현재'라는 지금이 바로 '내'가 확인되고, 확립되는 순간이기에 그는 그토록 치열하게 목숨 걸고 순간을 살아온 것이리라. 그래서 그가 말하는 모든 '나'는 개인 윤후명이 아니라 세계 속의 '나'이며 바로 우리들의 초상이기도 한 것이다.

문학은 결국 인간에 대한 탐구라는 명제 아래 '일인칭 화자 기법'으로, 정교한 문장과 시적이고 감각적인 언어의 구사로써 한국 문단에 특별한 획을 긋고 있는 작가 윤후명.

먼 훗날까지 우리는 그를 "문학을 예술로 사랑하고 싶었던 작가"로 기억하게 될 것이다.

〈2009년 12월〉

이경희

세상의 아름다움에 반하다

1932년 서울 출생. 숙명여고, 서울대 약학대학 졸업.

1953년 대학 2학년 때부터 KBS방송국의 '스무고개' 프로에 고정 '박사'로
'재치문답' '나는 누구일까요' 등 라디오와 TV프로에 20여 년간 출연.

1966년 마닐라에서 열린 〈여성의 지위향상을 위한 제1회 UN세미나〉참가를 시작으로 '범
태평양동남아여성협회총회', '전문직여성(BPW)세계총회', '국제여성클럽(ZONTA)아
시아지역총회' 각종 국제도서전에 한국출판문화협회 대표로 참가.

1972년부터 1975까지 영문 일간지〈코리아헤럴드〉에 주간 칼럼 '여자의 생각' 연재.

1979년 한국을 국제꼭두극연맹(UNIMA)에 최초로 가입시키고 꼭두극단 '어릿광대' 창단.

1981년 계간 《꼭두극》 창간.

1994년부터 2007년까지 월간 《춤》전문지에 12년 8개월간 기행수필 연재.

저서: 첫 수필집 《산귀래》 출간 이후 《뜰이 보이는 창》, 《현이의 연극》, 《남미의
기억들》, 《외로울 땐 편지를》, 《Back Alleys in Seoul(서울의 뒷골목)》, 《백남준
이야기》, 《백남준 나의 유치원 친구》, 《이경희의 기행수필》 등 발간.

2000년 《백남준이야기》로 제19회 현대수필문학상 수상.

2010년 《이경희의 기행수필》로 제3회 조경희수필문학상 수상.

현재: 백남준을 기리는 사람들(백기사) 공동대표, 숙란문인회 회장.
국제펜한국본부 이사, 한국여성문학인회 이사 역임.

1950년대부터 '스무고개'와 '재치문답'의 '이경희박사'로 알려진 그녀는 세상의 아름다움에 반해 세계 각국을 여행하며, 각종 국제 대회 참석과 글로써 나라의 위상을 높이고 우리나라 꼭두극을 세상에 처음 알린 선구자이다. 또한 천재 예술가 백남준의 오랜 벗이며 연인으로 그에 대한 예술과 인간적인 면모를 담아낸 저술로 백남준 연구에 기여한 바가 크다.

아름다움에 대한 근원적 호기심으로 음악, 미술, 무용 등 모든 예술 분야에 재능을 지녔지만 무엇보다 그녀는 여행과 함께 사십 년간 쉬지 않고 글을 써 온 수필가로 만개했다.

제3회 조경희수필문학상 수상자로 선정된 소식을 안고 찾아간 그녀의 아파트 거실엔 2년 전 작고한 남편의 영정과 유품이 창가에 자리 잡고 있었다. 그 앞에 얌전히 놓인 방석에선 살아있는 자의 그리움과 슬픔이 말을 걸어왔다. 남편이 투병을 시작하면서 자신의 머리카락을 염색하지 않았다는 그녀의 은발이 눈부신 것은 빛깔 탓만이 아니었다.

백기사 - 백남준을 기리는 사람들

선생은 일본 유학파였던 아버지와 신여성인 어머니 사이에 무남독녀로 태어났다. 창신동에 살던 어린 시절 '큰대문집'의 백남준과 소꿉친구였다. 명동성당 앞 애국유치원을 함께 다니던 그와는 부모님끼리 정혼한 사이였으나 십대 후반에 백남준이 해외 유학을 떠나면서 서로 다른 운명과 만났다. 그러나 그녀가 국내에서 방송인과 작가의 길을 걷는 동안, 백남준은 세계를 무대로 예술가의 명성을 쌓고 있었으니, 어쩌면 다른 하늘 아래에서 같은 길을 걸은 셈이다. 1984년, 35년 만에 세계적인 아티스트가 되어 고국을 찾은 그가 공항에서 기자들에게 "나의 유치원 친구 이경희를 만나고 싶다."고 한 말로 '견우와 직녀'의 만남이 이뤄졌다.

"그의 귀국 소식을 듣고 워커힐 호텔 빌라에서 40년 만에 만났어요. 첫 마디가 '아, 경희!' 였죠. 내가 방송에서 스무고개 박사였던 것, 수필가인 것, 병원에 입원했던 사실까지 다 알고 있더군요. 외국에서 계속 나를 추적했다고 하면서, 나는 사실 기대하지 않았는데 나를 기억해준 것이 고맙고…… 그 후로 내가 하는 일마다 도와주려고 했던 것이 또 고마웠어요."

이후 20여 년간 그녀는 백남준의 국내외 활동을 마지막까지 가장 가까이 지켜 본 사람 중 한 명이 되었다.

2006년, 그가 타계하자 그녀는 황병기, 송정숙(전 보사부 장관) 등, 뜻을 같이 하는 사람들과 함께 '백남준을 기리는 사람들'이라는 뜻의 '백기사'를 설립했다. 지금은 이어령, 홍라희, 유홍준, 한말숙, 홍신자 등의 유명인들이 회원이 되어 백남준의 예술을 보존하고 이어가는데 힘을 모으고 있다. 현재 공동 대표이며 그녀는 지금 그에 대한 두 번째 책을 준비 중이다.

세상의 아름다움에 반하다

숙명여중 재학 중엔 합창단의 지휘자로, 무용단원으로, 탁구선수로 활약하면서도 전교 1등을 차지했던 그녀에게 숙명여고 2학년 때 발발한 한국전쟁은 부모님의 이혼으로 더 깊고 쓰라린 상처를 남겼다.

"1.4후퇴 때 어머니와 부산으로 피난 가서 송도에 있는 외삼촌

댁에 얹혀살았어요. 돈을 벌기 위해 부산역 앞에 있던 미군 직업소
개소에서 일주일 동안 대기하고 있다가 겨우 미군 수송처에 직장
을 구했지요. 부산역까지 매일 10리가 넘는 길을 걸어 다녔어요.
부모님의 이혼으로 충격 받은 것은 사실이나 생각해보면 삶의 의
지도 그때 많이 팽창한 것 같아요."

삶의 역경이란 극복하는 자에겐 오히려 축복이다. 타고난 예지력
과 재치로 대학 2학년 때부터 방송의 고정 패널이었던 것은 시작에
불과하다. 1966년 마닐라에서 있었던 국제대회에 참석한 이후 '여행'
은 그녀가 지닌 예술적 재능을 꽃피우게 되는 원천이 되었다.

"내 사주에 역마살이 있어서 그렇게 돌아다니며 산 것 같아요.
공산국가였던 폴란드에선 꼼짝없이 호텔에 묶이기도 했지만……
미지의 세계에 대한 동경이랄까, 새로운 세계에서 만나는 '다름'이
늘 나를 흥분시키고 에너지를 생기게 하는 것 같았어요."

1966년부터 시작된 여행은 1979년 인도의 전통 꼭두극을 관람
하면서 그녀에게 새로운 테마를 안겼다. 그 후 국제기구인 유니마
(UNIMA)에 한국을 가입시키고, 한국본부 회장직을 맡으며 《계간
꼭두극》을 창간하고, 꼭두극단 '어릿광대'로 국제페스티벌에 참가
했으며, 1988년엔 서울 국제 마리오네뜨 페스티벌을 우리나라에
서 처음 개최하는 등 우리문화를 세계에 알리는 국제적인 문화운
동가로도 명성을 쌓았다.

그러나 정작 그녀가 가장 보람된 일로 여기는 것은 작곡가 고(故)
안익태 선생의 유해를 한국으로 옮겨오게 된 계기를 만든 것이다.

"1976년 마드리드에 갔다가 안익태 선생의 막내딸을 어렵게 만
났어요. 그때 따님으로부터 고인이 한국에 묻히고 싶어 했다는 말

을 듣고 그 얘기를 써서 한국일보에 실었는데, 그걸 박대통령이 보고 그 다음해에 12년 동안 마요르카에 묻혔던 유해가 한국으로 와서 국립묘지에 안장되었지요."

이년 후에 부인 로리타 여사를 마요르카에서 만나 "남편이 묻힌 한국에서 살고 싶다"는 얘기를 듣고 부인과 딸을 한국에서 살 수 있도록 계기를 마련한 것도 그녀가 쓴 글 때문이었다.

첫 수필집 《산귀래》에 쏟아진 찬사

이십여 년간 이어진 방송생활과 많은 국제 대회의 대표로 해외 나들이를 하면서도 마음 한구석이 늘 허전했던 그녀가 마흔의 문턱에서 선택한 것은 글쓰기였다. 가슴에 스쳐갔던 생활의 단상들을 풀어낸 첫 수필집 《산귀래》는 '사금 채취의 명수', '야채 샐러드 한 접시의 산뜻한 미각'이라는 찬사로 그녀에게 용기를 불러 일으켰다. 문학평론가 김현이 '글은 왜 쓰는가'라는 서평으로 유명한 두 번째 수필집 《뜰이 보이는 창》에 이어, 세 번째 수필집 제목이기도 한 〈현이의 연극〉은 중학교 국정국어교과서에 삼십 년 가까이 실린 글로 수필가 피천득으로부터 '격을 얻은 수필가'라는 평을 받기도 했다.

이번 수상작 《이경희의 기행수필》은 월간 《춤》에 연재했던 기행글 중 일부를 모아 엮은 것이다. 여행지에서 마주치는 택시기사, 민박집 주인, 노천까페의 손님, 조깅 중인 여행자 등 현지에서의 대화와 모습을 그대로 재현해 마치 그 장소에 있는 것 같은 느낌이다. 실감나는 글들로 가득한 이 책은 각 도시마다 서린 문학과 미술, 역사 등 문화 예술에 대한 풍성한 이야기로 글의 재미를

더하고 있다.

1972년 '세계 도서의 해'에 한국 부스를 찾은 브뤼셀 보두앵 국왕과의 만남 이야기에선 그녀의 우아한 대담성과 일상에 대한 성찰을, 가난한 나라 아이티에서 꼬마들이 내미는 손을 보며 마치 그늘에서 자란 꽃순처럼 연연한 손들이 한껏 나의 배꼽 높이에서 따라 다녔습니다.라는 표현 속에선 세상을 향한 그녀의 연민을, 미국 몬태나주 보즈맨이라는 도시에서 만난 프렌치 씨와 부인 셀리아 이야기에선 세상의 모든 사람을 향한 그녀의 우정을 엿보게 한다.

오직 기록으로만 남고 싶다는 뜻의 호 유사(唯史)

여행이 자유롭지도 못했고 사회적으로 여성의 입지가 넓지도 않은 1960년대부터 그녀가 국내외적으로 그리 많은 일을 할 수 있었던 것이 그저 놀랍다.

"나는 그리 열정적이지도 부지런하지도 않아요. 다만 나에게 시키거나 부탁하는 것을 거절하지 못해서 이것저것 많이 하게된 거죠. 내 의지로 무엇을 해야만 할 때 나만 위해서는 한 적이 거의 없어요. 내가 이 일을 했을 때 상대에게, 혹은 사회에 어떤 좋은 점이 있을까 하는 것을 먼저 생각했지요."

자리이타(自利利他)의 삶이란 이런 것 아닐까. 나를 이롭게 하며

타인을 이롭게 하는 상생의 삶. 그것이 하늘은 스스로 돕는 자를 돕는다고 하는 말인가 보다.

그런 그녀에게도 삶은 늘 탄탄대로만은 아니었다. 결혼 후 생계를 위해 미싱자수 학원을 운영하며 혼자되신 친정어머니와 시어머니를 함께 모시기도 했으며, 50세 무렵엔 속세를 떠나고자 경북 왜관에 있는 베네딕트 수도원에 한 달간 머무르기도 했다. 힘든 시기를 극복할 수 있었던 것은 밀려오는 원고 청탁이었다고 한다. 특히 가난한 출판사의 청을 거절할 수가 없어 지켜낸 약속이 오늘의 '수필가'로 설 수 있었던 것 같다는 말에선, 낮은 자, 부족한 자들에 대한 선생의 연민이 와락 다가온다.

자주 들리는 곳이라는 중식당에서 늦은 점심을 먹고 옆 건물인 '커피빈'으로 갔다. 그녀가 고인이 된 남편과 삼개월 동안 매일 아침 들렀던 자리에서 비에 젖는 거리를 내다본다.

"내 인생에 가장 큰 행운은 남편과 결혼 50주년을 함께 맞이한 거죠. 그 후 남편의 죽음을 지켜보면서 정말 어떻게 살아야하는지를 알았어요. 큰 사람이었지요. 아주 낮은 자리의 사람들까지 그를 존경하고 애도의 눈물을 보이는 것을 보고 '덕'이라는 것을 생각했어요. 앞으로 내가 할 일은 삶의 마무리를 준비하는 거지요. 그 준비가 계획이에요."

평생의 가장 중요한 일들을 결정한 것이 모두 봄이었다는 그녀는 '준비'로 이 봄을 시작하려나 보다. 이번 조경희문학상 수상이 그 계기가 되었는지도 모를 일이다.

운명과 사람에 거슬리지 않고 자신의 욕망에 충실하게 살아 온 그녀의 열정과 지혜가, 그리고 소중한 업적들이 오랜 훗날까지 이어지길 바라는 마음을 안고 찻집을 나선다.

오직 기록으로만 남고 싶다는 염원이 담긴 그녀의 호 유사(唯史)는 그녀에게 운명처럼 주어진 게 아닐지. 걸어가는 유사(唯史) 이경희 선생의 우산 위로 활짝 핀 꽃비가 내린다.

(2010년 5월)

 **백남준, 나의 유치원 친구**

인터뷰 후에 《한국산문》편집고문의 자리를 맡아 주신 선생을 따라 포항 시립미술관에서 보았던 '백남준 특별전'은 내게 각별한 기억으로 남아있다. 전시실의 가장 안쪽, 마치 여성의 자궁을 연상시키는 그곳엔 백남준이 병석에서 일어난 후 선생에게 선물한 73점의 작품이 한국에서 최초로 전시되었다.

꼴라주 드로잉 작품들 속엔 김소월의 〈먼 훗날〉이라는 시를 비롯해 단말마 같은 단어들과 수학 공식이 적혀있었다. 어려운 수학 공식이 궁금증을 증폭시켰지만 선생은 물론 아무도 풀 수 없었다. 거기에 대해 선생이 "남준이는 그 어떤 것도 생각 없이 무의미한 것을 쓰거나 하지 않는 사람이에요."라고 하자 일행 중 한 사람이 "둘만이 아는 암호일거"라는 짓궂은 말에 모두 웃었던 기억이 난다. 또 세월이 흘러 누군가가 어떻게 해석할지 모르지만, 누구도 알 수 없는 '풀지 못한 암호'로 놔두는 것도 좋을 일이라고 뜻을 모았다.

어느 봄 밤, 백남준에 대한 선생의 심정을 들었다. 모든 부탁을 들어준 백남준이었으나 정작 자신은 많은 것을 거절했기에 그를 추억하는 것이 가슴 아프다고 한다.

"기억을 들춰낼수록 그가 예술가로서, 한 인간으로서, 얼마나 순수하고 멋진 사람이었는지…… 미안하고…… 가엾고…… 내가 지금 쓰는 책은 백남준 연구 자료이기에 앞서 그에 대한 나의 보답이라고 생각해요."

올해 7월 20일은 백남준의 80번째 생일이다. 그날을 기념하여 선생은 《백남준 이야기》의 속편 격인 신간 《백남준, 나의 유치원 친구》 출판 기념회를 가졌다. 그가 타계하기 전까지 국내외 공연, 전시회, 미술관을 돌아본 글, 그와 나눈 사사로운 일화, 부인 시게코 여사와의 인간적인 대화, 서신, 작품들을 담은 책이다. 430페이지에 달하는 백남준의 흔적을 더듬으며, 세계적인 천재 예술가가 얼마나 소탈하고 다정한 한국인이었는지를 알게 하고, 그 많은 자료를 소중히 보관했던 이경희 선생의 예술적 안목과 소중한 '인연'이 낳은 또 하나의 위대한 탄생을 만나게 된다.

이승우

'칼'을 품다

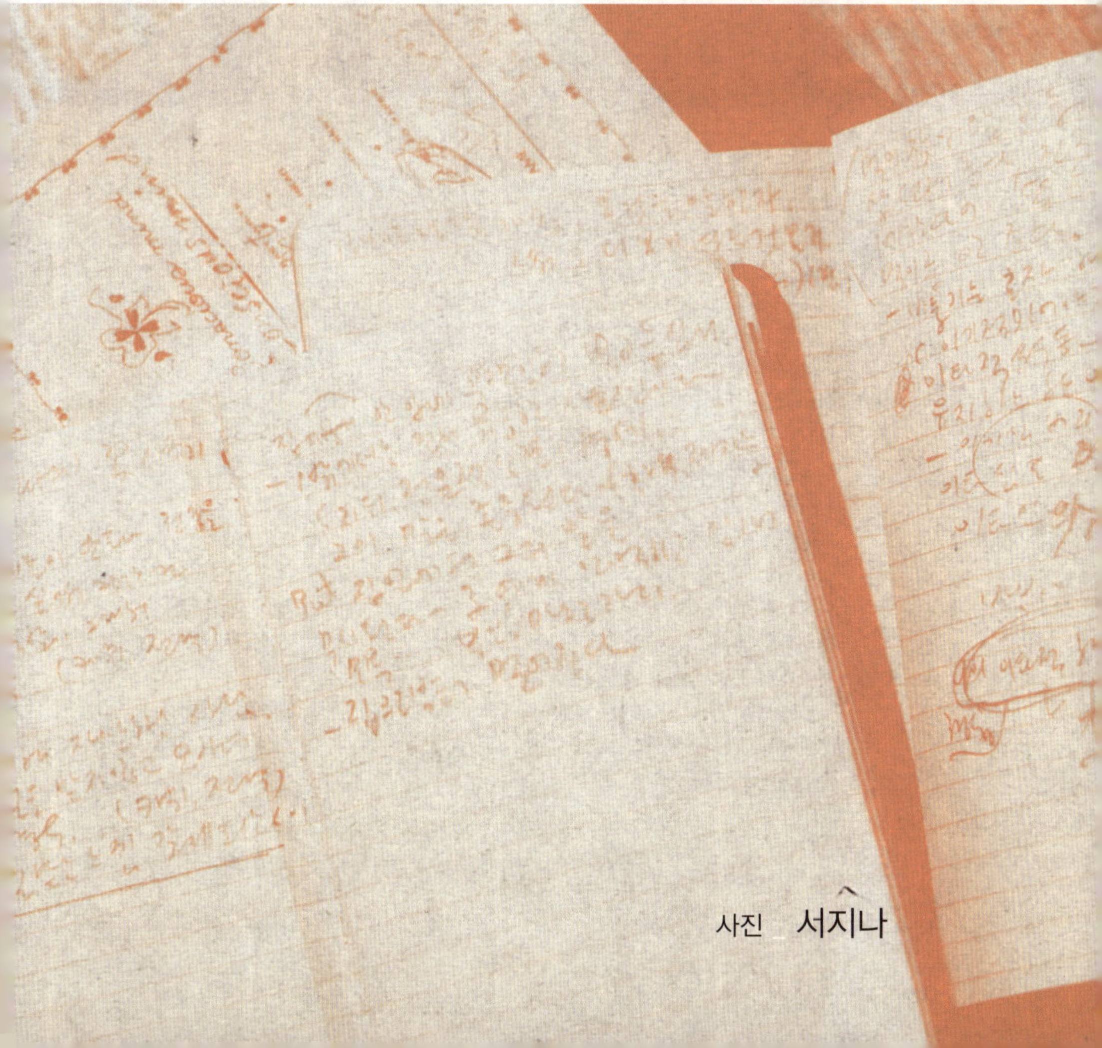

사진 서지나

1959년 전남 장흥 출생. 서울신학대학 졸업. 연대연합신학대학원 중퇴.
1981년 《한국문학》 신인상에 《에리직톤의 초상》 당선.
저서: 장편소설, 《그곳이 어디든》,《식물들의 사생활》,《생의 이면》,
       《가시나무 그늘》,《한낮의 시선》 등.
       소설집, 《구평목씨의 바퀴벌레》,《심인광고》,《나는 아주 오래 살 것이다》,
       《사람들은 자기 집에 무엇이 있는지 모른다》,《미궁에 대한 추측》,
       《오래된 일기》 등.
       산문집, 《당신은 이미 소설을 쓰기 시작했다》,《소설을 살다》 등.
       《생의 이면》,《식물들의 사생활》,《미궁에 대한 추측》이 영어, 프랑스어,
       독일어로 번역, 《그곳이 어디든》이 프랑스어로 번역, 《한낮의 시선》이 일어,
       프랑스어로 번역 소개.
1993년 제1회 대산문학상, 2002년 제15회 동서문학상, 2007년 제53회 현대문학상,
2010년 제10회 황순원 문학상 수상.
현재: 조선대학교 문예창작과 교수.

소설이란 상처와 각성의 드라마

"'나'는 신인가 하면 악마이고, 의식과 무의식이 뒤엉킨 실타래이며, 욕망과 사랑이 부글부글 끓는 혼돈의 도가니이죠. '너'는 세상이고 집단이고 타인이라고 할 때, 개인인 '나'와 세상인 '너'와의 만남은 상처내고 각성시키는 관계인 겁니다. 거기서 생겨난 상처와 각성의 드라마가 소설인 거죠."

제1회 대산문학상을 시작으로 제10회 황순원 문학상에 이르기까지 국내 유수 문학상을 수상하며 등단 이후 30년 동안 소설 창작을 해 온 이승우 소설가의 말이다.

한국소설로는 드물게 종교적이고 관념적인 색채로 생의 근원적인 문제에 천착해 독보적인 성취를 거두었다는 평가를 받고 있는 그를 광화문의 한 카페에서 만났다.

이튿날부터 대산문화재단에서 주최하는 '세계 문학 별들의 잔치'에 초대된 한국 대표 작가들 중 한 사람인 그가 오랜만에 한가하다며 짓는 웃음이 여유롭다. 젊은 날 미남형의 얼굴에 세월의 흔적을 느끼게 하는 주름이 그를 따뜻한 훈남으로 보이게 한다.

신을 향한 인간의 폭력이 준 최초의 영감

이 세상에 태어나는 한 편의 소설은 그 소설이 탄생하기까지 작가의 삶의 총체라는 그는 대부분의 작품에서 종교적 사유와 함께 인간의 내면을 치밀하게 관찰하고 있다.

1초 안에 30여 장의 필름이 돌아가는 영화처럼, 한 순간 쏜살같이 흘러가는 천 갈래 만 갈래의 심리를 낱낱이 포착하는 것이다.

거기에서 드러나는 허위, 위선, 윤리, 죄의식에서 자유로울 수 있는 사람이 있을까.

지나치게 의도적이고 과분한 자선 행위는 은폐된 죄의식의 무의식적인 노출이라든가 종교는 죄의식의 토양에서만 번성하는 이상한 식물이라는 등, 상대가 집단이든 개인이든, 미처 자각하지 못했던 아니 알고도 모른 척 했던 음습한 것들을 끄집어내어 우리네 삶을 진지하게 돌아보게 한다. 목사가 될 것을 서원했던 그가 소설가의 길을 걷게 된 사연이 특별할 것 같다.

"중학교 2학년 때 서울로 올라와 형과 자취를 했어요. 어머니와 떨어져 살던 가난과 외로움과 적대감의 나날이었죠. 세상에 대한 원한과 적의, 존재에 대한 결핍감으로 닥치는 대로 책을 읽고 전쟁하듯 일기를 썼습니다. 고등학교 1학년 때부터 교회에 다녔고 2학년 땐 특별한 경험도 했죠. 그때 목사가 되겠다는 결심을 하고 장학생 선발고사를 통해 서울신학대학에 입학했구요. 그런데 종교의 리더가 되고자하는 사람들에게 요구하는 기능들이 저와 잘 맞지 않았어요. 오히려 고등학교 때부터 문예반 활동을 하며 시를 쓰던 문학성이 살아났죠. 그리고 군 입대를 앞두고 폐결핵 판정을 받게 된 것이 소설가의 길을 열어준 셈이랄까요?"

불우한 환경에서 예민한 감성이 만들어 낸 피해의식과 결핍을 먹고 자란 그의 성격이 택한 것은 목사가 아니라 소설가였다. 그리고 대학교 3학년 때 신체검사에서 받은 폐결핵 판정으로 철원에서 일 년 간 요양 생활을 하던 중, 로마에서 교황 요한 바오로 2세의 저격 사건이 준 영감으로 쓴 《에리직톤의 초상》이 《한국문학》 신인상에 당선되며 소설가의 길을 걷게 된다.

"교황을 향해 총을 쏜 아그자라는 청년과 신화 속의 에리직톤이라는 인물이 머릿속에서 떠나지 않았어요. 신을 향한 인간의 폭력이 최초로 나를 소설의 열망에 빠지게 한 겁니다."

1981년, '스물 두 살의 천재'라는 수식어를 달고 등단한 이후, 화려한 등단만큼 좌절도 깊었다. 그러나 군대생활이 오히려 충전기가 되어주었고, 제대 후엔 7개월의 잡지사 근무를 끝으로 전업 작가의 길을 택했다. 신학 공부가 소설 쓰기에 도움을 주었는지, 소설 쓰기가 신앙생활을 불편하게 하진 않았는지…… 종교에 대해 물으니 그의 표정이 진지해진다.

작가는 노출 욕구와 은폐 욕구를 지닌 존재

"문학을 하는 사람들 중에 종교와 갈등하는 사람들이 종종 있어요. 그것은 한국교회가 교회형 인간을 요구하기 때문이라고 봐요. 하나님과의 만남이 중요한 건데……. 종교가 각 개인의 문화를 불편하게 하면 안 되는 거지요. 저는 신학공부를 하고보니 그런 문화 스트레스에서 자유로울 수 있었어요. 기독교의 창세기는 세계와 인간의 원형입니다. 살인, 불륜, 전쟁부터 사랑, 윤리, 도덕 등 모든 것의 집합체죠. 나는 낮은 자세로 수직과 수평의 사랑을 가르치는 기독교 세계관이 마음에 들어요. 종교는 내게 세계관인 겁니다."

세상과 인간에 대한 사랑 없이 문학이 존재할 수 있을까. 가장 낮은 곳에 사랑으로 오신 예수의 사랑이 세계관이라는 그가 한층 더 여유롭게 보인다.

그를 일약 세계적인 작가로 일으켜 세운 작품은 한 소설가의 젊은 시절을 다룬 《생의 이면》이다.

아버지를 간접 살해하고 고향을 등진 소년이 대인 기피증을 앓

〈엑상 프로방스 대학 문학행사. 최미경, 신경숙, 이승우, 장끌로드 크로센드, 2001년〉

다가 운명적인 사랑을 만나 신 앞에 나감으로써, 상처를 치유하고 소설을 통해 승화되는 과정이다. 인간의 내면에 숨어있는 근원적인 상처, 죄의식, 억눌림에 대한 고뇌와 종교적 사유로 빛나는 이 작품은 작가의 가장 자전적인 소설이며 '글쓰기 스타일의 전형'이라는 평가와 함께 그의 삶과 문학세계를 촘촘히 보여주고 있다.

"운명과 사랑, 문학과 종교, 그리고 죽음이 이 소설 주인공이 앓는 화두예요. 모든 소설은 본질적으로 자전적이나 작가는 노출 욕구와 은폐 욕구를 지닌 존재라고 봐요. 다른 말로 하면 감추기 위해서 드러낸다고 할 수 있죠."

감추기 위해 새로운 가면을 썼다고 해도 그의 작품에서 자주 드러나는 것을 두 가지만 고른다면 '죄의식'과 '아버지'이다. 자신이 쓴 최루탄에 눈을 잃은 학생의 기억 때문에 지하도의 맹인에게 집착하는 〈당신의 자리〉, 3년 전 헤어진 여인의 제의를 거절한 후 듣게 된 부음으로 괴로워하는 〈정남진행〉 등은 죄의식에 사로잡힌 인물들이다.

"인간으로 산다는 것이 죄를 지을 수밖에 없지만 최소한의 인간다움은 죄의식이라고 생각합니다. 죄의식을 가진 자들의 억압된 내면을 드러냄으로써 죄의식조차 없는 인간들의 뻔뻔스러움을 알게 하고 양심을 회복하길 바라는 거죠."

자신의 잘못이나 죄에 대한 각성 없이 진정한 화해와 소통의 길은 어려울 것이다. 그 길을 찾아 나선 아들들의 '아버지 찾기'는 그의 주된 테마다.

힘 가진 존재에 대한 알 수 없는 불신과 저항

세계를 압축한 가족, 인간을 압축한 관계로서 아버지와 아들, 거기에서 '아버지'는 혈연이거나 혹은 권력, 신에 대한 상징이다. 칼을 수집하는 한 남자가 허약한 삶을 지탱하려 안간힘을 쓰는 모습에서 인간의 허위와 비애를 그린 《칼》, '렘브란트의 시선으로 맞닿은' 사유와 진중한 문체, 치밀한 구성과 묘사가 압권인 《한 낮의 시선》 등은 아버지에게 억눌린 아들, 버림받은 아들들의 모습이며 바로 우리들의 모습이다.

"고시공부를 하던 아버지가 8살 때 돌아 가셔서 아버지에 대한 기억이 거의 없습니다. 그래서 오히려 자유롭게 아버지를 상상할 수 있었던 것 같아요. 청소년기를 극복해가며 아버지가 개념화된 사고로 표현되기도 했지만 내가 그리는 아버지는 대부분 핏줄인 아버지라기보다 삶을 지배하고 영향을 주는 억압의 주체를 나타내죠. 기성세대, 힘 가진 존재에 대한 알 수 없는 불신과 저항이 아버지라는 이름으로 불리게 된 겁니다."

황순원 문학상 수상작이었던 《칼》의 주인공이 아버지를 만나기 위해선 '칼'이라도 가슴에 품어야 했던 방어기제였다면, 그가 품었던 것은 자신의 의도와는 상관없이 상대방을 공격하고 상처를 주었던 칼이었음을 고백한다. 오랜 기간 대인기피증을 앓았던 그가 억눌리고 불행한 사람들을 향해 불러내는 아버지, 우리는 그가 던지는 질문 속에서 각자의 해답을 찾게 될 것이다.

복잡한 카페를 나와 세종로 길가의 노천카페에 자리를 잡는다. 만족스런 작품을 썼을 때와 자신의 작품에 대한 정신적 교류를 나눌 수 있는 진짜 독자를 만났을 때 행복하다는 그와 다시 이야기를 이어간다.

글쓰기 외에 15년 전부터 테니스를 치는 것이 취미이며 공원이나 골목을 기웃거리며 걷는 걸 좋아한다는 그는 커피 전문점에서 책을 읽거나 노트북을 들고 가 글을 쓰기도 한다. 부드러운 인상에서 섬세함은 감지되지만 긴장과 무게감 실린 문장, 관념적이고 철학적인 사유는 어디서 오는지 궁금하다.

"내 소설이 잉태되는 곳은 주로 기억과 책과 공간입니다. 결정적이고 치명적인 기억이 소설의 배아라면 책은 기억과 상상력을 확장시켜주죠. 그리고 나는 자주 걷습니다. 30대를 남양주에서 살았는데 집 근처에 홍유릉이 있었어요. 많은 소설들이 그 공간에서 태어나고 자랐습니다."

구원은 가장 낮은 땅에 엎드려 지상의 병을 앓고 있는 자의 가슴으로부터 오는 것

친척집과 자취방을 전전하던 청소년기에 생긴 적대감과 뒤틀린 자의식이 이끌었던 문학은 이제 그의 삶이다. 인간으로 태어나 무슨 일이든 하며 살아야하는 '소명'인 것이다. 그래서 그는 "소설에

〈아내와 영국 웨일즈 여행 중. 2010년〉

복무한다."고 한다.

글을 쓸 때만 '나'로 존재한다는 그의 글쓰기 스승은 소설가 이청준이다.

"카프카, 까뮈, 지드, 도스토예프스키의 작품을 좋아했지만 관념이 어떻게 형상화되는지를 발견한 것은 이청준 선생의 글이었어요. 선생의 《당신들의 천국》을 읽으며 나 자신에게 절망도 했지만 글이 막힐 때 길을 열어주기도 했지요. 내 첫 작품을 심사하고 뽑아주신 분도 그분이었는데…… 돌아가실 때까지 개인적으로 인사를 못 드린 것이 제일 후회되더군요. 앞으론 좋아한다는 표현도 잘하고 살아야겠다고 생각했습니다."

한낮의 햇빛이 그의 진술함을 따라 환하게 웃는다.

2001년부터 조선대 문창과 교수로 학생들을 가르치는 그가 소설 공부를 하는 사람들을 위해 묶은 《당신은 이미 소설을 쓰기 시작했다》와 《소설을 살다》에서 자신의 문학적 궤적과 창작의 비결을 밝히고 있는 그는 이미 유럽 문단에서 주목받는 작가이다.

프랑스어로 번역된 《생의 이면》은 페미나상 외국문학 부문 후보에 올랐었고 《식물들의 사생활》은 한국 소설 최초로 프랑스 갈리마르출판사의 폴리오 시리즈 목록에 올랐다.

아주 일찍부터 자신이 이 세계의 적자가 아니라 서자라는 자각과 함께, 힘없이 앓고 있는 자의 무력함에서 참되고 근원적인 힘이 나온다는 비밀을 알게 한 것은 '갈릴리 예수'라는 작가.

그는 갈보리 산 위에서 아무런 능력도 기적도 보여 줄 수 없다는 무력감으로 괴로워한 사랑의 사람 예수를 앓고 있는 사람이라고 보았다. 그리고 구원은 신적인 초능력에서 오는 것이 아니라, 가장 낮은 땅에 엎드려서 지상의 병을 앓고 있는 자의 가슴으로부터 오는 것임을 깨달았다고 한다.

사랑은 사랑으로 감싸고 상처는 상처로 위로하듯, 앓고 있는 자만이 앓는 자를 진정으로 이해하리라. 앓고 있는 자의 어쩔 수 없는 무력함, 그곳으로부터 나오는 사랑, 그 역설의 힘이 매일의 양식이라는 그와 이야기를 마친다.

도시 중심의 도로를 반사하는 한낮의 햇빛이 이전의 것이 아닌 양 낯설다. 익숙한 것들을 낯설게 하며 긴장하게 하는 그의 소설들처럼. 벼린 칼끝을 들이밀며 너의 숨겨진 어둠은 무엇이냐고, 그 상처를 꺼내어 햇빛에 말리라고, 칼 같은 시선으로 쏘아보고 있다.

어린 날 세상이 준 상처를 소설로 승화시킨 '박부길'(《생의 이면》의 주인공)처럼 이젠 원숙한 경지에 선 그의 자리로 칼 같은 햇살이 쏟아진다.

인간을 살리는 '칼'이다.

(2011년 8월호)

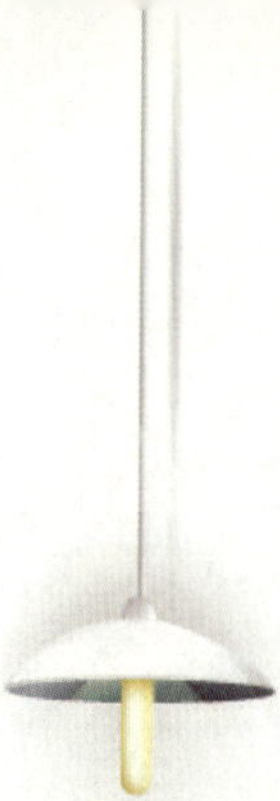

이원규

무련, 너를 찾아 내가 간다

사진 _ 박건식

1962년 경북 문경 출생. 계명대 경제학과 중퇴.

1984년 《월간문학》에 〈유배지의 풀꽃〉당선.

1989년 《실천문학》에 연작시〈빨치산의 아내〉15편을 발표하며 작품 활동 시작.

저서: 시집, 《빨치산 편지》,《돌아보면 그가 있다》,《옛 애인의 집》,《강물도 목이 마르다》,

　　　《지푸라기로 다가와 어느덧 섬이 된 그대에게》.

　　　산문집, 《벙어리 달빛》,《길을 지우며 길을 걷다》,《멀리 나는 새는 집이 따로 없다》.

수상 경력: 제16회 신동엽 창작상 수상.

　　　제2회 평화인권문학상 수상.

현재: 순천대 문예창작과와 지리산학교에서 시 창작 강의.

오갈 데 없는 영혼들의 우체국

그에게서는 두엄 섞인 산 흙내가 났다. 나무껍질의 진액과 고로쇠 수액이 섞인 듯 달큰쌉쌀한 맛을 풍긴다. 그의 눈에는 오백리 길 섬진강이 흐르고 있었다. 버들치, 쉬리, 다슬기, 은어가 몸 뒤척이는 소리를 담고 있다. 지리산을 품은 그의 가슴에는 등불이 하나 켜있다. 오직 사랑하는 무런을 찾기 위한. 그래서 그의 발걸음엔 늘 바람이 묻어 있다.

'바람의 아들', '길의 아들'로 불리우는 지리산 시인 이원규.

구례군 문수리 면사무소에 그는 오토바이를 타고 나타났다. 별명인 '지리산폭주족'답게 완전무장을 한 그가 처음엔 낯설었으나 그와 인사를 나누는 순간, 삶의 불순물이 걸러진 맑은 기운이 바람결에 실려 왔다.

"오토바이는 현대판 말입니다. 나의 '백마'는 풀잎대신 휘발유를 마시고 말발굽 소리를 내며 푸다다다! 달리죠. 오토바이를 타는 것은 바람의 정면에 서는 것입니다. 바람이 불어오는 쪽으로 몸을 기대고, 눈물을 흘리면서 바람에게 목숨을 내맡기는 일이죠."

집은 물론 차도, 운전면허증도 없는 자신에겐 오토바이와 노트북이 전 재산이라는 시인의 얼굴은 온통 웃음이다.

지리산에 내려온 후 섬진강변, 피아골, 실상사 등을 거쳐 여섯 번째로 이사한 곳이 문수리이다. 차 한 대가 겨우 다닐 수 있는 좁은 언덕길을 한참 올라가니 울창한 산 밑에 담 없는 작은 집 하나가 동그마니 앉아있다. 1년 집세 50만원, 대문도 없고 자물쇠도 없는 외딴집. 낡은 북(甌)에 쓰인 '피아산방'이 이 집의 이름이다. 너

와 나의 경계를 허무는 산 방, 그가 오갈 데 없는 영혼들의 우체국
이라는 곳에 한 통의 편지가 되어 들어선다. 별 중요한 것도, 장식
도 없는 허술한 마루 벽에 걸린 커다란 액자 속 시가 눈길을 끈다.

〈지리산에 오시려거든〉

행여 지리산에 오시려거든
천왕봉 일출을 보러 오시라
삼 대째 내리
적선한 사람만 볼 수 있으니
아무나 오시지 마시고
노고단 구름바다에 빠지려면
원추리 꽃무리에 흑심을 품지 않는
이슬의 눈으로 오시라
행여 반야봉 저녁노을을 품으려면
여인의 둔부를 스치는
유장한 바람으로 오고
피아골의 단풍을 만나려면
먼저 온몸이 달아오른
절정으로 오시라
굳이 지리산에 오려거든
불일폭포의 물 방망이를 맞으러
벌 받는 아이처럼
등짝 시퍼렇게 오고
벽소령의 눈 시린 달빛을 받으려면

뼈마저 부스러지는 회한으로 오시라
그래도 지리산에 오려거든
세석평전의 철쭉꽃 길을 따라
온몸 불사르는
혁명의 이름으로 오고
최후의 처녀림 칠선계곡에는
아무 죄도 없는 나무꾼으로만 오시라
진실로 지리산에 오려거든
섬진강 푸른 산 그림자 속으로
백사장의 모래알처럼
겸허하게 오고
연하봉의 벼랑과 고사목을 보려면
툭하면 자살을 꿈꾸는 이만
반성하러 오시라
그러나 굳이
지리산에 오고 싶다면
언제 어느 곳이든 아무렇게나 오시라
그대는 나날이 변덕스럽지만
지리산은 변하면서도 언제나 첫 마음이니
행여 견딜 만하다면 제발 오지 마시라

　지리산을 사랑하는 사람들이 애송하며 가수 안치환이 곡을 붙이고 노래를 불러 더욱 유명해진 시다. 물아일체의 시선으로 지리산에 대한 경외심과 읽는 이의 삶을 뒤돌아보게 하는 묘한 매력에 가슴이 먹먹해진다.

행여 견딜 수 없어도 쉽사리 떠날 수 없는 현실이라는 대 못, 그 못을 뽑아내고 '방외지사'로 살고 있는 그와의 얘기는 새벽까지 이어졌다.

죽기 전에 단 한 번 얼굴을 본 아버지

"서울 생활 10년 만에 모든 것을 내려놓고 보따리를 쌌습니다. 노동해방문학의 창작실장과 민족문학작가회의 총무부장을 맡아 민주화운동을 하며 시를 썼죠. 그러나 세상의 정세가 변하고 민주화 일정도 어느 정도 이뤄지고, 나 또한 보수언론의 기자가 되자 권태와 환멸이 몰려오더군요. 천민자본주의가 꽃을 피우는 서울에서 호흡을 하며 산다는 게 참으로 지옥 같았어요. 권태와 환멸을 넘어 연민의 세상으로 나아가려면 결단이 필요했습니다. 2-3년 마음속으로 준비하다 출가하듯이 단호하게 결행한 거죠."

《월간 중앙》기자였던 그는 감옥에서 나온 문단 어느 선배와의 인터뷰를 쓴 글을 실을 수 없게 되자 그 책임을 사표로 대신했다. 그리고 이미 마음에 두고 있던 지리산으로 가방 하나 달랑 들고 떠나 온 것이다. 그러나 그의 '떠남'은 오래전부터 시작된 병이다.

"고등학교에 입학했으나 학교생활에 잘 적응하지 못했어요. 늦은 사춘기의 지독한 실존적 열병, 선생님들의 부조리와 위선에서 세상을 너무 일찍 알아버렸다고나 할까요. 1학년 때 자퇴하고 백화산 만덕사로 들어갔습니다. 가출이 출가로 이어진 거죠. 1980년 신군부의 10.27법난 때 승증도 없고 주민등록증도 없어 포승줄에 묶여 하산했는데 반공교육을 철저히 받았던 터라 얻어터지면서도 그들이 무장공비가 아니라는 사실에 안심이 되더라구요. 풀려나면서는 고마워서 꾸벅 절까지 하고. 그 후부터 뭔가를 쓰기 시작했으니 그게 시의 초심이었던 것 같습니다."

산문집 《벙어리 달빛》 중 〈꽃의 이마가 따스하다〉에는 만덕사 시절을 추억하는 내용이 있다.

저자에 나간 스님이 돌아오지 않는 날이면, 나는 폭포 옆 산돌배나무를 찾았다. 나무 아래 큰 바위에 올라 해가 질 때까지 내가 아는 모든 사람의 이름을 불러보는 것이었다. 그러나 대답은 메아리뿐 어느새 눈물이 흐르고, 밤이슬이 내렸다.

죽기 전에 단 한 번 얼굴을 본 아버지 이. 정. 욱 으로부터 시작해 당시 내가 소리쳐 부른 사람은 3백 명을 채 넘지 못했다. 더 이상 부를 이름이 없어지면 나는 산짐승처럼 울부짖다가 차가운 바위 위에서 잠이 들곤 했다. 그렇게 한 마리 산짐승이었을 때 절대 고독의 초입을 보았던 것일까. (산문집 《벙어리 달빛》中에서)

무련, 너를 찾아 나는 간다

하산 후 어머님의 눈물을 이기지 못하고 대입검정고시를 거쳐 대학에 입학하나 그의 '떠남'은 계속된다. 당시 현장중심의 노동운동이 한창이었고 지식인으로서 대학에만 다닌다는 게 미안했던 그는 막장에 들어가 광부로 일했다. 지하 700미터의 막장에서 노동을 하며 시를 쓰던 그 시절이 인생의 가장 멋진 청년기였다고 말하는 시인.

지주의 아들이었던 그의 아버지는 그 시대 지식인들이 대부분 그러했듯 사회주의자였고 분단시대의 마지막 빨치산이었다. 남편의 생존을 비밀에 부쳐야 했던 어머니는 그의 임신으로 '부정한 년'으로 몰려 몰매를 맞으면서 생계를 이어 갔다.

태어나 한 번도 불러보지 못한 아버지, 죽기 전 단 한 번 얼굴을 본 아버지에 대한 그리움을 그는 첫 시집 《빨치산의 편지》에 담았다. 제목과는 달리 빨치산 아내의 입장에서 월북한 남편을 그리워하는 내용이다. 보도연맹 대학살을 당하며 '제2의 모스크바'로 불리던 그의 고향 하내리의 역사이자 분단 조국의 현실을 편지글로 형상화하였다.

"아버지의 부재는 현실주의 문학의 모태가 되었고, 강인한 생명력을 가진 홀어머니의 희생적인 삶은 내 문학의 생명평화적인 관점, 그러니까 모성의 화두가 되었죠. 그러나 한 번도 문학이 내 삶의 전부였던 적은 없었어요. 내 삶이 먼저지요. 그래서 내 삶의 발자국들이 시가 되기를 바랄 뿐입니다."

이제 그는 자신 안에 사는 산짐승을 버리고 오직 무련을 찾아, 가고 또 간다.

시집 《옛 애인의 집》은 도법스님과 함께 낙동강 1,300리, 지리산 850리 도보 순례 중에 쓴 시들을 묶었다. 내딛는 걸음걸음이 무간지옥이자 백척간두 진일보였다는 서문에서 보듯 일상의 경계를 넘어서려는 뼈아픈 성찰을 자연과 사랑으로 버무려 담았다.

〈무련, 없는 너를 찾아 나는 간다〉

달도 없는 벽소령을 넘는다
운해도 없는 노고단과
노을도 없는 반야봉을 오른다
무련, 가버린 너를 생각하면
대체 무슨 소용인가
벽소령에서 취해 노고단에서
술이 깬다
네가 없는데 무슨 소용인가
다시 반야봉에서 달새처럼 울지만
대체 무슨 소용이란 말인가

물 없는 섬진강 모래밭에서
헤엄치고 낙수 없는 불일폭포에서
물벼락을 맞는다
감 다 떨어진
감나무에 올라 마지막 매미처럼 울며
이미 없는 너를 찾아 나는 간다

무련, 여전히 너는

바람 한 점 없는 처마 끝의 풍경소리다
여전히 너는, 너는
따뜻한 손길 하나 없는 천수관음이다
여전히 너는, 너는
물구나무 선 삼층석탑이다

무련, 너를 찾아
회산 연꽃방죽에도 가봤지만
네가 없으니 마침내 나도 없다
없는 너를 찾아 공중분해의 내가 간다.

　　"무련은 말 그대로 '없는 연꽃'입니다. 내가 사랑하고 꿈꾸는 세
상이라고 할 수 있죠. 그러나 무련은 언제나 내 그리움의 대상으
로 세상도처에 실재합니다. 그 중 하나일 수 있는 진정한 자유와
해방은 일정 정도 구태의연한 일상의 경계를 넘어야 합니다. 방외
지사를 꿈꾸는 것은 아니지만 현실에 안주하는 소인배는 되고 싶
지 않은 거죠. 내 시의 화두는 믿음의 종교보다 높은 치열한 연민
의 세계입니다."
　　그는 연민에 대해 살아남은 자들에 대한, 살아 있는 모든 것들
에 대한, 아니 무생물에게까지 향하는 지극한 사랑과 혁명의 베이
스캠프 혹은 전초기지라고 말한다.

　　사랑과 분노, 욕망과 욕심까지 그의 연민으로 걸러내 곰삭고 깊
어진 산문집 《길을 지우며 길을 걷다》를 읽노라면 상생의 빈손 여
정이 베푸는 맑은 샘물을 마실 수 있다.

들국화, 안개꽃, 장미, 프리지아, 백합의 효능을 밝히며 견우노옹이 되어 '그대'에게 바치는 〈헌화가〉, 섬진강이 내려다보이는 고구마밭 옆에 할아버지를 묻어놓고 함께 육십을 살다봉께, 한몸이여. 영감이 먼저 갔다능 게 인적 믿기지 않는당께. 종친회 같은디서 영감 앞으로 핀지가 옹게, 절대루 죽은 게 아니랑께라는 할머니 얘기 〈가을 소풍과 뒷집 할머니〉, 길에 쓰러진 태국인 노동자의 수술 보증을 섰다가 쫄딱 망하고 섬진강을 탯줄 삼아 포장마차를 차린 부부 이야기 〈포장마차 '어부의 집'〉, 걷는다는 것은 곧 자신을 돌아보는 참회의 기도이자 세상만물과 비로소 하나가 되는 마음의 눈을 뜨는 일이라는 〈느림의 미학〉등.

그리하여 '능소화'로 넘치게 피어난 그와 만나게 된다.

〈능소화〉

꽃이라면 이쯤은 돼야지
화무 십일홍
비웃으며
두루 안녕하신 세상이여
내내 핏발이 선
나의 눈총을 받으시라
오래 바라보다가
손으로 만지다가
꽃가루를 묻히는 순간
두 눈이 멀어버리는
사랑이라면 이쯤은 돼야지

기다리지 않아도
기어코 올 것은 오는구나
주황색 비상등을 켜고
송이송이 사이렌을 울리며
하늘마저 능멸하는
슬픔이라면
저 능소화만큼은 돼야지

설화와 빙화와 상고대는 '정신의 희디흰 밥'

외로움을 견딘 지리산 생활 1기, 실상사와 더불어 환경운동을
했던 2기가 지나고 독거의 산짐승으로 돌아가려 계획했던 3기는,
더불어 상처를 핥아주는 동행으로 바뀌었다. 그리고 마침내 4기는
새 아내와 함께 도반의 길, 참회의 길을 가고 있다.

순천대 문예창작과와 대안학교인 실상사 작은 학교에서 1주일
에 한 번씩 강의를 하며, 하루의 시작은 아침에 냉수 한 그릇을 마

시고 닭 모이와 강아지 밥을 챙겨준 뒤 길을 나서는 것으로 시작한다. 요즘은 오프로드 바이크를 타고 그동안 가보지 못한 지리산과 백운산 등의 임도와 오래된 옛 길을 찾아다닌다.

"눈 쌓인 고갯마루에 바이크를 세워두고 조금만 산행을 하면 정상에 이르는데, 그곳에서 먼 산과 사람들의 마을을 내려다보며 시공을 초월해 하루해를 보내는 시간이 가장 행복합니다. 눈 쌓인 길이 위험하긴 하지만 인생사에 위험하지 않은 일이 어디 있겠습니까. 해발 1500미터 이상에서 피어나는 설화와 빙화와 상고대는 외롭고 높고 쓸쓸함을 자처하는 이들에게 있어 정신의 희디흰 밥이 아닐 수 없죠."

무한 욕망과 질주의 시대에 섬진강에서 물수제비를 뜨며 지리산 품에 파묻혀 사는 그의 한 달 용돈은 20~30만원, 지리산 한 자락에서 1년씩만 살아도 30년을 살 수 있다고 말하는 그의 눈가엔 여전히 평화로운 섬진강물이 흐르고, 지리산의 밤은 산 그림자처럼 깊어만 갔다. 집 뒤 숲을 지나는 바람소리가 허술한 창틈으로 밀려드는 마루에 앉아 그가 그리운 사람들을 떠올리며 담갔다는 머루주만이 속절없이 얕아지고 있었다.

우리사회가 잃어버린 진정한 고향을 찾고 싶다는 그의 시집이 3월쯤 출간 예정이다. 마지막 희망이 "다만 나는 '나'일 수 있기를 바라며 내내 이렇게 살 수 있기를 바랄 뿐"이라는 그는 또 어떤 성찰의 죽비로 내 등짝을 내려칠지.

아침 일찍 출발하는 내게 항상 박꽃 같은 웃음을 달고 있는 부인이 두 손을 내민다. 닭의 온기가 남아 있는 계란 두 알. 양 쪽 주머니에 하나씩 넣으니 마음이 더워진다.

서울로 올라오는 길에 노고단에서 잠시 내렸다. 이미 다녀간 그의 발길과 눈빛이 백석의 시 한 구절과 함께 겨울바람처럼 파고든다.

하늘이 이 세상을 내일 적에 그가 가장 귀해하고 사랑하는 것들은 모두 가난하고 외롭고 높고 쓸쓸하니 그리고 언제나 넘치는 사랑과 슬픔 속에 살도록 만드신 것이다.

백석, 〈흰 바람벽이 있어〉 中에서

(2008년 1월)

 ## 만남 이후

    일 년에 한두 번 지리산 형제봉에 야영을 하러 간다. 그러면 밤 공기를 가르며 두두두두 오토바이를 몰고 나타나는 사람이 있다. 이원규 시인이다. 공지영의 지리산 행복학교에 나오는 '지리산 학교'의 실제 교장이다. 지리산에서 사진작가 이창수, 시인 박남준과 어울려 술 먹다 생각해낸 것이 지역민과 함께 귀농·귀촌인들이 더불어 만들어가는 생활밀착형 대안문화예술학교였다. 지난 달(2011년 7월) 말쯤 지리산을 지나가는 길에 그를 만났다. 얼굴이 많이 야위었다. 공지영, 박남준과 유럽여행에서 돌아와 병원을 가니 늑막염이란다. 물을 700cc를 빼내고 앞으로 넉 달 정도 약을 먹어야한다고 말하는데도 연신 웃음이다.

"한 14년 동안 순례의 길이다 취재다 하며 길바닥 잠을 자서 그래요. 술 담배요? 에이 뭐 얼마나 오래 살겠다고…… 하고 싶은 거 하고 삽니다."

화엄사 입구 앞 '산나물 식당'안에는 그의 시 〈지리산에 오시려거든〉이 커다란 액자에 담겨 걸려 있었다. 식당 주인이 직접 만든 거란다. 지리산에 가시려거든 꼭 그 시를 읽고 가시길……

올 봄 경향신문에 연재했던 〈지리산 시인 이원규의·길. 人. 생〉 중 기억나는 한 구절이다.

난생 처음 말을 배우고 걸음마를 배우는 아이처럼 카메라 한 대와 볼펜 한 자루를 들고 세상 곳곳을 둘러보았다. 그 모든 곳이 그립고도 그리운 곳이자 서럽고도 서러운 곳이었다. 세상 도처의 길들이 눈물겨운 고향이었고 날마다 돌아가야 할 집이었다.

절대 고독을 지나고, '나' 없음을 지나고, 그의 화두가 '연민'으로 피어난 세상에서, 모터사이클이 상징하는 '자유'를 삶 속에 온전히 실행하고 사는 사람. '행복'이란 나 혼자만 행복한 것이 아니고 더불어 행복할 때 완성되는 것임을 온 몸으로 실천하는 지리산 지킴이, 시인 이원규.

그의 행복을 훔치고 싶다.

끝내, 무논의 물결처럼
세상의 떨림을 읽어내기를

이정록

사진 _ 서지나

1964년 충남 홍성 출생. 공주사범대학교 한문교육과 졸업.
1989년 《대전일보》, 1993년 《동아일보》 신춘문예에 시가 당선되어 등단.
저서: 시집, 《벌레의 집은 아늑하다》, 《풋사과의 주름살》, 《버드나무 껍질에 세 들고 싶다》,
　　　《제비꽃 여인숙》, 《의자》, 《정말》.
　　　동화집, 《귀신골 송사리》, 《십원짜리 똥탑》.
　　　동시집, 《콧구멍만 바쁘다》.
2001년 김수영 문학상, 2002년 김달진 문학상 수상.
현재: 충남 아산시 설화고등학교 교사로 재직중.

느낌표가 전부여 한세상 접을 땐 느낌표만 남는 거여

그는 정말, 하찮은 것들 속에 얼마나 많은 삶의 비밀이 있는지 말하고 싶은 게다. **그는 정말,** 스쳐가는 인연들이 미처 풀지 못한 소리를 들려주고 싶은 게다. **그는 정말,** 한 눈 팔며 외면한 것들이 어떻게 뒤통수를 치는지 보여주고 싶은 게다. **그는 정말,** 살아있는 시에는 밥상과 그늘과 눈물이 어떤 무늬로 있는지 그리고 싶은 게다. **그리하여 그는 정말,** 우리가 키득거리며 웃다가 가슴 먹먹해지는 꼴을 보고 싶은 거다.

우리들 가슴에 느낌표가 전부여 한세상 접을 땐, 느낌표만 남는 거여 라며 느낌표 하나 던지고픈 거다.

이정록 시인의 여섯 번째 시집《정말》속에 '정말'이라는 시는 없다. 모든 시가 '정록의 말'인 '정말'이다. 삶의 애환과 고달픔도 그의 능청스런 충청도 사투리로 옷을 입으면 한바탕 연극이며 잔치다. 춤으로 치자면 섹시한 브루스요, 노래로 치자면 눈물 설움 구성진 뽕짝이요, 운동으로 치자면 짓궂은 삶과 한 판 뜨자고 팔소매 걷어 부친 씨름이다.

자연과 사물, 일상의 소소함에서 근원적 존재 의미를 끌어내 발밑의 삶과 연결하는 '따뜻한 구성(想)'의 시인 이정록. 그가 한문선생님으로 근무하는 충남 아산시 설화고등학교에 도착했을 땐 살갗에 닿는 햇살이 고슴도치처럼 따가웠다.

내가 유일하게 믿는 운명은 가족이니까

'학생복지부'란 이름이 달린 교무실 창가 쪽 자리에 그가 앉아 있다. 가르치는 한문 외에 행사와 축제를 기획하고 학생 지도를 담당한다며 수거한 담배로 가득한 양동이를 보여준다.

지난 봄 '북콘서트'에서 시와 교육 중 어느 것이 더 중요하냐는 독자의 질문에 '교육'이라며 교육은 시기가 중요하므로 교육을 더 받들어 모신다던 그의 대답이 떠오른다.

"시는 나를 먹여 살리는 거고 교육은 가족을 먹여 살리는 거지요. 양자택일을 하라면 가족을 선택하지, 나와 민중을 살리려 가족을 내팽겨 칠 순 없죠. 내가 유일하게 믿는 운명은 가족이니깐. 그건 지랄발광을 떨어도 못 바꿔요."

그가 쓰고 있는 것들이 모두 인간에 대한 따뜻한 연민이며 삶에 대한 속 깊은 울음임을, 그가 힘주어 말하는 '가족'이라는 것이 그의 아픈 뼈이며 동시에 '숨통'임을 짐작케 한다.

학교를 나와 그의 집 근처 일식집에 자리를 잡는다. 집에 있는 아픈 큰 아들을 위해 집에서 500미터 반경 안에서만 술을 먹는단다. 시인 백석을 좋아해서 '백석대로' 옆 '백석현대아파트'에 살면서 '백석농원'집 과일만 사먹고 두 아들 모두 '백석중학교'를 보냈다고, 500미터 안에 있는 모든 상가와 상점을 다 섭렵했는데 딱 한군데만 못 가봤다고, 그건 '산부인과'라며 농(弄)을 친다.

《정말》의 발문에서 소설가 한창훈은 그에 대해 "어제 입국한 외국 관광객들을 한국말로 웃기는 것으로 봐서 위트가 가히 범지구적이다. 수출을 해도 될 정도이다."라고 쓴 것을 그와 헤어질 때까지 체험하게 될 줄이야.

충청도 말은 시간예술이여~ 끄느름~ 혀잖아유~~

"상상력을 이길 수 있는 건 없어요. 모든 사람들이 구름을 철판이라고 할 때 핥아 먹고 빨아 먹는 아이스크림으로 보는 것, 우유를 마시면서 소의 뼈마디를 생각하는 것이 시에요. 그리고 충청도말은 시간예술이여~ 끄느름~ 혀잖아유~."

씨익 웃는 모습이 마애불을 닮았다. '생의 지극한 슬픔이나 고

통을 익살로 불러'내는 그의 타고난 재능이 충청도 방언의 의뭉스
러움과 만나 뻐근한 통증에도 불구하고 우리를 웃음 짓게 한다.

사랑도 조개구이 같은 겨/내리 불길만 쏴붙이다간/칼집 안 낸
군밤처럼 거품 물다가/팍 뛰쳐나간단 말이지 그러면서 산 조개만
이 혀 깨무는 고통이 있는 겨/라는 〈조개구이집에서〉. 허리가 아
프니까/세상이 다 의자로 보여야/꽃도 열매도, 그게 다/의자에 앉
아 있는 것이여/(중략)/싸우지 말고 살아라/ 결혼하고 애 낳고 사는
게 별거냐/그늘 좋고 풍경 좋은데다가/의자 몇 개 내놓는 거여 라
는 〈의자〉. 서른여섯 뜨건 젖가슴에/동사한 신랑 묻은 뒤로는/밤
늦도록 홍어 좆만 주물럭거렸다고/만만한 게 홍어 좆밖에 없었다
고/ 얼음막걸리를 젓는다/얼어 죽은 남편과 아픈 큰애와/ 박복한
이년을 합치면 그게 바로 내 인생의 삼합이라는 〈홍어〉.

슬픔도 아픔도 하르르 쏟아버릴 수 있는 것은, 가족이라는 인
연으로 묶인 현실이 필요로 하는 체념이고, 인정이고, 달관이다.
"지금까지 인류가 지켜 온 거대한 측은지심은 가정, 식구여. 이
것도 못 지키는 문학은 폼이고 개뿔이여."
술잔이 몇 순배 돌자 경어가 사라지고 화기(火氣)위에 화기(和氣)
가 생겨난다. 기타 연주회 연습으로 귀가가 늦는 부인 대신 집에
있는 아들의 저녁을 걱정하더니 통닭 한 마리를 배달시키곤 마음
이 편해졌나보다.

정리되지 않은 아픔은 면도칼이다. 용암이다.

어머니의 화법과 아버지의 욕, 술집작부의 얘기가 그대로 시가 되는가 하면 온몸으로 받아 모신 듯한 깊은 성찰의 시들에선 한풍(寒風)에 배를 밀고 가는 새떼들 같은 그의 삶의 체험들이 면면히 펼쳐진다.

포대기에 싸여 울었던 울음이 사랑을 앓는 나이가 되면 제 어둠을 팔베개하고 등짝으로 운다. 그러다 손차양 아득한 세월의 어미 아비가 되면 손발 고요해진다 등 돌려 마른 눈자위 훔친다 이제야 울음은 진화의 꼭지에 다다른다 는 〈울음의 진화〉, 돌아가신 아버지가 생의 마지막을 부려 놓았던 수덕 여관에서 유언으로 주신 지팡이에 얹힌 걸레를 보며 그래, 걸레가 돼야지 걸레는 저렇게 숭엄하지/ (중략) 그렇지, 꼭 필요한 게 뭐여 지팡이, 걸레, 행주, 발수건이지 나는/ 이 넷에다 주소를 둬야지 그러면 삶이란 녀석도 지팡이 짚으며 따라오겠지 라는 〈느낌표〉, 병석을 제대로 지키지 못하고 맞이한 아버지의 주검 앞에서 진리는 내 머릿속이 아니라 내 머리맡에 있던 따뜻한 손길과 목소리란 것을 깨닫는 〈머리맡에 대하여〉 등은 지극히 자기 고백적인 시이다.

"원자력 병원에 계시던 아버지를 문안하고 집에 가려고 서울역에서 기차를 기다리고 있는데 아버지가 저기 서 있는 거야. 환자복에 슬리퍼를 신고…… 방울 달린 손자의 털모자를 사들고…… 세상에서 가장 추운 발로……."라고 말한 그가 뒷말을 잇지 못한다. 정리되지 않은 아픔은 면도칼이다. 용암이다.

"시인은 괴로움을 메고 가는 존재여. 근데 아픈 게 좋은 거여."

잠시 후 이렇게 말하는 그의 목소리에 눅눅한 습기가 묻어있다.

무리들과 한풍에 배를 밀고 가는 새들도 제 목소리로 우는 법…… 시는 알을 낳듯 쑥쑥 낳아야 하는데 이젠 자궁이 헐었다고 엄살을 부리는 그에게 어린 시절을 듣는다.

"내가 태어난 황새울의 어원은 한사(寒沙)여. 차가운 모래가 있는 곳은 샘이 솟는 곳이지. 그곳은 각(角)이 져 있어. 모가 나있지. 모서리마다 빛나는 작은 칼날 같은 모래가 서리 매운 새벽에도 찬물로 세수하는 것처럼 샘솟아. 거기서 썩지 않아야 될 시인의 정신을 봤어야."

〈설화고등학교 교정에서〉

문학이 재미없는 것은 죄여

　홍성 황새울 마을에서 태어나 다리 저는 장애우의 시달림을 피해 6살에 초등학교를 간 그는 키도 작고 나이도 어려 늘 모자란 학생이었다. 그가 홍성고교에 입학했을 때 취직한 누나가 첫 월급으로 사준 《한국여류수필문학대계》의 부록 《님의 침묵》이 생애 최초의 시집이 되어 그에게 시가 깃들게 된다. 마침 짝사랑하던 시기였고, 연애편지 쓰느라 표절해가며 시작(詩作)한 것이 시작이었다.

　십대엔 화가가 되고 싶었고, 방송국 리포터와 각종 행사의 진행을 했던 이십 대 후반엔 개그맨이 되고 싶었고, 삼십대엔 욕망이 너무 커서 삶을 끝장내려고 했던 시기를 지나, 시를 쓰면서 모든 상(償)마다 백댄서 스무 번 이상 하고 나니 사십대 후반이 되었다는 말에선 웃어야할지 말아야할지 종잡을 수가 없다.

　"빨리 오십이 되고 싶었지. 꿈은 이루어진다고……. 이제 곧 오십이여. 흐흐. 근데 욕망이 점점 커지는 걸 몰랐어. 그래도 이젠 '글'에서는 많이 자유로워진 것 같아. 오십대에 이루고픈 꿈이 생겼거든."

　〈문학창작강의〉라는 희곡을 쓰고 그가 배우가 되어 모노 연극을 하고 싶단다. 제 1강은 시, 제 2강은 소설, 제 3강은 희곡으로. 그리곤 갑자기 표정과 목소리를 바꾸어 술집이 무대인양 연기를 펼친다. 다른 사람들의 시선이 집중된 것은 당연하다.

　문학이 재미없는 것은 죄라며 시가 정말 재미있음을 보여주고 싶다는 그의 말빨은 시에서도 여지없이 드러난다.

〈작명의 즐거움〉

콘돔을 대신할
우리말 공모에 애필(愛必)이 뽑혔지만
애필이란 이름을 가진 사람들의 결사적 반대로 무산되었다
그 중 한글의 우수성을 맘껏 뽐낸 것들을 모아놓고 보니
삼가 존경심마저 든다
똘이옷 고추주머니 거시기장화 밤꽃봉투 남성용고무장갑
정관수술사촌 올챙이그물 정충검문소 방망이투명망토 물안
새 그거 고래옷 육봉두루마기 성인용풍선 똘똘이하이바 동굴
탐사복 꼬치카바 꿀방망이장갑 정자지우개 버섯덮개 거시기골
무 여따찍싸 버섯랩 올챙이수용소 쭈쭈바껍데기 솟아난열정내
가막는다 가운뎃다리작업복 즐싸 고무자꾸 무골장군수영복 액
가두리 정자감옥 응응응장화 찍하고나온놈이대갈박고기절해

아, 시쓰는 사람도 작명의 즐거움으로 견디는바
나는 한없이 거시기가 위축되는 것이었다

봄 가뭄에 졸아붙은 올챙이 눈, 그 작고 깊은 끈적임을
천배쯤 키워놓으면 바로 콘돔이거니, 달리 요약 함축할 길
없어
개펄 진창에 허벅지까지 빠지던 먹먹함만 떠올려보는 것이
었다
애보기글렀네 짱뚱어우비 개불장화를 나란히 써놓고
머릿속 뻘구녕만 들락거려보는 것이었다

'모든 노래의 가수 남인수 화(化)'를 목격하고 서울을 향해 가는 늦은 밤, 간간이 전화로 안위를 묻던 그의 잠 묻은 목소리가 귓가에 맴돈다.

웅덩이에서 하늘의 눈을 보고, 뒷짐 진 손에서 허공 한 채 업고 다니는, 둥근 아름다움을 보고, 사과의 주름살에서 내부로 가는 길이며 내면을 버팅겨 주는 힘줄임을 보는 시인.

배려와 연민이 체득화 되어 자신을 다 내어주고도 오히려 풍성한 한 그루 버드나무 같이, 써레질 끝난 무논같이, 생의 이치에 대한 뼈아픈 긍정으로 막막한 우리들 가슴에 '숨통'을 틔우는…… 그리하여 정말, 웃음도 눈물도 다 지난 자리로 떨어지는 낮달의 눈물 같은 느낌표! 하나. 이 밤, 그를 향한 기원인 듯 읊어본다.

끝내
무논의 물결처럼 세상의 떨림을 읽어내기를
써레처럼 발목이 젖어 있기를

(2010년 8월)

 ## 비를 너무 좋아해서 장마철엔 죽어나!

이정록 시인은 비를 너무 좋아한다. 비 오는 날 술 한 잔 걸치는 것은 당연지사. 다른 도시에 비가 오면 택시를 타고 그곳으로 달려간다. "장마철엔 죽어난다"는 말에 또 폭소를 터트렸다.

내면의 아픔이 해학으로 승화되기까지 오랜 내공이 느껴지는 이정록 시인의 유머는 타의 추종을 불허한다. 그저 말장난이 아니라 앞 뒤 근거, 문맥이 정확하며 말 속에 숨은 뼈대도 단단하다. 그렇다보니 이 세상 모든 고민은 그 앞에 와서 무릎을 꿇는다.

행복해서 웃는 것이 아니고 웃다보니 행복해진다는 말처럼, 만나는 순간부터 헤어질 때까지 웃음보를 열어놓게 하는 시인. 시는 꼬챙이로 뇌를 골골이 판다며 얼굴을 찡그리던 그가, 동화와 동시는 축복의 선물이고 마법의 상자라며 얼굴 근육을 푼다.

21세기의 위대한 책으로 정민의 《한시미학산책》과 소로우의 《월든》, 《작은 인디언 숲》을 추천하며, 소중한 친구들로는 한창훈 소설가(쌀자루 들어 올리는 저울)와 함민복 시인(쭈꾸미 들어 올리는 저울)을 들었다.

2011년 2월, 천안에서 다시 만난 그는 모노 연극인 〈문학창작강의〉를 올해 안으로 시작한다고 했다. 전국 투어로 진행될 그의 무대를 생각하니 역시 웃음이 먼저 일어선다.

이야기와 시가 있는 현장에 가서 애정을 쥐야 시를 받을 수 있다고 말하는 시인의 열망이 어디로 흘러갈지…… 죽음이든 사랑이든, 자기를 몰아붙이는 것이 시인 아니던가. 그 열정이 몰아붙이는 폭풍의 정점에서 생명을 획득하는 것이 예술 아니겠는가.

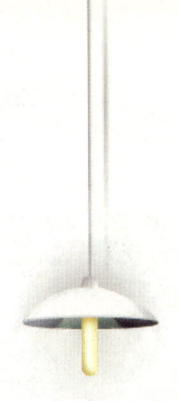

장석주

책이라는 낙타를 타고
우주라는 사막을 횡단하는 여행자

사진 _ 이해선

1955년 충남 논산 출생.
1975년 《월간문학》 신인상 공모에 〈시〉 심야로 등단.
1979년 《조선일보》 신춘문예에 시〈날아라 시간의 포충망에 붙잡힌 우울한 몽상이여〉 당선
1979년 《동아일보》 신춘문예에 문학평론 〈존재와 초월〉 입선.
저서: 시집, 《햇빛 사냥》,《그리운 나라》,《어둠에 바친다》,《어떤 길에 관한 기억》,
　　　《물은 천 개의 눈동자를 가졌다》,《붉디붉은 호랑이》,《절벽》,《몽해항로》 등.
　　　산문집, 《추억의 속도》,《느림과 비움》,《비주류 본능》,《그 많은 느림은 다 어디로 갔
　　　을까》,《지금 어디선가 누군가 울고 있다》,《절망에 관해 우아하게 말하는 방법》 등.
　　　장편소설, 《낯선 별에서의 청춘》,《길이 끝나자 여행은 시작되었다》,《세도나 가는
　　　길》 등.
　　　북리뷰, 《책은 밥이다》,《만보객 책속을 거닐다》,《취서만필》 등.
　　　문학사, 《20세기 한국문학의 탐험》 (전 5권).
　　　문학평론집, 《한 완전주의자의 책읽기》,《비극적 상상력》,《문학의 죽음》,《나는 문학
　　　이다》,《들뢰즈 카프카 김훈》,《장소의 탄생》,《상처 입은 용들의 노래-노자시화》 등.
약력: 고려원 편집장. 청하출판사 대표. 현대시세계와 현대예술비평 기획, 편집 주간.
　　　한문화 대표.
　　　동덕여대, 명지전문대 교수. 라디오 방송 진행을 거쳐 현재 경희사이버대와 조병화
　　　시창작반에서 강의.

나는 읽는다, 고로 존재한다

조선시대에 으뜸으로 꼽는 독서광으로 이덕무가 있다. 춥거나 덥거나 주리거나 병들거나, 손에서 책 놓는 법을 잊고 평생 이만 여권의 책을 읽었다고 한다. 나는 읽는다, 고로 존재한다며 스스로 그와 비슷한 삶을 산다는 시인 장석주는 이 시대의 독서광이다. 그를 부르는 호칭엔 시인, 소설가, 평론가 이외에 책을 탐닉하며 탐험하는 탐서가, 어느덧 삼만여 권을 소장한 장서가, 통찰과 예지가 번뜩이는 주제의식과 힘 있는 문체의 문장가 등 다양하다.

20세기 한국문학사를 연도별로 집대성한 5권의 《20세기 한국문학의 탐험》, 작가 111명의 생애와 작품을 다룬 《나는 문학이다》, 인생을 뒤흔든 세기의 문장을 소개한 《지금 어디선가 누군가 울고 있다》, 인물과 작품을 통해 사회상과 시대정신을 돌아 본 《책은 밥이다》 등 한국문학과 세계문학을 종횡으로 아우르며 문학, 철학, 자연과학, 우주에 이르기까지 방대한 지식과 사유를 쏟아내는 그는 무엇보다 '시인'으로 불릴 때가 가장 좋다고 한다.

'호지자 불여락지자(好之子 不如樂之子)' 라 했던가. 책을 읽는 것이 다른 무엇으로도 대체할 수 없는 지적인 흥분과 열락감을 준다는 그는 책은 내게 고루함과 독단에서 벗어나는 영혼의 수행을 위한 장엄미사이며 번뇌를 끊고 열반 정적에 나아가기 위한 참선이라는 말로 책 읽기는 좋아함을 넘어서는 즐김이며, '밥'이며, 존재 증명의 의미함을 드러낸다.

어느새 일만여 권의 책을 읽고 60여 권의 책을 출간한 그는 요즘 십여 년 전 안성에 마련한 '수졸재'와 서울의 작업실을 오가며 지낸다. 암담했던 청소년기와 태풍처럼 휘몰아치는 청년기를 거쳐 현무암처럼 깊어지는 불행을 묵묵히 견뎌낸 불혹을 지나, 노자와 장자를 품에 끼고 유유자적을 꿈꾸는 장년의 그를 만나기 위해 안성을 찾았을 때는 혹한이 맹위를 떨치고 있었다.

유머가 풍부하고 눈빛 맑은 노인으로 살고 싶은 게 꿈

'낮은 곳에서 낮음을 지키며 사는 사람의 집'이라는 뜻을 가진 '수졸재'는 안성의 한 산자락 밑에서 숲을 내려다보며 고즈넉이 앉아 있다. 현관 입구부터 격자로 세워진 책장을 통로 삼아 창가에 이르니 소파와 오디오가 놓여있고, 그 옆으로 긴 책상이 있다. 미처 꽂지 못한 책들이 군데군데 무더기로 쌓여있는 25평의 서재는 작은 도서관을 방불케 한다.

"이 숲에 '호접몽'이라는 문학관을 세울 계획을 갖고 그것을 추진 중이에요. 글 쓰는 사람들에게 장소를 제공하고 문학 강좌를 여는 거지요. 나는 거기서 정원을 가꾸고, 사람들과 교유하고, 두루마기를 입고 '노자'와 '장자'를 강의하면서 유머가 풍부하고 맑은 눈빛을 지닌 노인으로 살고 싶은 게 꿈이에요."

그러면서 노자와 장자를 소리 내어 백 번, 음미하면서 백 번, 명상하면서 백 번을 읽었다는 말에 놀라고, 숲을 천천히 흐르는 투명한 물줄기 같은 그의 목소리에 놀란다.

그런 목소리로 매일 밤 문학을 읽어주던 방송을 두 달 전에 그만두고 요즘은 경희사이버대학의 강의와 조병화문학관의 시창작반을 운영하며, 매달 다섯 군데의 매체에 글을 쓴다. 어디서건 새벽 3시쯤이면 일어나 찻물을 내리면서 일과를 시작해 한권 이상의 책을 읽고 20매의 원고지를 채운다. 1년이면 5천 매, 책 다섯 권 분량이다.

빈털터리 실업자에 불과했던 스무 살 무렵

산문집들을 펼치면 그가 살아온 삶의 이력과 체취를 곳곳에서 느낄 수 있다. 비주류 본능은 내 힘, 내 경쟁력이다라는 《비주류 본능》은 자연, 사람, 사물, 그리고 작가 내면의 실체적이고 본능적인 것의 발견과 사유를 직접 제작한 판화 그림들과 섞어 묶은 책이다.

여름 나무들은 충만한 관능을 보여준다. 그 직립이 세상을 향한 발기인 까닭이다. 여름 숲은 합궁 중이다. 질펀한 화간이다라는 〈여름〉, 위빠사나 수행자나 마라톤 선수들은 앞으로 나아간다는 점과, 전진하는 몸의 시간들을 잘게 나누며 순간에 대한 향유의 밀도를 극대화시킨다는 점에서 서로 닮아 있다는 〈마라톤〉, 취기는 일상의 지리멸렬함에 대한 눈부신 반역이다. 낮술은 소름끼치는 권태와 무의미에 대한 모반이며 도발이었다는 〈술〉 등에선 촌철살인적인 사유와 표현으로 '상냥한' 기쁨을 준다면, '반면교사(反面教師)'였던 아버지, 멀리 보내 그리운 딸 등의 글에선 입 안 가득 비릿한 슬픔이 고인다.

"아버지의 무능함이 싫었어요. 그 무능함이 내 꿈을 죽인다고 생각했죠. 나 역시 청개구리처럼 어디로 튈지 모르는 아들이었으니 무던히도 속을 썩힌거죠. 예능계통의 고등학교를 원했지만… 끝내 아버지는 나를 상업고등학교로 진학시켰고 결국 그만두고 가출해버렸어요. 나중에야 깨달은 것이 아버지가 마시는 술에는 '항상 보이지 않는 눈물이 절반'이었다는 거죠."

생애 최초의 모반이었던 17세 여름, 그는 서해바다에서 며칠을 보내고 동해로 건너와 어선이 들락거리는 한 포구에서 두어 달을 어슬렁거리다 돌아왔다. 그때부터 문학에의 열병을 이어갔으니, 학업은 포기하고 시립도서관과 국립도서관을 매일 출근하며 책을 읽고 광화문에 있던 '르네상스'와 명동에 있던 '필하모니' 등에서 고전음악에 심취했다.

"한 사 오년을 그렇게 보냈던 것 같아요. 그러다 어느 날 문득 나를 돌아보니 살아가는데 필요한 최소한도의 조건, 말하자면 졸업장, 기능이나 자격증, 육체적인 노동력, 물려받을 재산, 뭐 그런 것이 하나도 없는 빈털터리 실업자에 불과하더군요."

스무 살 무렵의 그는 소속 없는 신분의 쓸쓸함과 피폐한 몸뚱어리, 무성한 관념과 바닥이 보이지 않는 절망의 풍요를 끌어안고 부끄러움과 세상에 대한 적의를 키웠다. 그러면서도 한시도 꺼지지 않고 타오르는 붉은 피, 그것은 바로 혈관을 쿵쿵거리며 뛰어다니는 액체화된 불이었고, 삶에의 들끓는 열망이었다.

그 혹독한 통과의례를 거쳐 스물한 살에 시인으로 등단하고, 스

물다섯 살엔 《조선일보》와 《동아일보》신춘문예에 시와 평론이 각각 당선됐다. 오로지 독학으로 이룬 쾌거였다.

시간을 되돌릴 수 있다면……

"그 해에 '고려원'에서 연락이 와서 한 삼년쯤 책 만드는 일을 하다 '청하'라는 출판사를 차리고 독립했어요. 무모한 도전이었지만 《니체전집》, 서정윤의 《홀로서기》, 유디뜨 얀베르그의 《나는 나》, 《세계문제시인선집》 등을 출판하면서 규모가 점점 커졌지요. 그러다 1992년에 마광수 교수의 《즐거운 사라》를 낸 것이 필화사건으로 비화돼서 마교수와 두 달 정도 서울 구치소에 수감된 적이 있었죠. 억울했죠. 그 다음해 1월 혼자 제주도에 내려가 생각에 잠긴 결과, 이제부터 내 글만 쓰며 살자는 결단을 내리고, 출판사를 정리해 버렸어요. 청담동에 있던 5층짜리 건물, 대치동의 62평 빌라 등을 팔아 거래처 등에 지불할 것을 정리하고, 내가 받을 것은 고스란히 포기한 거죠. 1980년대에 청하출판사는 많은 시집과 동인지, 무크지들을 펴내며 우리 문학사 안에서 일정한 역할을 해냈다고 생각해요."

모든 삶은 무모함과 시행착오와 뜻하지 않은 실패로 얼룩지기도 하지만, 그 경험을 교훈으로 삼는 자가 가장 현명한 자라고 한 성인의 말씀처럼, 자신의 결정과 선택에 대한 책임을 성실히 이행하며 살아 온 그에게도 한 가지의 후회가 있다.

"너무 책에 빠져 사느라 아이들이 자랄 때 함께 많은 시간을 보내지 못한 것이 너무 미안하죠. 시간을 되돌릴 수 있다면 아이들을 더 많이 사랑하고 많은 시간을 함께 보내고 싶어요."

아이들 사진을 보여주겠다는 그를 따라 본채로 건너갔다. 두 아들과 딸, 넷이서 찍은 사진 속에서 유독 딸을 가리키며 눈에 넣어도 아프지 않을 만큼 이뻐하는 딸이라고, 지금은 서울의 한 대학에서 문예창작을 전공하고 미국에서 심리학을 공부하고 있다고 말하는 그의 목소리가 울렁거린다.

회색의 날들과 함께 한 스승들

집에 딸린 텃밭을 파서 오랜 숙원이었던 연못을 완성했다는 그를 따라 마당을 내려가니 겨울나무들이 모세혈관 같은 손을 흔드는 적요한 숲 가운데에 돌을 쌓아 만든 큰 연못이 보인다.

"봄이 되면 이곳에 물고기와 수련을 키울 거에요. 이렇게 수로도 만들었어요." 말하는 그의 억양이 한 톤 올라간다. 표정은 영락없는 소년이다. 그 소년 같은 호기심이 그를 끊임없이 책으로 이끌었나보다.

"지금도 몸, 세계, 꿈, 생명, 우주, 사람 같은 것에 호기심이 많아요. 책을 통한 주체적인 사유, 직관, 앎에의 욕구, 영혼의 점진적인 진화…… 이런 것들이 내 근원적인 힘이랄 수 있지요. 시를 처음 쓸 때는 고은 시인의 영향이 컸구요. 파블로 네루다, 백석, 폴 발레리…… 모두가 내 시의 스승이지요. 그리고 니체, 바슐라르, 콜린 윌슨, 김현, 김우창 등의 책을 읽으며 독학으로 비평을 공부했어요. 조선시대의 이덕무나 일본의 다치바나 다카시 등은 시대나 나라가 달라도 친근감이 있어요. 책을 통해 제 삶을 세우고자 했던 사람들이었죠."

내가 찾은 단 한 권의 비서(秘書)는 나 자신

존재의 의미를 '하나'로 표현할 수 있는 삶은 극단이기에 처절하지만, 그렇지 못한 대부분의 삶으로 인해 경외심을 갖게 하고, 이를 수 없어 바라볼 뿐이기에 아름답다.

열다섯 살 무렵부터 오직 '책' 하나만으로 자신의 삶을 세워 온 시인, 그리하여 큰 목마름으로 오랫동안 책을 찾아 헤매었지만 내가 찾은 단 한 권의 비서는 나 자신이라는 말은 생의 비밀을 깨달은 자의 일갈이다.

〈대추 한 알〉

저게 저절로 붉어질 리는 없다

저 안에 태풍 몇 개,
저 안에 천둥 몇 개,
저 안에 번개 몇 개

저게 저 혼자 둥글어질 리는 없다.

저 안에 무서리 내린 몇 밤,
저 안에 땡볕 한 달,
저 안에 초승달 몇 날

느림과 청빈, 독서와 명상, 산책과 침묵, 음악과 그림을 좋아하며 둥근 곡선의 시간을 사는 그에게선 인고의 시간을 건너온 대추나무처럼, 모가 나도 다치지 않게 하고, 날카로워도 찌르지 않고, 곧고 바르되 건방지지 않고, 빛나되 번쩍거리지 않는 광이불요(光而不耀)의 의연함이 흐른다.

시집이 나올 때는 다른 책이 나올 때보다 마음이 설렌다는 그가 열네 번째로 나온 따끈따끈한 새 시집 《몽해항로》(민음사刊)를 건네며 먼 길 가는 나를 걱정해준다.

이 푸른 지구별에서 유난히 반짝이는 사람과의 만남으로 잠시 추위를 잊었던가. 꽁꽁 얼어붙은 길을 나서며 학연, 지연, 혈연으로 꽁꽁 얼어 있는 세상을 만난다. 그들이 끊임없이 손을 잡는 이 시대에 홀연히, 오롯이, 홀로 선 사람, 시인 장석주.

책이라는 오아시스를 찾아 사막을 횡단하는 여행자인 그의 이름은 모든 비주류의 등대이며, 세상을 이끄는 주류 앞에 당당한 비주류로 반짝이고 있다.

(2010년 2월)

전경린

유리로 만든 발레 인형에서
'미스 엔'으로 돌아온 엄마

사진 _ 백승휴

1962년 경남 함안 출생. 경남대 독어독문학과 졸업.
1995년 동아일보 신춘문예에 〈사막의 달〉 당선.
저서: 소설집, 《염소를 모는 여자》, 《환과 멸》, 《물의 정거장》, 《바닷가 마지막 집》.
　　　장편소설, 《내 생애 꼭 하루뿐일 특별한 날》, 《유리로 만든 배》, 《열정의 습관》,
　　　《아무 곳에도 없는 남자》, 《검은 설탕이 녹는 동안》, 《여자는 어디에서 오는가》,
　　　《황진이》, 《엄마의 집》, 《풀밭위의 식사》.
　　　산문집, 《나비》, 《붉은 리본》, 《그리고 삶은 나의 것이 되었다》.
수상 경력: 문학동네소설상, 한국일보문학상, 21세기문학상, 대한민국 소설문학상,
　　　　　이상문학상 수상.

이 세상 엄마들의 또 다른 이름- 미스 엔

비밀스런 정원에 홀로 서있는 것처럼 많은 사람들 속에서도 호젓한 그녀가 광화문 네거리 도로 위를 걸어온다.

키 160센티미터, 체중 50킬로그램, 검은 갈색 머리, 흰 눈 같은 코트 아래 검은 부츠를 신고. 그녀의 얇은 피부가 성에낀 유리창처럼 차가운 햇살에 더욱 투명하다.

소설가 전경린, 귀기의 작가, 정념의 작가라는 수식어에서 예상했던 강렬함이나 화려함은 없었다. 오히려 긁어낸 성에 가루 같은 산뜻한 차가움이 순백의 처녀를 떠올릴 만큼 상큼하고 이지적이다. 나를 더욱 놀랍게 한 것은 찻집의 창가 자리에 앉아서이다.

세상의 모든 소음을 잠재울 것만 같은, 숨죽인 비올라 같이 나긋하고 여리고 맑고, 세상을 향해 원망 같은 것은 한 번도 안 해 본 듯한, 경상도 억양의 샘물 같은 목소리. 그 목소리의 주인공과 신간 《엄마의 집》이야기를 시작한다.

《엄마의 집》은 45세의 이혼한 엄마 노윤진이 '집'을 마련하고 외가에서 살던 딸 김호은이 엄마의 집으로 온 후, 전남편 김헌영이 재혼하여 얻은 딸 승지가 한 집에 살면서 일어나는 일들을 호은이 화자가 되어 쓴 글이다.

엄마의 이름 노윤진을 영자로 쓰면 세 글자에 모두 n이 들어간다. 아버지에게도, 남편에게도, 자식에게도 종속당하지 않는 이 세상 엄마들의 또 다른 이름, 미스 엔의 탄생이다. 갇힌 삶을 사는 여자들의 욕망과 분노와 환상을 성(sexuality)을 통해 내면 찾기에 몰입했던 그녀의 전작들과는 전혀 다른 분위기이다.

소설의 부제인 If life gives you a lemon, make lemonade! /생은 시어빠진 레몬 따위나 줄 뿐이지만, 나는 그것을 내던지지 않고 레모네이드를 만들 것이다에서 느껴지듯 새로운 논리와 윤리를 긍정하고 삶을 극복하려는 건강성이 보인다.

"표준이나 정상적이라고 할 가족 형태는 원래 없었고 늘 문명에 의해 가족 단위도 재편성 된다고 생각해요. 그러나 오랜 고정관념이나 관념의 후유증이 새로운 것을 받아들이길 방해하고 그로써 우울과 열등감을 생산하게 되지요. 지금 가족 해체 시대를 겪으면서 새로운 형태의 삶들이 아직 이름을 얻지 못하고 양식도 없으며 긍정성을 얻기도 힘든 상황이에요. 문학은 새로운 삶과 인성과 감수성과 가치를 이 세계 속에 끌어와 편입시키는 역할을 해야 한다고 생각해요."

고정관념 없이 현실을 있는 그대로 받아들이고 자기 통찰력과 사고력을 획득하며 자유롭고 성실하게, 때로는 웃음을 터뜨리며 살아가는 모습을 그리고 싶었다는 그녀는 "이혼한 엄마들이든, 미망인인 엄마들이든, 혹은 처음부터 남편 없이 아이를 갖는 싱글 맘이든, 입양아를 가진 미혼의 엄마들이든, 모든 엄마들이 정체성을 획득함과 동시에 처녀의식을 간직한 '미스 엔'의식을 갖고, 삶에 함몰되지 않으려는 노력을 할 필요가 있다"고 말한다.

글을 쓰고 나면 희고 가느다랗고 투명한 마녀가 된 기분

그녀의 베스트셀러인 《내 생에 꼭 하루뿐일 특별한 날》은 2002년 변영주 감독에 의해 《밀애》로 영화화된 작품이다.

가정의 틀 안에서 안주하던 '미혼'이 남편의 외도로 극심한 혼

란에 빠지게 되고, 남편이 아닌 '규'라는 남자와의 사랑을 통해 내
면의 혼란스런 욕구를 발견하면서 자아를 찾아가는 일탈과 매혹
의 이야기이다.

　작가의 말에서 내 글은 난마처럼 얽힌 삶의 가닥을 따라가고 싶
어 한다. 격정을 씻고 사람들의 공평한 상처에 입 맞추고 싶어 한
다. 그대들은 잘못이 없다. 힘닿는 데까지 한판 살아보라. 어디에
나 발 닿는 곳에 길이 있다 (중략) 글을 쓰고 나면, 작은 등에 단, 희
고 가느다랗고 투명한 마녀가 된 기분을 느낄 때가 있다는 그녀야
말로 세상의 권위와 통념에 얽매이지 않고 자기만의 빛깔을 생생
히 지닌 이 시대의 또 다른 마녀가 아닐까. 그런 그녀에게 결핍과
상실, 상처는 오히려 생명처럼 슬프도록 아름답다. 그녀의 창작과
정이 궁금하다.

　"나의 삶과 외부 세계를 통찰하고 그 접점을 만났을 때 쓰게 되
죠. 경험했다고 다 내 것이 되는 것이 아니고 사유가 있어야 진정
한 내 것이 되는 거죠. 소설은 경험의 완성이며 나의 것이 타자의
것이 되는 과정이라고 봐요. 나는 일단 소설을 쓰기 시작하면 외

부 세계가 하나의 테마라는 안경을 통해 읽혀져요. 때론 먹이를 향해 모여드는 물고기처럼 외부세계의 정보가 스스로 내게로 찾아오는 기분이 들어요."

경험이 사유를 통해 통찰의 안경을 얻으면 정보가 제 발로 찾아든다니, 그녀만의 남다른 사유의 깊이가 짐작된다. 산문집 《붉은 리본》은 그녀의 문학세계의 초석이 된 문장과 사유들을 담은 글 55편이 인간의 존재감, 자의식, 여성성, 사랑, 문학과 세계라는 다섯 가지의 주제로 나누어 담겨있다.

편안하고 맑고 어딘지 더 깊어진 엄마, 전경린

제29회 한국일보문학상을 수상한 《염소를 모는 여자》는 그녀의 출세작이며 그녀가 가장 아끼는 글이다.

한때는 좀 더 찬란한 무엇이 되어 시간보다도 더 빨리 가리라 꿈꾸었던 여자가 지극히 평범한 주부가 되어 희망 없이 살던 어느 날, 아파트에서 염소를 떠맡게 된다. 여자는 그 염소를 통해 자기 속에 방기되어 있던 원초적 자아를 발견해 자기 모색의 여정을 떠난다.

"이 글을 쓸 때 밤낮없이 나를 끌고 다니는 글이 나를 태워버릴 것 같은 두려움을 느끼면서 썼어요. 말하자면 나에게는 운명적인 글이었던 셈이죠. 주인공 '미소'가 염소를 몰고 집을 나가는데 실제 가출이라기보다는 정신적 출행으로 읽히기를 바라는 마음이에요."

출행이후 문학이라는 희열과 고통의 수행 여정에서 그녀는 《내 생애 하루뿐일 특별한 날》을 지나 《유리로 만든 배》를 타고 《물의 정거장》을 거쳐 《바닷가 마지막 집》에서 묵었다. 그리고 《언젠가 내가 돌아오면》으로 암시를 던지더니 드디어 《엄마의 집》으로 돌아왔다.

더 이상 젠더로서의 남성도 여성도 존재하지 않는 그곳은 자유와 화해와 공존과 독립이 있으며, 유리로 만든 발레 인형에서 편안하고 맑고 어딘지 더 깊어진 엄마가 있다.

아이들 둘과 함께 살다 지금 아들은 아빠와 살고 딸만 데리고 산다는 그녀는 최근 스무 살인 딸과 함께 다녀온 인도 여행을 통해 서로를 깊이 사랑하게 되었다고 한다.

"40일 동안 서로를 보살피며 함께 자고 함께 먹고 하루 4시간씩 요가를 하고 명상을 했어요. 낮에는 소풍을 다니고 밤에는 영문으로 점성술을 읽었는데 그 과정에서 서로를 깊이 사랑하게 되었죠. 그리고 향상되기 위해 노력하는 각자의 모습에서 서로를 신뢰하게 되었고요. 살아가는 동안 딸은 저 자신의 원인으로 어두운 터널에 홀로 들어가기도 하겠지만 나는 순순히 놓아줄 수 있을 것 같아요. 아이를 잘 키우는 제 1원칙은 가능한 평화롭게 놔두는 것이라고 생각해요. 그리고 아이가 자신의 착한 마음을 느낄 수 있도록 배려하는 것이죠. 엄마는 기도할 수 있을 뿐, 강요할 수는 없죠."

지금 욕망하는 것은 좋은 사람과 강가를 걷는 것

문단에 데뷔하면서 쓴 필명이 '전경린'이고 본명은 안애금이다. 마산 KBS에서 음악담당 객원 PD와 방송 구성 작가로 근무했다.

그 후 한 때 시인이었던 운동권 남자와 결혼하고 딸과 아들을 낳은 후 본격적인 습작을 시작해 1995년, 35세에 신춘문예로 등단했다.

옛 아라가야 지역인 함안에서도 야산 중턱 외딴 산막에서 태어난 그녀는 어린 시절 대부분을 할머니와 함께 자랐다.

그 시절에 대해 동전을 삼키고 똥을 누기 위해 끙끙대며, 상이군인을 놀려 보리밭을 다 망가뜨리며 도망 다니고, 냇가에서 빨래를 떠내려 보내고 엄마에게 쫓겨나기도 하며, 돈을 훔쳤다가 마루기둥에 묶이기도 하고, 배게를 쌓아 장롱 위에 숨겨둔 과자를 꺼내 먹다가 넘어져 다치기도 하며, 빈 제실에서 소꿉놀이 하다가 잠들어버려 한밤중에 혼자 깨어 울며불며 돌아오기도 하며……라고 추억한다.

면 단위로 이사를 나온 초등학교 시절, 몸이 아팠던 사촌언니의 골방에서 최초로 문학작품들을 접했고 대학시절 첫 작품이 대학문학상에 당선되면서 소설을 쓸 수 있다는 믿음을 갖게 되었다는 그녀는 이제 문학에 대해 이렇게 말한다.

"요즘 문학하는 작업의 아름다움을 새삼 느껴요. 문학은 삶과 인간의 예외성과 비주류성을 더욱 존중하고 새로운 현상을 예민하게 반기죠. 나는 어디에도 소속되지 않고 무엇으로도 규정되지 않는 '전경린'이라는 장르의 문학을 하고 싶어요. 지극한 자연성과 자발성 속에 나를 놓아두고 글과 나 자신이 분간되지 않는 하나의 힘으로 내부에서 춤추듯 흘러나오기를 바래요. 지금 좋은 작품을 쓰는 것보다 더 중요한 것은 내가 평생 문장을 쓰는 것 그 자체라고 할 수 있죠."

매일 보고 느낀 것과 알게 된 것을 분명하게 정리하지 않으면 생활이 안 될 정도로 일기 집착증이 있는 그녀가 스스로를 '일기를 쓰다가 소설가가 된 사람'이라고 한다. 춤추듯 흘러나오는 뜨겁고 유려한 문체는 '일기'에서 시작된 셈이다.

당분간 조용하고 쾌적하며 변화 없는 시간을 갖고 싶다는 그녀가 앞으로 구상 중인 것은, 현실적 규제가 없이 상상력을 맘껏 발휘할 수 있는 작품이며 지금 욕망하는 것은 "좋은 사람과 강가를 걷는 것?"이라며 눈빛을 빛냈다. 그녀의 소설들처럼 도발적이고 신선하다. 내친김에 중년에 이른 그녀가 생각하는 사랑과 섹스는 어떤 의미인지 물었다.

"《엄마의 집》에서도 썼듯이 진짜 어른이 되면 타인에게서 사랑을 바라지 않게 돼요. 사랑은 시간 속에, 공간 속에 늘 그곳에 있는 것이죠. 그리고 섹스는 쾌락에 대한 목적조차 없는 사랑 자체인 능동적인 몸짓이어야한다고 생각해요."

'여성들이 원하는 성과 사랑'이 주제였던 《열정의 습관》에서 성은 더 이상 상품도 아니고 상처도 아니어야 하며 터무니없는 순결의식으로 미화되어서도 안 된다. 더군다나 윤리적 담보에 매여서도 안 되고 습관의 질곡에서 굳어져서도 안 되며 함부로 포기되어서도 안 된다. 그것은 성이 스스로와 상대에 대한 생명력을 다루는 문제이기 때문이다라는 글은 그녀의 말을 잘 뒷받침 해준다.

카산드라의 상처와 활과…… 그리고 화살

강렬하고 고혹적이며, 배타적, 비의적 글쓰기의 대명사였던 그녀의 작품들을 읽다보면 2003년, 그녀 나이 42세부터 변화가 감지된다. 철학적 사유와 내면의 깊은 성찰에서 길어 올린 세상과 인간과의 화해가 그녀 특유의 은유와 상징으로 돋보인다.

상처와 활만 있었던 카산드라에게 저주가 풀린 셈이다. 트로이의 왕 프리아모스와 헤카베의 딸로 아폴론의 사랑을 받아 예언의 능력이 주어지나 또한 그의 저주로 그녀의 예언을 아무도 믿지 않게 되는 비극적 운명의 카산드라.

전경린은 삶의 고통과 상처를 뚫고 존재의 진실을 보려는 눈을 통해 도달하게 되는 어떤 지점, 문학의 그 마지막 단계에서 화살을 거머쥔 듯하다.

누군가에게, 바람에 흔들리는 나무 한 그루처럼, 나 여기에 이렇게 존재하고 있다고 은밀한 교감의 신호를 보내는 그녀의 활시위가 어느 곳을 향하든, 나는 이제 숨죽여 바라보게 될 것이다.

보다 높이, 멀리, 그리고 목표물에 아주 깊이 박히길, 끝내 자유롭길 기대하며.

(2008년 3월)

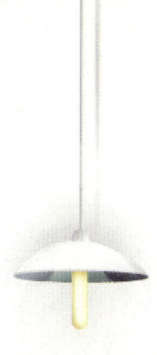

정도상

언제나 난 욕망의 소용돌이 속에 있다

사진 _ 서지나

1960년 경남 함양 출생. 전북대 독문과, 동 대학원 국문과 졸업.
1987년 단편 〈십오방 이야기〉를 발표하며 작품활동 시작.
저서: 소설집, 《실상사》,《모란시장 여자》,《찔레꽃》 등.
　　　장편소설, 《그대여 다시 만날 때까지》,《길 없는 산》,《푸른 방》,《누망》,《낙타》,《그 여
　　　자 전혜린》 등.
2003년 《누망》으로 단재상(문학부분) 수상.
2008년 《찔레꽃》으로 요산문학상, 아름다운 작가상 수상.
현재: 디지털 대학 문예창작과 교수, 겨레말 큰사전 남북공동편찬 남측위원회 집행위원장.

옆구리에 생긴 절벽 끝에서 절망의 눈물과 피 흘림의 시간들

인간의 모든 행위는 욕망에서 비롯된다. 라캉의 말대로 '주체를 구성하는 힘'이다. 욕망의 어떤 에너지를 어떻게 썼느냐로 삶은 구별된다. 언제나 욕망의 소용돌이 속에 있다는 그가 "내 욕망은 양아치야."라고 거침없이 말하는 그 이면에, 오히려 깊고 묵직한 욕망이 느껴지는 작가 정도상. 북악산과 사직공원이 바라보이는 그의 작업실엔 보이차향이 가득했다.

"내겐 갈등과 욕망이 글 쓰는 힘이죠. 이제는 지난날의 과잉된 역사의식, 비판의식에서 벗어나 인간 삶의 풍부함, 상처의 다양함을 다루려고 해요. 《낙타》는 그런 제 첫 번째 소설인 셈이죠. 다양한 욕망이 있지만 지금 욕망하는 것은 부사와 형용사를 뺀, 언어의 뼈로만 글을 쓰고 싶은 겁니다."

그동안 주로 사회의 폭력과 모순에 노출된 소외 계층의 삶과, 역사적 현실인 분단과 통일문제를 다뤄왔던 그에게 아들의 죽음은 생의 고비이자 글쓰기의 전환점이 되었다. 오년 전, 중학교 2학년이었던 그의 아들은 "단테의 신곡을 따라 여행하고 싶다."는 유서를 남기고 지하철에서 생을 마감했다.

아들과 15박 16일 동안 국토기행을 하고, 여자 친구에게 줄 커플링을 함께 사러 다니고, 야구장, 박물관, 미술관, 극장을 친구가 되어 돌아다닌 아버지는, 아들의 죽음 이후 오랫동안 영혼의 유랑민으로 살았다. 그리고 옆구리에 생긴 절벽 끝에서 절망의 눈물과 피흘림의 시간들은 그에게 불가해한 존재와 생의 다양성에 눈뜨게 했다.

세상의 모든 자식들은 그 부모보다 위대했으므로……

올 봄에 출간된 《낙타》는 그가 리얼리즘의 인과관계를 버린 첫 번째 작품이다.

아들의 영혼과 몽골의 암각화를 보러가는 여행길, 영혼의 속도로 걷는 낙타와 문명이 단절된 고비 사막에서 생의 고비들을 추억하는 그의 곁엔 쿨하고 어른스런 아들이 동행한다.

이 소설을 지상의 모든 부모와 자식에게 그리고 상처받은 사람들에게 바칩니다라는 부제답게, 감정이 억제된 잠언적인 문장과 아들과의 솔직한 대화가 읽는 내내 공감과 감동을 일으킨다.

"아들과 3천 년 전에 흉노족이 남긴 암각화를 보러가기로 약속한 일주일 전에 사고가 났죠. 어디에도 없지만 어디에나 있는 아들과 함께 떠난 여행으로 아들과의 약속을 지킨겁니다. 아들의 죽음으로 들여다보니, 겪어 온 삶과 사물의 본질에 대해 겸허해진 것 같아요."

〈흉노 암각화〉

그는 세상의 부모들에게 자식의 깊은 심연을 알려고 하는 것보다 온전한 인격체를 향한 깊은 관심과 이해, 인정이 앞서야 한다고 말한다. 인류가 지금껏 발전해 온 걸 보면 세상의 모든 자식은 그 부모보다 위대했으므로…….

누구나 인정할 수밖에 없는 슬픔 중 하나는 자식을 잃은 부모의 마음일 거다. 그는 사람들을 만나면 웃고 떠들지만 영원히 치유될 것 같지 않은 가슴 한켠의 슬픔 덩어리는 여전히 아들에게 가서 풀어 놓는단다.

"가루가 된 아들을 집 근처 산등성이 나무 밑에 묻었어요. 요즘도 가끔 집에 가다 말고 나무 아래 앉아 실컷 울죠."

좋은 아버지가 되는 게 소망이었던 그의 큰 눈망울에 허허로움이 담긴다.

벙어리 부부 집에서 느꼈던 생애 최초의 깊고 편한 동굴

초등학교 1학년 때 객사한 아버지의 부재로 인한 혹독한 가난과 어머니로부터의 버려짐은 그의 심연에 오랫동안 그늘을 드리웠다. 어머니는 애인이 생기자 11살의 소년을 먼 친척집에 맡기고 서울로 갔다. 그는 새벽부터 꼴을 베어와 돼지우리에 넣고서야 마음 편히 밥을 먹었다. 엄마가 보고 싶거나 힘든 날은 다리 밑에서 벙어리 부모와 사는 숙자네 집을 찾아갔다. 동냥해온 밥을 나눠주며 말없이 곁을 내어준 그곳은 그가 생애 최초로 가진 깊고 편한 동굴이었다.

일 년 만에 용산역에서 만난 엄마의 등엔 배다른 동생이 업혀있었고 연애가 깨진 어머니는 용산 창녀촌에서 무당으로 있는 이

종언니의 도움으로 창녀들의 속옷을 빨았다. 그는 학교에서 돌아와 다방과 식당을 돌아다니며 껌과 신문을 팔았다. 창녀들의 악다구니를 보며 봉지쌀과 연탄을 책임졌던 시절, 그때 그의 동굴은 만화 가게였다.

"만화가 유일한 위로였죠. 어떤 날은 만화에 빠져서 통금을 넘기면 번 돈으로 배를 채우고 지하도에서 잤어요. 며칠 만에 집에 들어가면 어머니의 눈길이 오히려 유순해져 있었어요. 당신도 어린 자식이 불쌍했던 거죠."

고등학교 2학년 때 처음으로 작가가 되겠다는 꿈을 가지고 그때부터 학교 대신 정독 도서관과 남산 도서관을 다녔다. 대학 준비를 위한 재수를 하면서 첫사랑인 짝사랑이 찾아왔지만 가난한 그가 할 수 있는 것은 시를 지어 바치는 일이었다. 사랑하는 여인을 향한 헌시(獻詩)가 글쓰기의 첫 걸음이 된 거다.

그 후 학원 한 번 안다니고 전북대 독문과에 입학했다. 어머니는 고속버스터미널에서 휴지를 팔아 생계를 꾸렸고 등록금이 없어 그는 군대를 갔다.

우리는 서로 다르기 때문에 각자의 색으로 빛나는 존재들

1983년, 군대에서 텔레비전을 통해 '이산가족 찾기 방송'을 시청하면서 그는 생의 큰 전환점을 맞는다. '왜 저런 슬픔을 겪어야 하지?'라는 의문에서 시작된 한국 근현대사에 대한 공부는 그가 운동권에 몸담게 한 결정적 요인이었다.

"난 이념으로 무장된 사람이 아니었어요. 가족, 친척 중 아무도 연관된 사람도 없고요. 내 이념은 실존의 것이었어요. 지금보다 나은 삶, 공정한 사회를 원한 거지요. 대학에서 운동권에 있으면서 밖으로는 열심이었지만 내면으론 갈등 덩어리였죠. 휴지를 팔아 등록금을 내주시는 어머니께 죄송했고 내 안에선 끊임없이 시인이 되고픈 욕망이 꿈틀거렸으니까요."

그는 아들의 죽음이후 '삶의 불평등'이 아름다운 걸 깨달았다. 지금 이 시대의 민주주의란 서로 다름을 인정하는 것이며, 그것을 인정할 때 사랑할 수 있는 기반이 넓어진다고. 우리는 서로 다르기 때문에 각자의 색으로 빛나는 존재들이라고 말하는 그에게선 사막의 거센 바람이 만들어 내는 유선의 모래 언덕이 그려진다.

1987년, 교도소에 수감 중이던 그가 소설을 쓰기로 결심한 것은 전남대 5월 문학상에 걸린 상금 30만원 때문이었다. 한 번도 문학 수업을 받아본 적이 없었던 그는 독일문학 시간에 감명 깊게 읽었던 《철로지기 틸》이라는 소설을 모범답안으로 떠올리며 자신의 이야기를 써내려 갔다. 그렇게 완성된 〈십오방 이야기〉는 상금과 함께 '인동문학사'의 김형수 편집장의 추천으로 《일어서는 땅》에 발표되면서 작가의 길을 걷게 된다.

〈두만강에서〉

나는 영혼이 안식하는 집을 갖지 않길, 그래서 집에 머무르지 않고 길에서 죽길 바래요

책상과 낮은 책장, 창을 향한 소파와 탁자가 있는 작업실 안에는 그의 다양한 취미가 함께 있다. 여러 개의 원두 분쇄기와 은제 커피 주전자들은 "바리스타 수준은 돼죠."라는 그의 말을 입증하고 있다. 또한 그는 화구(火具)를 대장간에 직접 주문 제작할 정도로 차(茶)에 대한 사랑도 대단하다. 사진 찍는 실력은 '방과 후 학교'에서 2년간 사진을 가르칠 정도이며, 맘에 드는 돌을 사와 자신의 도장을 직접 새기기도 한다. 욕망하는 만큼 재능도 덩달아 커가는가 보다.

'민주화 운동 기념 사업회'에 유공자 신청을 하지 않은 것이 살면서 제일 잘한 일인 것 같다는 그에게 작은 소망이 있다면 지리산 실상사 옆에 거처를 마련하고 전업 작가로 사는 거란다.

요즘은 《겨레말큰사전》예산문제로 낮에는 종일 국회에서 일을 보고 밤에 글을 쓴다. 상처를 견디기 위해 열심히 쓴다는 그의 작품 구상이 다양하다.

"철거와 개발 지역을 배경으로 10살 정도의 사진 찍기 좋아하는 아이와 치매가 진행되는 할머니의 일상에서 퇴행과 발전의 조화를 그리려합니다. 또 하나는 암스텔담 중앙역을 출발점으로 하려고 해요. 바그다드 카페 같은 풍경 속에 놓인 두 연인이 주인공인데 생의 본질과 사랑의 황량함을 드러내는 연애소설이 될 것 같아요."

최근엔 1993년에 발표했던 장편 《그 여자 전혜린》의 개정판을 냈다. 전혜린의 실제 삶을 바탕으로 그녀의 수필과 일기 등에서 그녀의 내면을 추출하고 작가의 상상력을 더한 액자 형식의 소설이다. 요절한 천재 지식인의 섬세한 감성과 갈등을 복원하며 끝까지 자유롭지 못했던 전혜린의 한계를 통해 오히려 진정한 자유와 생의 의지를 발견하게 한다.

벙어리 부부 집과 만화가게가 피신처였던 그에게 지금의 피신처는 사막이다. 어려서부터 세파에 시달렸던 영혼은 여전히 안식하는 집을 거부한다.

"길이란 집에서 시작해서 집으로 끝나는 거죠. 나는 영혼이 안식하는 집을 갖지 않길, 그래서 집에 머무르지 않고 길에서 죽길 바래요. 그것이 작가인 내 숙명이라고 생각하구요."

그는 '황무지라는 뜻'의 고비 사막에서 생의 고비를 넘고, 마음 속의 사막을 건너 끝없이 이어지는 숙명의 길을 본 것이리라.

사막에서 모든 슬픔의 살들이 풍화되고 존재의 뼈로만 귀환하길 바란 그가 이제 돌아와 언어의 뼈로만 지어진 소설을 욕망한다.

지난날의 상투성에서 벗어나기 위해, 끊임없이 자신의 현재를 부정하며 새로운 상상력으로 세계와 직면하겠다는 그의 각오가 힘차다. '언어의 뼈'로만 지어진 소설을 기대하는 이유이다.

앞으로 그가 숙명의 길에서 만나게 될 고비에서도 한 꺼풀씩 '나'를 내려놓는 자리가 되고, 마음의 귀를 여는 자리가 되길 바라며 이별의 악수를 청한다. 생명의 소리를 듣는 듯, 깊어진 그의 눈빛 속으로 가을도 깊어 간다.

(2010년 12월)

〈몽골 고비사막에서. 등돌린 사람이 정도상 작가이다〉

 비오던 날

　디지털 대학 문창과에 다니는 친구가 정도상 교수의 강의가 제
일 재밌다고 귀뜸을 해줬다. 그를 만나던 날은 가을비가 부슬부슬
내리는 오후였다. 부리부리한 눈매에 다부진 체격이 강한 인상을
주었지만 어딘지 소년 같은 순진함이 슬쩍슬쩍 엿보이기도 했다.
그가 작두 같은 것으로 잘라서 타 준 보이차는 고고한 듯 은은한 향
에 부드럽고 감미로운 뒷맛이 일품이었다.

　인류가 발전하고 진화해 온 가장 근본적인 원인인 '욕망'이, 급
속한 문명주의를 경계하고 삶의 본질과 내면을 성찰하는 목소리가
높아지면서 터부시되고 불경스러운 느낌까지 들게 하는 단어가 되
어버렸다. 그리하여 욕망이란 늘 버려야 할 그 무엇으로 여겼던 내
게 그의 '욕망'은 소낙비 같았다.

　처음엔 거북했지만 젖고 보니 시원한 기분이 들었다. 에둘러 말
할 것 없이 "욕망의 소용돌이 속에 산다."고 말하는 솔직함이 오히
려 더 진실 되게 다가온 것은 이 시대의 그럴 듯한 포장에 질린 탓
도 있겠다.

　불우한 어린 시절로 인한 트라우마였을까. 삶의 모멘텀이 '사랑
한다, 고로 존재한다'였던 그는 두 번의 자살시도를 했다.

　한 번은 첫사랑이 끝난 뒤였고, 또 한 번은 삶이 문득 지겨워진
그에게 나타난 5년간의 사랑 끝이었다. 사랑에 실패하고 분신 같
은 아들을 잃은 후, 삶과 글쓰기의 시각이 달라진 그는 산다는 것
에 대해 이렇게 말했다.

　"옳을 의(義)자를 보면 '양을 모시는 나'에요. 어떤 정책이든 개인

적인 이념이든, 양을 모시듯 상대 혹은 전체를 위하는 것, 타자성의 이념을 가질 때 조화와 상생을 이루는 것 아닐까요."

애쓰지 않아도 몸과 마음이 그렇게 흘러가기까지엔 깊은 성찰과 수행이 있어야 한다는 말에선 그의 삶과 글쓰기 작업이 같은 길임을 느끼게 했다.

잠깐의 만남으로 그를 안다고 할 순 없지만 적어도 자기를 포장하거나 감추지 않는 진솔함과 자신의 욕망에 충실한 인간적인, 너무나 인간적인 모습. 그와 함께 조화로운 세상, 상생의 세상을 위해 모두가 '욕망'을 품을 때다.

〈우즈벡 부하라〉

정지아

보잘 것 없는 존재들의
빛나는 한 순간을 위하여

사진 _ 서지나

1965년 전남 구례 출생. 중앙대학교 대학원 문예창작과 박사과정 수료.
1990년 장편소설 《빨치산의 딸》(전 2권)을 펴내며 작품 활동 시작.
저서: 소설집, 《행복》,《봄빛》, 전기, 《나는 역사의 길을 걷고 싶다》.
　　　장편소설, 《빨치산의 딸》(1,2).
1996년 《조선일보》 신춘문예에 단편 〈고욤나무〉 당선.
2007년 단편 〈풍경〉으로 제7회 이효석문학상 수상.
2009년 소설집 《봄빛》으로 제 14회 한무숙문학상 수상.
현재: 중앙대학교 문예창작과 교수.

주어진 운명은 힘들게 짊어지고 가는 게 아니다

전남도당 조직부장이었던 아버지와 남부군 정치지도원이었던 어머니가 '민족이 하나 되는 세상, 모두가 평등한 세상'을 꿈꾸며 젊음을 바친 곳, 마지막 빨치산의 거처였던 지리산과 백아산에서 한 글자씩 따서 지어준 이름 '지(智)아(我)'.

역사를 천형으로 짊어진 정지아가 생각하는 운명이란 어떤 것일까.

"호기심 많고 강한 성격의 부모님들은 혼란의 시대를 만나 혁명가가 되었지요. 운명을 창조하는 것은 성격일 것 같아요. 저 역시 직설적이고 겁 없는 성격이지만 강함을 이기는 부드러움, 차가운 바람을 이기는 따스한 햇빛, 이런 바램으로 노력하면 인간의 운명도 달라지는 것이라고 생각해요. 소설은 변화한 저의 결과물이구요. '나'를 초극하는 거죠."

깊이 있는 주제의식과 인간 심리의 예리한 포착, 현장감 있는 당찬 말빨의 문체에서 느꼈던 강인함과 유연함이 전달된다.

햇볕에 잘 마른 옥양목 같은 목소리와 시종 미소를 머금은 입가에 패이는 볼우물이 여성스런 그녀에게선 동그스럼한 잎을 달고 있으나 단단한 물푸레나무가 연상된다.

주어진 운명은 힘들게 짊어지고 가는 것이 아니다. 가슴에 껴안고 가는 것이다. 견뎌내야 하는 짐이 아니라 뜨겁게 사랑하고 치열하게 일궈야 할 씨앗인 거다.

주어진 카르마(업)로 자신만의 업(業)을 당당히 이루어가는 그녀가 어머니를 뵈러 구례에 갔다기에 그곳으로 향했다. 게릴라성 폭우를 뚫고 지리산을 향해가는 길은 피로 얼룩진 현대사의 한 장면처럼 사뭇 의미심장했다.

보잘 것 없는 존재들의 빛나는 한 순간의 기록

교통사고 후유증으로 치매를 앓던 아버지가 돌아가신 후 아파트로 옮겨 홀로 사시는 여든 다섯의 어머니는 작고 여린데다 십년도 넘게 젊어 보였다.

책 속에서 빨갱이였던 어머니는, 싸구려 속옷을 파는 보따리장수인 어머니는, 어울리지 않게 너무나 당당하고 의젓했으며 모르는 사람들은 어머니를 여학교 사감선생쯤으로 여겼다는 그 어머니에게선, 한 치의 흐트러짐이나 군더더기가 없는 살림살이처럼 함부로 침범할 수 없는 기품이 느껴졌다.

배움에 대한 열망으로 일항(日港)을 꿈꿨던 가녀린 여인이 혁명의 투사가 되었다가 늘그막에 얻은 딸 하나를 곡진한 사랑으로 키워낸 그녀의 어머니는, 딸의 모든 반항과 방황을 감싸 안으며 끝내 부모의 과거와 화해하고 삶과 역사에 굳건히 서게 한 분이다.

"부모님의 삶 전체가 제 문학의 토양이 되었고 두 분으로부터 물려받은 유전자가 지금도 상당부분 제 삶을 좌우하고 있죠. 제가 잔정이 없어서 따뜻하게 손 한 번 잡아드리지 못한 것, 가슴으로 안아드리지 못한 것이 늘 마음에 걸려요. 홀로 남으신 어머니께라도 다정한 딸이 되는 게 요즘 제 소망이에요."

처음으로 진정한 사랑에 눈뜬 주인공이 결별을 선택한 후, 사랑과 이별, 슬픔과 관능에 대한 자신의 이야기를 사랑하는 사람에게 들려주는 글 〈사춘기〉에서 가장 아름다운 것을 드러낼 수 없는 사람이라면 잘 드러나지 않는 마음의 외딴 곳에 찬란한 무언가를 품고 있을 것 같다는 글처럼, 그녀의 입가로 찬란한 무언가를 품은 듯한 미소가 번진다.

《빨치산의 딸》은 그녀가 전적으로 부모님의 기억을 토대로 쓴 실록소설로 북한에서 당원들의 교육 자료로 쓰였다고 한다. 1987년 민주화 이후 왜곡되고 숨겨진 현대사에 대한 욕구가 폭발적이었던 때라 문단과 대중의 반응도 뜨거웠다. 그러나 소설이 발간되자 출판사 대표는 구속돼 실형을 선고받고 책은 판금조치를 당했다.

"아쉬운 점이라면, 제가 좀 더 나이 들어 썼다면 훨씬 좋은 글이 되었을 텐데 하는 거지요. 역사의 격랑에 휘말린 다양한 인간 군상을 깊이 있게 형상화하기엔 제가 너무 어린 나이였어요. 스물네 살이었으니까요. 그러나 그땐 숨겨진 역사에 대한 관심이 지대할 때라 작품의 문학적 성취보다 그런 면에서 의미가 있다고 생각해요."

1권의 앞부분은 아버지가 광주교도소에 수감 중이던 초등학교 시절, 아버지가 빨치산임을 알아채는 4학년 때부터, 세상과 부모님을 이해하게 되는 대학시절까지의 성장기이다.

집으로 찾아온 경찰에 의해 어머니마저 빨치산이었음을 알고 극심한 혼란을 겪는 서울에서의 중학교 시절, 학교에선 모범생이었지만 어머니와의 갈등으로 학교가 파하면 매일 책방으로 달려가 밤 11시까지 닥치는 대로 책을 읽었다.

8년 만에 출소한 아버지는 고향인 반내골에 터를 잡고 그녀는 순천여고에 입학하나 세상에 대한 절망과 조소는 점점 심해져 갔다. 고3이 되어서야 할머니로부터 집안의 내력을 듣고 내 부모는 그 역사의 와중에서 옳든 그르든, 없는 사람들의 세상을 건설하겠다는 신념으로 목숨을 걸었다는 것과 고향에 스민 역사의 숨결을 이해하게 된다.

빨치산의 딸이라는 표지가 부끄러운 것도 죄스러운 것도 아니고, 친일파의 딸도 아니고 제국주의를 등에 업은 매판자본가의 딸도 아닌 것이 참으로 다행스러운 일이라는 것을 깨닫는 대학시절을 끝내며, 부모와 같은 선배들의 과거를 복원하고 보잘 것 없는 존재들의 빛나는 한 순간의 기록으로 빨치산의 역사는 시작된다.

'기교나 재주를 무색케 하는 묵직한 진정성'에 가슴이 뭉클한가 하면, 웬만한 작가도 힘들었을, 예민한 청소년기의 알량한 자존심의 바닥까지 싹싹 긁어서 코앞에 디밀은 작가의 대담성에 솜털이 일어선다. 그녀의 대답은 직설적이다.

"빨치산의 딸이잖아요."

문학이란 변화의 수단이나 도구가 아니라 인간에 대한 위로

판금조치와 '노동해방문학'활동으로 수배생활을 거친 뒤 1996년에 조선일보 신춘문예로 재등단 하면서 글쓰기를 재개하는듯하던 그녀는 이후로 4, 5년의 공백기 동안 민족사관학교에서 학생들을 가르치고 결혼과 함께 아들도 낳았다. 연좌제로 인한 피해는 없었는지, 도피생활은 어땠는지를 물었다.

"제가 고3때쯤 연좌제가 폐지돼서 그로 인한 피해는 없었구요. 숨어 지낸 2년 동안 《남부군》을 쓰신 이태 선생의 도움을 많이 받았어요. 혼자 지내면서 인간의 내면이라는 것을 깊이 들여다보게 되었지요. 그로 인해 역사관, 문학관도 상당히 변한 것 같아요. 한 세기 넘게 인류의 상당수가 믿었던 이데올로기의 실체가 드러나고 붕괴되었을 때, 참으로 막막했지요. 대체 인간이란 어떤 존재인가, 소설은 왜 쓰는가, 무엇을 쓸 것인가라는 원초적인 고민으로 돌아가게 되었고 당연히 제겐 모색의 시간이 필요했어요."

이제 그녀는 "모든 시대나 정치엔 정답이 없어요."라고 말한다.

"사회적 모순이나 갈등은 그 순간엔 나쁘지만 인류의 미래와 인간의 삶을 발전시키는 요소이죠. 민주주의도 갈등과 결핍 속에서 자란다고 봐요."

20대에 소설이 세상을 변화시킬 수 있다고 믿었던 그녀는 마흔이 넘으면서 "문학이란 변화의 수단이나 도구가 아니라 인간에 대한 위로"임을 깨닫는다.

그렇게 오랜 모색과 고독한 성찰의 시간이 낳은 소설집 《봄빛》은 한무숙문학상을, 그 안에 수록된 단편 〈풍경〉은 이효석문학상을 그녀에게 안겼다.

기억을 잃은 노모를 평생 모시고 사는 예순 살의 아들은 집나간 형들을 기다리는 어머니에게서 먹고 싸는 본능마저 사라진 후에조차 버릴 수 없는, 기다림이라는, 평생의 서러운 습관을 본다. 삼면이 산으로 둘러싸인 외딴집에서 모자가 함께 늙어가는 모습이 한 점의 풍경화 같은 〈풍경〉, 고리대금업자 같은 세월의 수금앞에 선 늙은 아버지와 어머니의 강팍한 일생을 돌아보며 자신으로부터도 비정한 세월이 수금을 시작하고 있음을 아는 〈봄빛〉, 빨치산이던 남편을 따라 산에 올라 첫 아이를 잃어버렸던 아낙은 이제 기억을 잃은 남편 앞에서 그동안 말 못한 속내를 털어놓는다. 딸자석 고생 안 시킬라고 담배 끊어라, 술 끊어라, 입이 석 자는 닳도록 잔소리를 했제라. 귓구녕에 못이 박히겄다고 그때마동 성질을 부리등만은 내 말이 맞기는 맞았제라? 바닥 깨물고 죽어불제 나가 자석헌티 짐이 되도록 살 것맹키냐고 큰소리 탕탕 치등만은 보써요, 영감. 이녁 목심 이녁이 못 끊게 헐라고 이녁만치 무정한 하늘이 기억을 쏙 빼가불지 않소. (중략) 늙어봉게라. 미울 것도 이쁠 것도 벨라 없어라. 세월은 가랑비맹키 짜작짜작 흐름시롱도 황톳물맹키 오만 기억을 다 집어생켜갖고라, 암것도 없어라, 누런 제 빛깔로 싹 쓸어가분갑그만이라. 그렇게 한세월이 흘러가고나면 쌓인 황토 우게 또 다른 목심들이 아웅다웅 살아가겄지라. 진한 남도 육자배기요, 지리산 타령같은 〈세월〉 등, 모순된 역사가 개인적 삶에 드리운 지난함과 늙음과 죽음의 애잔한 정서, 그리고 인간 내면의 예리한 사유가 절절히 흐른다.

물푸레나무를 품은 구례의 산들이 그녀를 내려다보고 있다

그녀와 함께 아파트를 나와 아버지의 고향이며 돌아가실 때까지 살았던 생가를 찾았다. 작품의 무대로도 많이 등장했던 반내골은 백운산 줄기를 따라 8km 더 들어간 움푹한 벽촌이다.

1948년엔 여수 14연대가 지리산으로 숨어든 길목으로, 그녀가 행복했던 어린 시절과 갈등의 사춘기를 보내며 들락거린 곳이었으며, 고향 땅의 역사를 알면서 삶의 의지를 세운 곳이었다.

대문 없이 방마다 자물쇠가 채워진 생가는, 모순과 결핍의 세월을 뒤집어 쓴 채 침묵하고 있으나 죽음보다 더한 모멸과 시련을 견디어 낸 넋들을 위로하는 듯, 마당엔 진홍의 목백일홍이 만발해 있다. 지리산 쪽을 바라보며 그녀가 말한다.

"이곳은 제 성장을 지켜본 동네 앞산이고, 부모님의 청춘이 묻힌 곳이고, 제 마음의 고향이죠."

〈생가 모습〉

올해 말쯤으로 준비하고 있는 장편에서 자신이 생각하는 소설과 오늘의 독자들이 생각하는 소설의 간극에 대해 고민한다는 그녀의 눈빛이 푸르다.

껍질을 물에 담그면 푸른 물이 우러나며 단단한 나무로는 도리깨나 매(枚)를 만들었다는 물푸레나무처럼, 그녀의 글들이 피 흘리며 상처받은 영혼들을 위로하고, 세상과 역사 앞에 견고한 죽비가 될 것을, 푸른빛을 내어주며 더욱 깊고 단단하게 여물어 갈 것을 바라며 생가를 나선다. 물푸레나무를 품은 구례의 산들이 그녀를 내려다보고 있다.

(2010년 10월)

정철훈

역사라는 유령과의 지난한 씨름

1959년 전남 광주 출생. 국민대 경제학과,
          러시아 외무성 외교아카데미 역사학 박사과정 졸업.
1997년 《창작과 비평》에 〈백야〉외 5편의 시 발표하며 작품활동 시작.
저서: 시집, 《살고 싶은 아침》,《내 졸음에도 사랑은 떠도느냐》,《개 같은 신념》,
      《뻬쩨르부르그로 가는 마지막 열차》.
      장편소설, 《인간의 악보》,《카인의 정원》,《소설 김알렉산드라》.
      에세이 및 전기, 《뒤집어져야 문학이다》,《소련은 살아 있다》,
      《김알렉산드라 평전》,《옐찐과 21세기 러시아》 등.

역 건물이 묘하게 낯설지 않았던 것은
고향의 농가와 흡사해 보였던 때문만은 아니었다
플랫폼에는 금발 처자가 여행가방에 걸터앉아 울고 있었고
역 안내판이 눈에 들어왔다
- 말년의 레닌이 휴양하던 곳
이걸 읽기 위해 해가 지는 건 아닐 테지만
대체 레닌이라니

실패한 건 레닌뿐이 아니다
한인혁명가들의 꿈도 물거품이 된 지 오래다
이동휘 홍범도 박진순 김아파나시 홍도 김규식 여운형
이 역을 지나 뻬쩨르부르그에 당도했을 이름들
동방피압박민족대회가 열린 1920년
피압박이라는 단어에서 구시대의 유물처럼 녹냄새가 난다.

이제 와 미완의 혁명을 회상하는 건 부질없다
이루지 못한 꿈이야 두 줄기 철로변에 얼마든지 나뒹군다
차라리 플랫폼의 불빛이 애처롭고 처자의 등 뒤로
어린아이의 손목을 잡고 서 있는 남자가 애처롭다

그들은 왜 작별해야만 했을까
지금은 미완의 혁명 따위보다 그들의 작별을 더 궁금해 할 때다
떠나기 위해 머무는 삶
집시의 시간 같은 것

〈뻬쩨르부르그로 가는 마지막 열차〉中에서

뻬쩨르부르그로 가는 열차가 간이역에 정차했을 때 보이는 풍경이 마치 영화의 한 장면 같다. '레닌이 휴양하던 곳'이라는 역 안내판에서 떠올리는 실패한 혁명은 이별을 앞 둔 남녀의 모습보다 초라하다.

혁명이든 이념이든 개개인의 삶이 역사를 밀고 가는 것. 그리하여 어떤 삶이든 집시의 시간처럼 흘러가는 것. 레닌처럼…… 한인 혁명가들처럼.

정철훈 시인의 네 번째 시집인 〈뻬쩨르부르그로 가는 마지막 열차〉는 북방의 정서와 함께 디아스포라적 의식이 개인의 실존적 문제와 밀착된 작품들이 주를 이룬다. 등단 이후 시와 소설을 통해 전면에 드러낸 그의 북방의식은 이번 시집에서 좀더 내밀화되고 확대된 모습이다.

그런데 대체 레닌이라니……, 대체 혁명이라니…… 공산주의가 몰락한 90년 대 이후 팽창한 자본주의만큼 개인주의를 향한 목청이 높아지는 때에 혁명, 레닌, 모스끄바 같은 단어들이 문득 낯설다.

"북한을 포함한 만주, 연해주, 중앙아시아 일부는 한 때 우리의 땅이었던 곳이고, 쫓겨난 우리민족이 터를 잡은 곳이고, 지금도 잔존하는 우리민족이 혈육을 이어가는 곳입니다. 내가 그리는 북방의식은 유형의 땅에 한정된 것이 아니라 회복되지 못한 영토, 가닿지 못할 시원을 향한 그리움의 정서로 해석할 수 있겠죠."

문득 찾아온 낯설음을 밀어내는 것은 갈 수 없는 곳에 대한 그리움과 존재의 근원에 대한 비감(悲感)이다. 정부든 가정이든 자신이든, 정착하고 안주하지 못하는 현대인의 방랑적 삶과 소소한 일상에서 순간 달려드는 허무함, 비애, 회상의 정서에 마음이 젖어

든다. 북방의 정서와 연계해 자신의 진솔한 내면을 한 편의 영화처럼 소설처럼 아프게 우려낸 시들을 읽다보면 시인이 문득 가깝게 다가온다.

한 여름의 복판, 인사동 거리 복판에서 그를 만났다. 5년 만에 다시 만난 시인은 그의 시들처럼 조금 삭아졌고 목소리엔 능숙한 초연함이 묻어났다.

몰락한 가문의 역사에 손을 내밀어야하는 내재적 아픔

등단 14년에 창작집이 일곱 권. 전업 작가 못지않은 성과이다. 네 번째 시집은 한 달 열흘 만에 완성했다고 한다.

"시는 순간의 꽃이죠. 시간이 없기에 더 집중력이 발휘되지 않았나 싶습니다. 하루에 두 편 이상, 어떤 날은 일곱 편을 썼어요. 한 번 시상이 떠오르면 한 편의 시를 완성합니다. 급하면 손바닥에도 쓰고 휴지에도 쓰고 담배 갑에도 쓰고……."

거의 접신의 단계인 듯싶다.

낮에는 보험회사 직원/ 밤에는 글 쓰는 고독한 작가였던 카프카의 사진 속 머리가 2대 8인 것을 보고 밥벌이와 영혼의 관철이 2대 8일거라며 쓰고 싶은 욕망은 밥벌이에 비해/ 네 배는 더 무게가 나간다는 등식은 카프카의 가르마에서 유추해 낸 자신의 모습이다. 그리곤 내가 소속되어 있기는 하지만 집은 내가 추구하는 목적이 될 수 없다/ 그러니까 나는 캄캄한 밤과 광활한 대양에서 별빛만을 믿고/ 스스로 귀환하지 않을 일에 골몰해 있는 것이다라는 그는 귀환하지 않는 게 최선이다라며 시대에 안주하지 않으려는 저항과 현실을 겪어내야 하는 실존의 아이러니를 유감없이 드러낸다.

세월로도 씻을 수 없는 상처를 안고 삶의 본질을 직시하는 시인의 고독한 울음이다. 세월이 갈수록 잃어버린 것들의 울음소리를 듣게 된다며, 울지 않으면 시인이 아니라고, 그래서 푹 젖어야 한다고, 그런데 어떻게 우는가가 중요한 거라고 말하는 그와 이야기를 이어간다.

"모든 예술가적 삶은 집을 짓기 싫어해요. 스스로 아나키스트(무정부의자)가 되고 디아스포라적인 삶을 추구하죠. 속도의 시대를 사는 지금은 또 다른 차원의 위험을 내포하고 있습니다. 오늘 아침만 해도 출근길에 마포대교에서 교통사고가 났어요. 피를 흥건히 쏟은 채 쓰러져 있는 택배기사 주위로 경찰차, 오토바이, 구급차, 레카차 등이 몰려있더군요. 오늘 그는 집에 돌아가지 못하는 거죠. 자의든 타의든 우리는 매일 매일 다른 삶의 순간을 맞이하고, 순간순간 자기와 결별하거나 자기를 상실하며, 다시는 돌아가지 못하는 위험이 우리의 삶에 항상 내재되어 있는 겁니다."

그럼에도 불구하고 영원히 살 것처럼 움켜쥐고 집착하는 삶의 오류…….

그는 지상에 굳건한 집을 짓지 않는다. 자유로운 정신이 이끄는 그의 방랑 의식은 월북한 큰아버지의 삶과 깊은 연관을 맺고 있다.

분단된 조국은 월북한 가족이 있는 한 개인, 한 가정을 어떻게 몰고 갔는지…… 현대사의 비극은 아직도 진행 중이다.

실패한 혁명의 현장에서 만남과 이별이 반복되는 일상으로 귀환

손 댈 수 없는 내재적인 슬픔에서 오는 그의 근원적인 고독과 삶의 비애는 집안의 역사에서 시작된다.

1923년 광주에서 태어나 월북한 그의 큰아버지는 북한의 국비 유학생 신분으로 모스크바의 차이코프스키 음악원에 유학을 갔다가 그곳에서 북한 유학생들과 함께 반 김일성 운동을 주도한 뒤 카자흐스탄으로 망명해 오랫동안 무국적자로 살았다.

1988년 서울 올림픽을 앞둔 어느 날, 반세기 동안 생사를 몰랐던 큰아버지와 극적인 상봉이 이루어진 직후 그는 러시아 유학을 준비하기 시작했다. 그리고 한소 수교 이듬해인 1992년, 그는 반세기 전 큰아버지가 갔던 바로 그 유학길에 올랐다.

모스크바는 북한 유학생들이 빠져나간 자리를 남한의 학생들이 재빠르게 메우고 있었다. 그는 차이코프스키 음악원에서 그리고 레닌도서관에 남아 있는 큰아버지의 자취를 목격했다. 옛 사회주의 종주국의 심장부인 모스크바는 아지랑이처럼 흔들리고 있었다.

"지구의 절반을 한 세기 동안 분할하고 있었던 현실 사회주의의 실체가 궁금했지요. 그렇게 굳건했던 이념의 국가가 하루아침에 붕괴되었다니…… 역사가 유령처럼 느껴졌지요. 웅장한 소련 외무성 건물과 전차, 거리의 모든 것이 흐느적거리는 것 같았어요. 실패한 현실 사회주의를 코앞에 두고 모스크바 시민들은 마치 역사의 포로가 된 듯 허망한 눈빛을 지어보였지요. 그들의 눈동자엔 어떤 자부심도 보이지 않았고 모든 걸 체념한 채 살아가고 있었어요."

그때의 눈빛을 재현한 시가 모스크바 유학을 마치고 돌아와 고향을 내려가면서 쓴 〈대설주의보〉다.

폭설이 퍼붓는 점방 난롯가에 앉은 사람들은 끓는 물 주전자를 앞에 놓고 실패한 혁명 따위, 도시에서 돌아 온 삶 따위에/ 아예 관심조차 없다는 듯 귀를 후비며있다. 그들은 그저 마을 우물을 하나 더 파야겠다거나/ 막힌 도랑을 치워야겠다거나/ 올 겨울에 죽을 노인을 거명하며/ 언 땅을 파야하는 지난한 장례를 걱정할 뿐이었다 그런 이야기를 들으며 유리창을 닦는 화자의 말이다. 아무 말도 붙이지 못했다/ 누군가 초례를 마치고 신행 가던 길이/ 다시 누군가의 상여로 돌아오듯/ 나는 떠돌았던 생이 부끄러웠다/ 무엇이 우리를 그 밤에 살게 하였을까/ 어허, 눈이 내리는데/ 눈이 내가 걸어온 길을 지우는데/ 내가 무엇을 더 서러워할 것인가.

역사는 오류를 남기는 법, 혁명보다 중요한 것은 먹고 살아야 하는 생이다.

이데올로기보다 중요한 것은 마을의 공동우물이고 언 땅을 파고 치러야할 장례이며 차라리 끓는 물주전자다.

혁명과 이념을 따라 갔던 그의 큰 아버지도 그와 함께 고향마을로 돌아오고 있는 것이다. 그리고 미처 시로 다 풀어내지 못한 큰

〈싱가포르 센토사 섬에서 극적으로 만난 초록눈의 사촌 누이 릴리와 함께(1989)〉

아버지의 디아스포라적인 삶의 궤적은 장편소설 《인간의 악보》로 쓰여졌다.

　남한에서 태어나 월북 후에 소련으로 유학을 갔다가 그곳에서 국적을 포기하고 카자흐스탄 알마티에서 생을 마감한 '한추민'이 주인공이다. 분단과 이산이라는 역사 속에서 자신의 신념을 굽히지 않고 살다간 한 남자의 이념과 사랑과 고뇌의 깊은 내면이 아름다운 문장으로 그려지고 있다.

역사라는 거대한 중압감에 억눌렸던 시심의 폭발

　모스끄바 어느 후미진 뒷골목에서 반복적으로 울어야 했던 그리움의 시절이 있었다는 그와 인사동 어느 후미진 뒷골목 허름한 식당에서 삼합과 막걸리를 시켜놓고 앉으니 오년 전이 떠오른다. 그는 내가 인터뷰를 한 첫 번째 작가였다. 그리고 책을 묶기 전, 마지막 작가로 다시 만난 것이다.

　그 당시 나를 사로잡은 것은 갈 수 없고 잊혀진 것에 대한 그리움과, '목마름과 어둠과 굶주림과 억울함'으로 우는 '은빛 늑대'의 울음 같은 그의 시들이었다. 그리고 그때처럼 이번에도 나는 그의 아버지에 대해, 어머니에 대해 아무 것도 묻지 않았다. 그것은 그들이 짊어져야 했던 고통에 대해 아무 힘도 되지 못한 방관자로서의 최소한의 예의였다. 다만 그의 시를 통해 만날 뿐.

　　아버지, 더욱 험상궂게 미간을 찌푸리세요
　　양미간에 움푹 파인 골짜기에는 무엇이 있나요
　　월북한 형제가 있나요

죽은 어머니가 있나요
연좌제와 국가보안법과 억울한 옥살이가 있나요
아버지, 지금도 고춧가루 물고문을 받던
감옥이 보이나요 손톱 밑에 대침을 박던
순사놈 얼굴이 아른거리나요
원통한 세월이 버티고 있나요.

〈눈 내리는 아침〉中에서

묵은 지는
정신이며 몸이었다 고스란히
전래이면서 전통이면서 호랭이면서 곶감이면서
너털너털 가을바람에 나부끼는
할아버지 하얀 수염이며 웃음이었다
만나지 못할 사람이었고
부르지 못할 이름이었고
꿈이었고 귀밑머리 하얀 세월의 그늘이었고
전라도였다
(중략)
지는 지아비였고 지어미였으며
옛날이었고 어머니 손맛이었고
누가 뭐래도 흰쌀밥 위에
지를 찢어 올려놓으면
그냥 차오르는 눈물이었다.

〈묵은 지를 찢으며〉中에서

광주에서 태어나 초등학교 2학년 때 서울로 올라 온 어린 시절, 그는 호기심이 많아 가만히 있지 못하는 활동적인 소년이었다. 중학교땐 전교 10등 안에 드는 모범생이었고 문학을 접하면서 제일 좋아한 시인은 이상과 보들레르였다.

이상은 한국 현대시의 문을 열었고 보들레르는 세계 문학사에 현대를 태동시킨 시인이다. 그가 십 대의 나이에 좋아했다니 무척 조숙했던 것 같다.

"그들의 천재성을 좋아했어요. 그리고 나는 천재가 아니라는 절망감도 느꼈죠. 그것은 아시아의 변방이자 분단 국가인 국토에서 자유로운 영혼의 소유를 전제로 하는 문학적 천재가 나올 수 없다는 절망감이기도 했지요. 그런 것들과 화해하는 데 시간이 필요했던 것이죠. 천재들의 퇴폐와 허무에 경도되었던 소년 시절의 문학적 꿈이 결실이 맺기까지엔 기나긴 세월이 필요했어요."

고등학교 2학년땐 직접 등사기로 밀어서 만든 자신의 습작 시집 20권을 국어선생님과 학급 친구들에게 돌리기도 했다.

"천재들은 순간의 꽃을 피우지요. 흐름 위에 보금자리를 친다고 할까요. 그런 흉내를 내본 것인데 내 시를 읽어 본 친구들은 너무 어렵고 철학적이라고 하더군요. 난 별로 실망하지 않았어요. 그들의 감수성보다 내 감수성이 더 중요하다고 생각했으니까요. 치기 어린 실험이었던 거죠."

그의 문학적 치기는 평범한 회사원이 되기를 희망한 아버지의 당부대로 대학 입시를 준비하면서 일단 막을 내린다. 그리고 38세에 등단이라니, 도대체 어떤 계기가 있었길래……

신문기자로 일하던 1996년 그는 러시아 대통령 선거 취재차 모스크바로 2주 동안 파견되었다. 유학 중엔 공부하고 논문 쓰느라 여유가 없었던 그에게 어느 여름날 시가 터져 나왔다. 모스크바대학 기숙사에서 선거 취재기사를 송고한 후 귀국일자를 기다리던 중, 억눌렸던 시심이 〈백야〉라는 시로 폭발한 것이다.

"눈을 감지 않는 하얀 밤으로서의 백야의 하늘로부터 쏟아지는 '비'라는 물질이 서울과 모스끄바의 역사를 필연적으로 연결시키고 있다는 느낌을 받았지요. 지나간 역사와 현재의 '나'를 흔들어 깨운거죠."

그 여름밤에 홀로 일어나 비에 젖는 모스크바 시내를 바라보며 그는 비로소 상처뿐인 역사와 화해하기에 이르렀던 것일까.

> 모스끄바에 와서야 어둠은 비로소 밝혀지고 있었다
> 기억 속에 가라앉았던 어둑한 밤에서
> 잃어버린 것들이 스스로 發光하며 젖은
> 자작나무숲의 비린내를 풍겨오는 하얀 밤
> 다시 혁명을 위하여 밤은 깊을수록 좋았다
> 밝으면서 어두운 채로 날이 새고
> 그날 서울엔 두 차례나 오존주의보가 내리고
> 모스끄바엔 혁명 불감증이 발효됐다.
>
> 　　　　　　　　　　　　　　〈백야〉 中에서

보랏빛 물보라를 일으키던 1996년 6월 13일 여름, 그렇게 폭풍을 뚫고 지진처럼 다시 시가 왔다.

인생의 삼합, 시의 삼합

역사와 시대를 관철하며 개인의 운명적인 삶과 실존의 비애를 온 몸으로 부딪혀 불러내는 그의 작품세계는 이제 한국 문단의 또 다른 변별성으로 자리매김하고 있다.

올 봄 한국을 방문한 2000년 노벨문학상 수상 작가인 중국의 가오싱 젠은 "문학은 정치와 시장을 초월해야 한다."고 말했다.

인적이 드문 길에서 삶과 역사의 유령과 맞서며 시대의 안락함을 초월한 시인이여……. 반복적으로 울어야만 그리움의 끝에 가닿을 수 있듯, 누군가의 진실된 울음으로 세상은 진화한다.

4.19탑 근처 감자탕집에서 밤을 새우고, 집앞 포장마차에서 폭음을 하며 길바닥 잠을 자고, 시뻘건 피를 철철 흘리던 그가 길바닥 잠에서 깨어나 바라보는 먼동이 너무 아름다워 어떤 신성과 영원성을 느낀 것처럼, 살고 싶은 아침, 살고 싶은 세상은 이미 와 있다. 존재를 적시는 빗줄기같은 사랑과 죽은 몸이 죽은 몸을 한껏

껴안고 있는 닭백숙에서 겸허한 반성이자 겸허한 완성을 볼 수 있는 것은 그가 삶과 역사와의 지난한 씨름을 이어가는 덕분이다.

영혼이란 놈이 어두컴컴하게 숙성되기에 좋은 밤. 식탁 위에 놓인 삼합을 바라보며 홍어처럼 삭는 것, 묵은 지처럼 오래 묵는 것, 돼지고기 수육처럼 흐물흐물해지는 것이 시의 삼합이고 인생의 삼합이라는 생각을 해본다. 그리고 나면 축복처럼 갈증을 풀어 주는 막걸리 한 잔이 따라 오는 것.

아픔도 시도 푹푹 삶고 삭히면 누군가를 매료시키는 향기가 된다. 그럴수록 그의 정신은 은화처럼 짤랑거리며 발광할 것이니……

비록 울음의 시작은 늦었지만 가장 마지막까지 우는 시인이길…… 아름답고 추한 세상에서, 거룩하고 비루한 것들을 위해.

(2011년 7월)

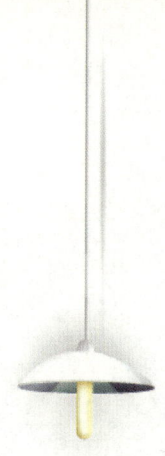

정현태

시 낭송하는 군수

사진 _ 이해선

1962년 경남 남해 출생. 남해초등학교, 남해중학교, 진주고등학교 졸업.
1984년 서울대 언론협의회체 의장 겸 총학생회 대변인.
1985년 민주화 운동 관련 6개월간 옥고.
1990년 서울대 사범대 국어교육과 졸업.
1990년 1997년 전국교직원노동조합 기획. 홍보위원.
1997년 1999년 남해신문사 편집국장.
2000년 제16대 국회의원 출마.
2003년 2005년 청와대 NSC홍보담당관.
2005년 2006년 청와대 바른 역사기획단 기획팀장.
2008년 남해 군수 당선.
2011년 현재 남해 군수.
저서: 《정치가 바로서야 나라가 산다》,《정현태의 선거일기》,
　　　《정현태의 마음일기》,《달리는 자전거는 넘어지지 않는다》.

'누나의 시'가 된 〈별 헤는 밤〉

늦은 오후의 스산한 바람이 핥는 물결소리와 나뭇잎 웃음소리
가 나직나직 떠다니는 해안. 남해 '물건 방조어부림'앞 몽돌해안에
피아노 두 대와 꽃으로 둘러싸인 작은 무대가 설치되었다.

바다를 향해 놓인 두툼한 방석은 객석이다. 하나, 둘 객석이 채
워지고 누군가 먹물을 떨어트린 듯 하늘빛이 짙어가고 있다. 바다
를 향해 앉으니 오감이 열린다. 그 공간으로 피아노의 선율과 청
아한 대금 소리와 고적한 춤사위가 시야를 채우고 가슴을 채운다.

비움이 쾌감이라면 채움은 희열이다. 희열로 충만해진 연주회
끝 순서로 정현태 남해군수의 시낭송이 이어졌다.

"제가 초등학교 1학년일 때 제 어머니는 스물아홉 살이셨습니
다. 그해 여름 제 아버지는 저 바다에서 영영 돌아오지 않으셨고
그 후 어린 네남매를 키우시던 어머니는 제 큰누님을 보내기로 결
심하셨습니다. 8시간 일하고 8시간 공부하고 8시간 잠잔다는 실
업계고등학교로 누님을 보내는 날 어머니는 처음으로 눈물을 보
이셨습니다. 일년 후 누님이 제게 보내 온 편지엔 나중에 책방 주
인이 돼서 읽고 싶은 책을 실컷 읽고 싶은 게 꿈이라며 좋아하는
시 한 편을 적어 보냈습니다. 그 시는 윤동주의 〈별 헤는 밤〉입니
다. 〈별 헤는 밤〉은 이제 식민지의 밤을 우러르던 시가 아니라 가
난한 이들의 밤하늘을 희망처럼 비춰주는 '누나의 시'가 된 것입니
다. 그리고 그 누님은 지금 암 투병 중이십니다. 낭송하겠습니다."

첫 구절 '계절이 지나가는 하늘에는 가을로 가득 차 있습니다.'
부터 그의 음성엔 물기가 가득 찼고 '별 하나에 추억과 (중략) 별 하
나에 어머니 어머니'에 이르러서는 울음을 참는 떨림으로 낭송을

이어갔다.

〈고두현의 남해문학기행〉에 참석한 회원들과 여행객, 주민, 백여 명의 사람들이 눈물을 훔치고 낮게 흐느꼈다. 어느덧 숙연해진 해안가로 어둠이 몰려오는 시각, 시 낭송하는 군수, 나를 울린 군수와 조촐한 식당에 마주 앉았다.

문학도였던 그가 정치가가 된 이유

남해의 명물인 멸치 쌈밥을 시켜 놓고 지난했던 삶과 문학에 대한 애기부터 듣는다. 단정하게 자른 짧은 머리와 자신감 넘치는 눈빛에서 느꼈던 당당함이, 그의 온화한 말씨와 만나 건강한 기품으로 비상하는 것을 본다.

"어릴 적 어머님은 제가 잠들기 전에 고구려 동명성왕, 김유신 장군, 화랑 관창 같은 이야기를 들려주셨어요. 그런 유년의 정신적 자양분이 제 인생의 자산으로 남아 있습니다. 그러다가 아버지가 돌아가시면서 제 감성은 문학 쪽으로 기울게 됐습니다. 중·고등학교 시절 세계문학전집을 섭렵했지만 그때까지만 해도 문학은 여전히 너무 감성적이라는 이유로 내 인생길로는 생각하지 않았지요. 그러다가 엘리엇의 '시는 사상과 정서의 등가물'이라는 시론을 접하면서 지성과 감성을 동시에 담는 큰그릇인 문학이야말로 내 인생을 바쳐 가야할 길로 생각하고 국어교육과에 지망한 겁니다."

선생님이 되겠다는 꿈을 안고 사범대 국어교육과를 10년 만에 졸업했지만 민주화운동을 했다는 이유로 졸업 후 10년을 기다려도 그에겐 발령을 내주지 않았다.

"그래서 잘못된 정치를 바로잡고 교단에 서겠다는 생각으로 정치에 입문하게 된 것입니다.”

　문학도인 그가 정치가가 된 이유였다.

아들의 이름과 자신의 목숨을 바꾼 아버지

　보험설계사, 과자장사를 거쳐 오랫동안 화장품 장사를 하신 어
머니는 그가 대학에 입학했을 때 “서울에 가더라도 데모는 하지 말
라”고 했고, 데모를 하는 것을 알았을땐 “데모는 하더라도 잡혀가
지는 말라”고 했으며, 감옥의 쇠창살을 붙잡고는 “비록 감옥에 들
어갔지만 죽지는 말아 달라”고 했다.

출감 후 다시 3년간의 수배생활 동안 고향 땅에 그림자도 비출 수 없었던 시절, 가장 가슴 아팠던 것은 어머니, 어머니였다는 그에게 어머니는 이 세상에서 가장 위대한 스승이었다는 그의 말이 떨려오고 내 목울대를 누가 잡아채는 듯 아파왔다.

아버지의 부재가 가져 온, 가난이라는 무형의 스승과 어머니라는 유형의 스승을 통해 냉정과 열정, 지성과 감성, 이상과 현실의 조화와 균형 있는 삶을 추구하게 된 그에겐 남다른 부채가 있다.

"현태(炫台)라는 이름이 아들에겐 좋지만 아버지에겐 나쁘다는 작명가의 반대에도 불구하고 아버지는 아들에게 좋다면 괜찮다며 제가 초등학교 입학 때 밝은 별과 같은 훌륭한 사람이 되라는 뜻인 '현태'로 바꿔주셨습니다. 그리고 6개월 후에 바다에서 돌아가신 겁니다. 세상의 어떤 아버지도 아들의 이름과 자신의 목숨을 바꾼 아버지는 없을 겁니다. 그립고 보고 싶지만…… 아버지는 이미 제게 가장 큰 사랑을 주셨습니다."

아버지의 간절한 바람은 세상에서의 입신출세만은 아닐 것이다. 밝은 별이 되어 어둡고 외진 곳에도 골고루 빛을 나누는 큰 사람이 된다는 것은, 스스로 어둠 속을 걸어가고 오히려 낮은 곳에 처하며 모든 경계를 초월한 대자유인의 길이기도 하다. 그 첫 걸음을 그는 '마음공부'에서 찾았다.

배부른 소크라테스를 꿈꾸며

96년에 서울 생활을 청산하고 고향 남해로 내려가 지역운동을 하면서 그는 정의로운 분노 뒤에 깃드는 공허함과 삶의 다양한 마찰로 빚어지는 갈등의 경계에서 영혼의 메마름을 느꼈다.

2000년 제 16대 국회의원 선거가 끝나고 자아성찰에 도움이 되는 여러 프로그램에 참가하던 중 그는 우연히 신문에서 '마음공부'에 대한 기사를 읽고 무릎을 쳤다. 그리고 그 해 경상대 평생교육원에 개설된 '용심법(用心法)' 1기 수강생이 되었다.

마른 논에 물이 스며들 듯 온 몸과 마음에 생기가 돌고 힘이 생긴다는 '마음공부'를 꾸준히 이어오고 있는 그에게선, 크지만 위협적이지 않고, 밝지만 눈부시지 않는 편안함이 보인다.

"마음공부는 한마디로 저의 수신학입니다. 명일심 통만법(明一心通萬法)이라고 했듯이 마음 하나 밝히는 것이 온 세상의 진리와 통하는 길인 겁니다. 마음공부를 통해 가장 크게 깨달은 것이 수신제가치국평천하에 대한 원리입니다. 전에는 수신→제가→치국→평천하라는 단계론적인 사고를 했었는데 마음공부를 한 후엔 이 말의 본의가 안으로는 평생 동안 수신을 하고, 밖으로는 그 힘으로 제가와 치국평천하를 한다는 뜻으로 새롭게 깨달은 것입니다. 이렇게 되면 안팎이 동시에 양면적으로 진행되는 역동적인 구조를 갖게 되고, 그러고 보니 제 마음의 수용능력이 배가되고 행복도 더욱 커졌습니다."

자신의 내면 깊숙이 자리한 '기본'에 대한 분별성과 주착심에 대한 심병을 치료하면서 더 많이 행복해졌다는 그가 '배부른 소크라테스'를 꿈꾸는 까닭이다.

용심법 섹스와 '마누라 경계'

《정현태의 마음일기》는 그가 '마음공부'를 하면서 매일매일 일어나는 자신의 마음을 들여다보며 쓴 일기 형식의 산문집이다.

'수신의 근본 마음공부'라는 전편에는 인간관계에서 상대의 마음을 헤아리며 갈등을 좁혀가면서도 역시 제일 힘든 것이 '마누라 경계'라는 이야기, 자동차 접촉 사고 현장에서 견인차 운전수의 말만 듣고 거짓 증언을 했다가 진실을 밝히면서 부끄러웠던 이야기, 세 자녀인 한나, 한범, 한별이에 대한 교육이야기, 사랑과 존경의 마음을 담은 용심법 섹스 이야기 등이 실려 있고, '치국의 대도 마음공부'라는 후편에서는 정치에 대한 집착과 욕심을 놓아 버리고 바라보니 삶이 곧 정치이고 정치가 곧 삶이라는 이야기, 김선일 사태에 대한 과정을 통해 정부와 부처, 국민과 개인의 입장을 통한 역지사지와 상생의 의미, 방북에서 감지한 통일의 기운과 국토 사랑 이야기, 자녀들을 위한 작은 교육공동체인 '무지개회'를 통한 한 · 일간의 문화 교류 이야기 등이 담겨있다.

전편이 평범한 한 가장의 진솔한 자기 고백을 통한 성찰이라면, 후편은 지역과 나라, 국가와 국가 간을 통찰하는 한 시민이며 한 정치인으로서의 지공무사(至公無私), 자리이타(自利利他)의 통섭이다.

〈남해 금산 풍경〉

"지공무사는 지극히 공적이어서 조금도 사사로움이 없는 공직자로서의 자세를 말하지요. '일월은 천하를 사사로이 비추는 법이 없고 강물은 작은 웅덩이를 메우지 않고 지나치는 법이 없다'는 뜻으로 가슴에 새기고 있습니다. 그리고 자리이타는 인생의 근본 방도를 말합니다. 모든 일은 내게도 이롭지만 남에게도 이로운 상생의 원리로 풀어가야 한다는 뜻이지요. 제 인생의 좌우명입니다."

비록 교단은 좁지만 천하를 굽어보는 교사가 되고 싶어

글쓰기는 그의 또 다른 수양이다. 수양을 게을리 않는 한 인간으로서 그가 품은 꿈과 군수로서의 계획을 들어본다.

"정치와 문화는 모두 인간의 행복을 추구한다는 것에서 본질적으로 같다고 생각합니다. 특히 인간의 상상력을 현실화한다는 면에서 그 생산과정은 동일합니다. 다만 정치는 과학적 사고에 바탕을 둔 사회적인 행위라면 문학은 예술적 사고에 바탕을 둔 문화적 행위인거죠. 지금 정치를 하면서도 내 인생의 마지막이자 가장 소중한 꿈은 국어교사입니다. 교단은 비록 좁지만 천하를 굽어보는 그런 교사가 되고 싶습니다. 그래서 언젠가는 돌아가야 할 교단을 위해 제 스스로 녹슬지 않도록 교재연구를 하는 겁니다. 그런 과정에서 외운 시가 100여 편이 넘어섰고 시를 암송하는 것은 이젠 제게 아름다운 취미생활이 돼버렸습니다."

떠오르는 태양과 산골짜기를 달리는 바람을 보며 시를 쓰고, 낙엽이 쌓인 운동장에서 아이들에게 시를 읽어 주는 시인 선생님이 꿈이라는 군수, 문화와 예술을 사랑하고, 인간에 대한 깊은 이해와 철학적 통찰력이 있는 군수, 나도 그런 군수가 사는 마을에서 살고 싶다.

차마 그곳을 잊지 못하리라

태조 이성계가 마지막 백일기도를 올렸다는 금산의 빼어난 절경과 우리나라 3대 도량처 중 하나로 남해의 수호 사찰인 보리암, 밀가루를 뿌려 놓은 듯한 상주은모래비치, 가천 다랭이 마을, 망운산, 설흘산 등의 비경이 즐비한 남해는 이순신 장군의 노량해전이 있었던 호국의 바다이고, 180여 명의 유배객을 받아들인 유배 문학의 성지이다.

지중해나 카리브해에 견주어도 손색이 없는 남해안에 요트, 크루즈 관광, 다이어트 섬 등 각종 프로젝트를 준비하고 있다는 그는 '남해를 아름다운 자연과 문학의 향기가 조화로운 세계적인 보물섬으로 만드는 것'이 군수로서의 꿈이다. 그 중 하나로, 유배객들의 삶과 문학을 담을 '유배 문학관'을 준공할 계획이며 서포 김만중의 유배지였던 노도섬을 전국에서 유일한 '문학의 섬'으로 가꾸어

〈몽돌 해안음악회〉

갈 거라고 한다. 문학도인 군수가 펼쳐갈 청사진이 남해 바다 멸치처럼 활기차고 짙푸르다.

　제주도, 거제도에 이어 세 번째 큰섬 남해. 그곳으로 문학기행을 갈 때마다 첫 도착지인 물미해안에 작은 음악회를 준비하고 유장하게 시를 암송하는 군수, 마음 공부하는 군수, 나를 울린 군수가 사는 곳, 백두대간에서 뻗어 내린 기운이 모아져 민족의 생기를 지켜내며 천상의 비경으로 무아지경에 이르는 곳, 태어나 자란 고향이 아니라도 누구든 그곳에 가서 그를 만나고 오면, 누구든 차마 그곳을 잊지 못하리라.

(2010년 2월호)

 **만남 이후**

　2010년 1월 30일, 《달리는 자전거는 넘어지지 않는다》 출판 기념회에서 그는 조선시대 현감복장을 하고 나와 큰 북을 치는 것으로 행사를 시작했다.

　시대를 향한 큰 울림과 군민들의 신뢰가 남해의 발전을 보는 듯했다. 그리고 그 해 6월, 지방선거에서 군수로 재당선된 정군수는 2011년 4월엔 《한국산문》 창립기념회에 참석하여 안도현의 〈그대에게 가고 싶다〉를 낭송하면서 많은 이들의 감탄과 감동을 불러냈다. 정치계에도 진실의 눈을 키워가는 문학도, '시 낭송하는 군수'가 많아졌으면 좋겠다.

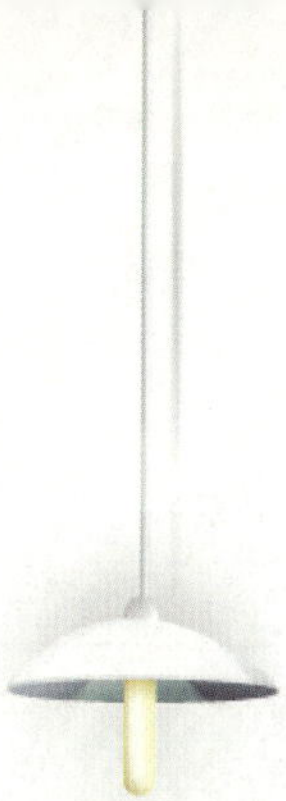

정호승

산다는 것은 낡은
의자 하나 차지하는 일이었을 뿐

사진 _ 박건식

1950년 하동 출생. 경희대 국문과와 동대학원 졸업.
1972년 한국일보 신춘문예에 동시 〈석굴암을 오르는 영희〉 당선.
1973년 대한일보 신춘문예에 시 〈첨성대〉 당선.
1982년 조선일보 신춘문예에 단편소설 〈위령제〉 당선.
저서: 시집, 《슬픔이 기쁨에게》, 《서울의 예수》, 《새벽편지》, 《별들은 따뜻하다》,
    《사랑하다가 죽어버려라》, 《외로우니까 사람이다》, 《눈물이 나면 기차를 타라》,
    《이 짧은 시간 동안》, 《포옹》, 《밥값》.
    산문집, 《위안》, 《내 인생에 힘이 되어준 한마디》.
    시선집, 《내가 사랑하는 사람》, 《너를 사랑해서 미안하다》.
    어른을 위한 동화집, 《항아리》, 《연인》, 《울지말고 꽃을 보라》, 《의자》.
수상 경력: 제3회 소월시문학상, 제10회 동서문학상, 제12회 정지용문학상, 제11회 편운문
    학상, 제9회 한국가톨릭문학상, 2011년 제19회 공초문학상 수상.

〈수선화에게〉

울지 마라
외로우니까 사람이다
살아간다는 것은 외로움을 견디는 일이다
공연히 오지 않는 전화를 기다리지 마라
눈이 오면 눈길을 걸어가고
비가 오면 빗길을 걸어가라
갈대숲에서 가슴검은도요새도 너를 보고 있다
가끔은 하느님도 외로워서 눈물을 흘리신다
새들이 나뭇가지에 앉아 있는 것도 외로움 때문이고
네가 물가에 앉아 있는 것도 외로움 때문이다
산 그림자도 외로워서 하루에 한 번씩 마을로 내려온다
종소리도 외로워서 울려 퍼진다.

시는, 단지 죽어 가는 데 조금 위안이 될 뿐

울지 말라며 건넨 손수건에 묻혔던 설움까지 쏟아 놓게 되는 것
은 인간의 공통된 심사일거다. 그러고 나면 비개인 하늘처럼 투명
한 마음자리로 고이는 그 무엇을 아리스토텔레스는 '카타르시스'
라 했던가. 감동과 위안을 넘어 치유의 힘을 지닌 시에서 예술의
진정성을 다시 목도하며 이 시대의 대표 시인 중 한 사람인 정호승
을 봉은사 대웅전 앞에서 만났다.
사랑의 시인에서 이제는 위안의 시인으로 더 많이 불리는 그는,

움푹 깊어진 햇살 아래 나뭇잎마저 제 몸의 부피를 줄이고 있는 경내 숲길을 닮아 있었다. 젊은 날의 결기 있던 표정은 사라지고, 흰머리의 노신사에게선 '무위'의 여유와 편안함이 묻어났다.

한민족의 전통적 정서와 율격으로 민중 속에 깊이 들어와 그리움, 기다림의 초극을 노래하던 그가 아홉 번째 시집 《포옹》에선 인간의 보다 근원적인 존재에 대한 깊은 사유와 성찰로 새로운 지평을 보여 주고 있다.

그러나 정작 시인은 "나는 시를 몰라요."라고 말한다.

"삶이 뭔지, 내가 누군지도 모르는데 시를 어떻게 알겠어요? 단지 스승이셨던 조병화 선생님께서 '시는 명예도 아니고 돈도 아니고 사랑도 아니다. 다만 죽어 가는 데 조금 위안이 될 뿐이다.'라 하셨는데 그 말씀에 깊이 공감하고 있어요."

'살아가는 데'가 아니라 '죽어가는 데'라는 말귀에 온몸이 감전된다. 죽기 때문에 완성되는 삶의 편편마다 우리는 어떤 위안을 갖고 있는지…… 아직 자기 나름의 위안이 없는 사람이라면 그의 산문집 《위안》에서 '위안'을 수혈 받아 보는 것은 어떨지.

사람이 사는 것은 마음속에 절 하나 짓는 일

그를 처음 만난 것은 지난 늦가을, '부석사 사찰기행'에서였다. 그곳에서 그는 "사람이 사는 것은 마음속에 절 하나를 짓는 일입니다. 자기 인생의 절이자 운명의 절이죠. 오늘 여러분은 어떤 절을 지을 건가 생각해보시기 바랍니다"라고 했다.

그가 40대 초반에 《월간 조선》기자 생활을 청산하고 처음 찾았다는 부석사는 〈그리운 부석사〉를 탄생시킨 곳이다. 이 시가 실린

《사랑하다가 죽어버려라》는 반어와 역설이 주는 충격 때문인지
많은 사람들의 관심과 사랑을 받았다.

〈그리운 부석사〉

사랑하다가 죽어버려라
오죽하면 비로자나불이 손가락에 매달려 있겠느냐
기다리다가 죽어버려라
오죽하면 아미타불이 모가지를 베어서 베게로 삼겠느냐
새벽이 지나도록
마지(摩旨)를 올리는 쇠종 소리는 울리지 않는데
나는 부석사 당간지주 앞에 평생을 앉아
그대에게 밥 한 그릇 올리지 못하고
눈물 속에 절 하나 지었다 부수네
하늘 나는 돌 위에 절 하나 짓네

〈부석사 주지스님과 함께한 정호승시인과 필자〉

"당나라 때 임제 의현 스님의 말씀인 '사랑하다가 죽어버려라 기다리다가 죽어버려라'를 읽고 등골이 송연해지면서 마음속에 큰 바위 하나가 쿵! 쿵! 소리를 내며 굴러가는 듯 했지요. 어머니가 내게 모든 것을 다 내어주시면서 사랑하는 모습을 보고 자랐으면서도 나는 내어주기는커녕 오히려 한없이 얻으려고만 했던 내 자신이 초라해져 주저앉고 말았어요. 사랑이 무엇이겠습니까. 아무런 댓가를 바라지 않고 자신의 모든 것을 내어주는, 심지어 자기 목숨마저 내어주는 것일텐데…… 그동안 사랑을 하면서도 진실된 사랑을 하지 못했다는 후회와 반성이 들었어요. 따라서 사랑하다가 죽으란 뜻이 아니고 죽을 만큼 목숨 걸고 사랑하라는 뜻이지요."

주지 스님의 법문을 듣기 위해 무량수전을 들어섰을 때 카톨릭 신자인 그가 경건한 모습으로 삼배를 올리는 것을 볼 수 있었다.

"인간을 위해 진리를 말씀하는 분께 예를 갖추는 것이고, 절을 올린다는 것은 흠숭하는 분에 대한 제 마음의 표현일 뿐입니다. 조상을 섬기는 것도 마찬가지이고…… 절이란 바로 자기 자신을 향하고 이웃을 향해 하는 것 아니겠습니까."

종교를 초월한 시인의 눈빛에서 풍경 소리가 들렸다.

시를 이해한다는 것은 인간의 비극을 이해한다는 것

서정적이면서 현실 참여적이었던 첫 번째 시집 《슬픔이 기쁨에게》로부터 30여 년 동안 독자들의 지속적인 사랑을 받고 있는 이유는 그의 시가 편안한 흡인력으로 독자들을 사로잡기 때문일 것이다.

슬픔과 두려움, 가난과 고통, 존재와 사랑에 대하여 따뜻한 서정의 언어로, 때로는 준엄한 명령으로, 유한하고 결핍된 존재일 수밖에 없는 우리의 상처를 위로하고 희망을 갖게 하며 영혼을 정화시켜주는 시인, 정호승.

〈별들은 따뜻하다〉
하늘에는 눈이 있다
두려워할 것은 없다
캄캄한 겨울
눈 내린 보리밭 길을 걸어가다가
새벽이 지나지 않고 밤이 올 때
내 가난의 하늘 위로 떠오른
별들은 따뜻하다

나에게
진리의 때는 이미 늦었으나
내가 용서라고 부르던 것들은
모든 거짓이었으나
북풍이 지나간 새벽 거리를 걸으며
새벽이 지나지 않고 또 밤이 올 때
내 죽음의 하늘 위로 떠오른
별들은 따뜻하다

《조선일보》애송시 100편 중에 선정된 이 시는 그에게 '별의 시인'이라는 칭호를 붙여주었다.

"내가 별을 노래하는 것은 별보다는 어둠에 주목하는 거에요. 별은 밝은 대낮에도 떠 있지만 어둠이 없으면 볼 수가 없죠. 눈동자의 검은자위로만 세상을 보는 것처럼 어둠을 통하지 않고는 세상의 밝음을 볼 수 없다는 뜻이 아니겠어요? 고통과 시련이라는 인생의 어두운 밤이 있어야 내 삶의 별을 바라볼 수 있고, 그래서 그 별들은 따뜻한 겁니다."

따뜻한 별의 시인은 인간은 어쩔 수 없이 비극적인 존재이다. 나는 인간이 이루는 삶의 비극성에 관심을 갖는다. 그것이 내 시의 출발점이자 귀결점이다라고 한다.

맹인 부부 가수, 구두 닦는 소년, 혼혈아, 그리고 반월공단, 소년

〈82년 신춘문예당선시 심시위원과—황순원, 박두진, 선우휘〉

원, 맹인촌 등, 소외 계층과 시대의 비극에 대한 관심을 보였던 초기에서, 《눈물이 나면 기차를 타라》 이후 개인적 고뇌에 대한 정직한 고백으로, 후반기에 이르러 보편적 삶의 회한과 냉소까지 포옹하는 시세계가 그의 말에 신빙성을 더한다. 그래서 시를 이해한다는 것은 인간의 비극을 이해한다는 것이고 인간이 이루는 비극적 삶을 이해한다는 것이며, 그 과정에 시가 있다고 한다.

그런 시를 통해 '비극적 기쁨'을 얻고 싶다는 그를 시인이게 한 계기가 궁금하다.

두툼한 손의 온기가 아직도 느껴져요

경남 하동에서 태어나 대구에서 초, 중, 고를 마쳤지만 그에게 시적 공간이며 시의 모성이 된 곳은 외할머니 댁이 있던 경주였다.

첨성대 속에 들어가 별을 보고, 에밀레종 속에서 공포를 경험하며, 석굴암 부처님의 젖꼭지에서 온유함을 발견하던 그에게, 아버지가 사주신 세계문학전집은 그의 문학성을 일깨우는 동기가 되기에 충분했다. 그리고 숙제로 써간 시를 보고 "호승이 너는 열심히 노력하면 훌륭한 시인이 될 수 있겠다."며 머리를 쓰다듬어 주셨던 대구 계성중학교 김진태 선생님의 말씀이 그를 시인으로서의 삶을 살게 했다.

"그 한마디가 내 인생을 움직인 거죠. 선생님의 두툼한 손의 온기가 아직도 느껴져요."

그 말을 하며 자신의 머리를 쓰다듬는 그의 목소리가 풍선처럼 가볍다. 그리고 마치 그 시절로 돌아간 듯 천진한 표정으로 바뀐 얼굴엔 단풍잎처럼 붉은 웃음이 번진다.

산문집 《내 인생에 힘이 되어준 한마디》는 이처럼 누군가에게 힘과 용기를 주는 글들로 가득하다. 그가 살면서 겪은 상처와 고통들을 깊은 사색과 시적 정서로 풀어낸 잠언 같은 그의 글을 읽다 보면, 장영희 교수가 "이 책이 바로 인생의 정답이다."라고 한 말을 인정할 수밖에 없게 된다.

늙은 아버지께 아들이 꼭 해드릴 일이 있어

'시 낭송은 축제요 교감이다.'라고 한 옥타비오 파스의 말을 빌리지 않더라도 시의 감동을 나누고 소통되어지는 것은 축제이며 재창조이다. 그의 시가 노래로 불리워진 것은 50여 편. 장사익의 〈허허바다〉를 비롯해 이동원의 〈이별노래〉, 안치환의 〈우리가 어느 별에서〉등은 시보다 노래로 더 많이 알려져 있다.

최근 발매된 '안치환, 정호승을 노래하다'라는 앨범엔 그가 직접 〈연어〉를 낭송하기도 했다.

활자로 된 시가 시집이라는 틀 속에 갇혀있는 것은 요즘처럼 다양한 표현의 문화를 요구하고 향유하는 시대에 맞지 않다라는 그는, 어떻게 하면 시를 잘 쓸 수 있는지 묻는 내게 "시는 삶의 구체적 경험을 구체적으로 쓰는 겁니다. 자기만의 시각과 생각을 자기만의 새로운 꽃으로 만드는 거지요. 나는 그것을 편하고 친밀감 있게 전달할 뿐, 이해는 독자의 몫인거죠."라고 답한다.

건강하게 시인으로 살다가 성실하게 죽는 것이 희망이라는 그에게 40여년을 함께 한 시란 어떤 의미일까.

"시란 내게 어머니와 같은 존재라고 할 수 있지요. 목소리만 들어도 눈물이 그치는…….”

말끝을 흐리던 그가 부모님이 아직 살아 계시니 자신은 행복한
사람이라며 말끝을 이었다.

요즘은 부모님의 아파트에 작업실을 두고 매일 아침, 잘 주무셨
나 안부도 묻고, 집안일도 도와드리고, 빈 방에 마련한 자신의 공
간에서 일을 마치곤 저녁 때 퇴근한다고 한다.

“한쪽 눈의 시력을 잃으신 늙은 아버지께 꼭 해드릴 일이 있어요.
목욕탕에 모시고 가서 씻겨 드리는 일은 아들이 해야할 일이지요.”

회갑이 목전인 시인의 말에 가슴 한켠으로 누워있던 애잔함이
오소소 소리를 내며 일어섰다.

어떤 수식어도 필요치 않는 오직 ‘시인’이라는 이름으로

검소한 차림과 단정한 매무새가 마치 성직자 같은 엄격함이 들
지만 그의 말씨는 친근감으로 넘친다. 그와 세 번의 문학기행을 함
께하면서 누구에게나 격의없이 옆자리를 내어주는 다감함과 친절
함을 보았다.

부석사에선 법문을 듣고 나오는 그에게 누가 신발을 내어주자
그 손을 붙잡고 얼마나 감사해 하던지…… 그 모습은 마치 ‘소년
부처’였다.

〈소년부처〉

경주박물관 앞마당
봉숭아도 맨드라미도 피어 있는 화단가

목 잘린 돌부처들 나란히 앉아
햇살에 눈부시다
여름방학을 맞은 초등학생들
조르르 관광버스에서 내려
머리 없는 돌부처들한테 다가가
자기 머리를 얹어본다
소년부처다
누구나 일생에 한번씩은
부처가 되어보라고
부처님들 일찍이 자기 목을 잘랐구나.

　70년대 어둠의 시기를 지켜줄 구원자로 '눈사람'을 기다리던 그가 어느덧 머리 하얀 눈사람이 되어 이 시대의 '위안의 전령사'로 와 있다.
　울지 말라며 손수건을 건네고, 상처는 스승이다라며 어깨를 두드리고, 용서에도 연습이 필요하다며 손잡아 주면서…… 산다는 것은 낡은 의자 하나 차지하는 일이었을 뿐이며, 마음속에 절 하나 지었다 부수는 일이며, 그동안 나도 모르게 쌓여만 가던 독을 버리는 일이니…… 혼자서는 아름다울 수 없는 세상을 희망 없이도 열심히 살아갈 희망을 가지라고…… 그러기 위해선 먼저 자기 자신을 용서하라는 그가, 봄이 와도 녹지 않을 '눈사람'으로, 어떤 수식어도 필요치 않는 오직 '시인'이라는 이름으로, 세상을 뜨겁게 포옹하는 그가 있다.

(2009년 2월)

조용헌

소국의 왕이 되기보다
대륙을 떠도는 한 조각 꿈이 되리라

사진 _ 박건식

1961년 전남 순천 출생. 원광대 신문방송학과 졸업. 원광대 대학원 불교민속학 석사, 박사.
저서: 《조용헌의 사찰기행》, 《5백년 내력의 명문가이야기》, 《조용헌의 사주명리학이야기》,
《방외지사》, 《조용헌의 고수기행》, 《그림과 함께 보는 조용헌의 담화》, 《조용헌의
백가기행》, 《나는 산으로 간다》, 《조용헌 살롱》, 《조용헌의 소설 1,2》 등
현재: 《조선일보》 '조용헌 살롱' 연재.

휴거헐거 철목개화(休去歇去 鐵木開花)

《벽암록》에 실린 글귀에서 따 이름 지은 '휴휴산방(休休山房)'은 축령산 자락 편백나무 숲을 뒤로하고 앉아 있는 조그만 황토집이다. '쉬고 또 쉬면(休去歇去) 쇠로 된 나무에 꽃이 핀다(鐵木開花)'는 뜻의 집 이름은 진정한 의미의 휴식을 생각케 한다.

징검 계단을 올라와 쪽마루에 앉으면 코끝으로 달려드는 청량함에 휴~, 사람과 집이 자연의 일부가 된 듯한 편안함에 휴~하는 숨이 절로 쉬어진다. 댓돌에 놓인 흰색과 검은 색의 고무신 두 켤레, 뜰 앞 소나무 아래 졸졸 흐르는 물을 받아내는 절구의 속삭임, 이백년 된 매화나무와 녹차나무가 다정히 기대고 선 마당 풍경도 눈빛을 맑게 해준다.

이곳은 동양학자이자 컬럼니스트인 조용헌 선생의 집필실이다. "여기가 네 집이다"라는 선몽을 꾸고 구입한 이래 편백나무 숲 산책은 집필의 필수조건이 되었고, 황토방의 구들장은 최고의 건강 비법이 되었다.

편백나무로 마루를 깐 여름철 집필방과 황토를 깐 겨울철 집필방, 주방시설과 샤워시설이 있는 부엌방으로 나뉜 단출한 공간엔 몸이 기억하는 아주 오래된 내음으로 가득하다.

서울에서 아침 열시에 출발해 휴휴산방에 도착한 것은 오후 세시 무렵. 소금과 솔잎까지 깔아서 데워지는데 열 시간 넘게 걸린다는 황토방이 절절 끓고 있는 걸보니 전날부터 불을 지폈나보다. 지난날 식구들을 불러 모으던 아랫목으로 체면불구하고 엉덩이를 디밀었다.

팔자를 고치는 여섯 가지 방법과 경물중생(輕物重生)

강호동양학을 한국 고유의 문화 콘텐츠로 자리매김하는데 주력하고 있는 그에게 근황을 물으니 "나 건달이여."라고 답한다.

지천명의 나이가 믿기지 않는 동안과 미소년의 인상에 목소리는 큰북이다. 한 동네를 너끈히 호령할 만큼의 울림통이 어디 들어있나 싶다. 건달이라고 한 것은 어느 것에도 매이지 않았다는 뜻이겠다.

원광대 불교대학원 교수직을 그만두고 지금은 외부 강연과 6년째 《조선일보》에 〈조용헌 살롱〉 연재를 쓰고 있을 뿐, 20대부터 시작한 답사와 여행이 여전히 주요 일과이다. 최근엔 구정날 아침 KBS-1 TV의 '아침마당'에 출연해 팔자를 고치는 방법 여섯 가지(적선, 독서, 스승, 명리, 명상, 명당)와 윷놀이, 별자리 등을 구수한 입담으로 풀어 놓은 것이 장안의 화제다.

"난 바쁜 것을 혐오해요. 그래서 운전면허증도 없습니다. 운전이란 최근에 생긴, 피할 수 있는 제약이죠. 도가의 경물중생, 즉 외물(外物)을 경시하고 생을 중시한다는 것으로 돈이나 명예를 위해 몸을 던진다거나 바쁘게 살지 않고, 몸과 마음을 들여다보면서 천천히 삽니다."

스스로를 채담가(採談家)라는 그가 자신의 삶을 한 마디로 "예정된 길을 걸어왔다"고 말한다. 사회적인 척도를 떠나 계획대로 살았다는 것은 성공한 삶이다. 그 첫 번째는 자신의 명리를 안 것이다.

"내가 전생에 붓 세 자루를 가지고 이생으로 건너왔어요. 그래서 그것이 다 닳아질 때까지 써야 됩니다."

전생을 믿지 않는 사람들에겐 허황된 소리처럼 들리겠지만 자

〈휴휴산방〉

신의 생각만 옳다는 고집은 잠시 접어두기로 한다.

강호동양학(江湖東洋學)과 사주 명리학

강호동양학이란 20여 년 간 한, 중, 일 3국의 600여 사찰과 고택을 답사하면서 수많은 기인과 달사를 만나며 풍찬노숙의 삶을 살아 온 그가 창립한 신흥문파이다.

그 3대 과목인 사주, 풍수, 한의학은 천, 지, 인 삼재사상의 골격이다. 한의학은 1970년대 초반부터 제도권으로 편입되었고, 풍수도 전 서울대 최창조 교수에 의해 어느 정도 자리를 잡았지만 사주 명리학은 해방이후 여전히 변방에 머물고 있다. 그는 이 분야가 앞으로 컨설팅과 컨텐츠를 합한 한국 고유의 문화로 발전해가길 희망한다.

"사주란 천문(天文)에 해당하죠. 천문이란 때(時)를 알기 위한 학문으로 이것을 인문(人文)으로 전환한 것이 사주 명리학이에요. 한자 문화권의 역대 천재들이 고안한 방법으로 하늘의 문학을 인간의 문학으로, 하늘의 비밀을 인간의 길흉화복으로 해석한 분야입니다."

역사적으로 사주 명리학은 제자백가 중의 한 사람이었던 추연이 음양오행을 정립한 이후 10세기 경 서자평(徐子平)에 의해 요즘 통용되는 사주학이 완성되었다고 본다. 도대체 사주팔자란 무엇일까.

"전생의 성적표이며 기독교적으론 주님의 섭리이고, 생물학적으론 조상들의 유전자이랄 수 있죠."

어느 것 하나 내 뜻과는 상관없는 '운명'이다. 아무리 멋지게 타고난 팔자라도 길흉화복은 있는 것. 흉과 화를 면하고 길과 복을 누리려면 삼지(三知)를 지켜야 한다고 그는 말한다.

"삼지란 지분(知分), 지족(知足), 지지(知止)입니다. 자기 분수를 알고 만족할 줄 알고 때를 알아 그칠 줄 아는 지혜가 필요한 거죠."

자신의 팔자가 나쁘다고 생각하는 사람들은 삼지와 함께 그가 말한 여섯 가지 방법 중 가능한 것을 실천할 일이다.

사주 명리학의 계보와 이론, 정계와 재계의 인물들과 사주 명리학에 얽힌 비화 등, 하늘의 이치와 인간의 운명을 실감나게 엮은 책이 《조용헌의 사주명리학》이다.

이 책은 다이아몬드에 누런 똥이 발라져서 길바닥에 나뒹굴고 있는 듯한 현재의 사주 명리학을 주워서, 냄새나는 똥을 닦고자 하는 그의 뜻을 담았다고 한다.

"이 다이아몬드에는 인간과 인간, 인간과 지구, 인간과 우주의 관계에 대한 동아시아 문명 5천 년의 성찰이 축적되어 있기 때문입니다."

적선지가 필유여경(積善之家 必維餘慶)과 가내구원(家內救援)

그가 주유천하하며 도만 닦은 것이 아니다. 《500년 내력의 명문가 이야기》와 후속편인 《조용헌의 명문가》는 위기 속에서도 도덕적 지조와 리더십으로 역사의 등대가 된 명문가를 소개하고 있다.

전남 담양 창평 고씨 집안, 우당 이회영 형제 일가, 간송 전형필 집안, 경북 영양의 시인 조지훈 종택, 안동 의성 김씨 내앞 종택 등 품위 있는 삶, 인간다운 삶을 실천한 집안을 통해 이 시대의 모범을 제시한다.

"명문가를 돌아보며 '적선지가 필유여경'을 보았습니다. 널리 나누고 베푼 집안은 반드시 잘 된다는 것인데 한 집안 뿐아니라 개인적인 삶에서도 베풂은 중요한 덕목이죠. 적선이란 타인의 가슴에 저금을 하는 것입니다. 꼭 돈으로만 할 수 있는 것이 아닙니다. 편안한 얼굴, 부드러운 눈빛, 힘이 되어주는 따뜻한 위로와 몸의 수고도 베풂입니다."

명문가 이야기가 소프트웨어라면 《조용헌의 백가기행》은 하드웨어이다. 신분과 부의 과시가 아닌 가내구원을 대표하는 집들을 답사하고 고수들과 토론을 통해 엄선한 22채의 집을 소개한다.

논산 명재고택, 전주 학인당, 나주 박장홍 고택, 하동 악양면 조씨 고택 등 역사적, 풍수지리학적, 건축학적인 설명과 함께 자연과 문화가 어떻게 인간과 교류되고 계승되는지를 보여준다. 바깥이 아닌 집안에 진정한 휴식의 공간, 성스러움을 찾을 수 있는 공간을 갖는다는 것은 '구원'에 다가서는 지름길이리라.

이외에도 그의 저서들은 생생한 인간의 삶 이야기와 세상의 조화로운 이치를 향한 공부로 가득하다.

신화처럼 재미있고 고전처럼 지혜와 깨달음을 주는 37가지 이야기 《조용헌의 담화》, 삶의 공식과 상식을 뛰어 넘은 각계 고수들과의 만남인 《조용헌의 고수기행》, 그동안 '조용헌 살롱'에 연재했던 칼럼에서 '인사편'은 1권으로 '천문편'은 2권으로 묶은 《조용헌의 동양학 강의》, 전국 21개 사찰을 돌며 선승들의 깨달음과 불교 철학을 담은 《나는 산으로 간다》, 그리고 《방외지사》(전2권)은 방(方)을 의미하는 테두리, 경계선, 고정관념에서 자신만의 삶을 개척한 자유로운 영혼의 소유자 14인의 삶의 철학을 소개하고 있다.

〈히말라야 등반 중. 2011년〉

팔자를 바꿔준 내 인생의 스승들

얘기를 하다 보니 어느새 어둠이 한 발짝씩 가까워지고 있다. 숲을 오르내리던 등산객들의 소리도 잦아들고 사위가 적막하다. 편백나무 향이 깔린 적막한 산길을 내려가 저녁을 먹고 휴휴산방으로 돌아오니 동네 이장님과 손님이 와 있다. 자신을 목포대 교수라고 소개한 손님은 "선생님 얼굴 뵈러왔다"는 말 외엔 시종 말이 없다.

다시 구들장에 엉덩이를 파묻은 사람은 모두 일곱 명. 그가 갑자기 불을 껐다. 창호지를 통해 투영되는 초승달빛은 사람의 실루엣만 비출 뿐. 육신과 경계가 사라진 자리로 스며든 편안함에 잠시 말을 잊는다. 그가 조그만 스탠드를 켜면서 다시 시작한 이야기는 밤 12시까지 이어졌다.

그는 실패한 야당 관료였다는 아버지와 매사에 관대한 어머니 사이에서 3남 3녀 중 막내로 태어났다. 어릴 때부터 무협지를 좋아해서 늘 구름타고 다니는 꿈을 꾸었다는 그는 외부의 강요에 굴복하지 않는 반항적인 성격을 타고났다.

중학교 시절엔 한때 문제아들과 어울려 화투를 했는데 돈을 따면 친구들의 인심을 잃는다는 것을 알고는 그만두었다. 고등학교 땐 엄격한 학교 규율에 반대하는 데모를 주동했다가 정학을 당하기도 했지만 쇼펜하우어의 《인생론》, 아우렐리우스의 《명상록》, 노자와 장자를 만난 시기이기도 했다. 격렬한 학창시절 덕분인지 대학에 들어가서는 데모에 흥미를 잃고 산을 타기 시작했다.

"전공으로 선택한 신문방송학과가 적성에 맞지 않았어요. 이게 아닌 진짜 공부를 하고 싶다는 생각을 가지고 취미로 등산을 다니기 시작했죠. 그러다 첫 번째 스승인 석두(石頭)스님을 만났습니다. 내 인생의 샥티파타(직접적인 에너지)인 셈이죠."

당시 모악산의 한 암자에서 고시공부를 하던 석두 스님의 방을 3년간 드나들며 그는 정신세계에 대한 많은 것을 배웠다 한다.

20대에 첫 스승을 만난 그의 팔자도 바뀐 걸까. 이후 두 번째로 만난 스승은 의산(毅山)선생이다. 풍수에 해박한 의산 선생을 따라 전국의 선산을 답사하며 지기(地氣)과 풍수를 익혔다. 그리고 그의 세 번째 스승은 요가의 대가인 석명(石明)선생이다.

인체 내 7개의 차크라를 통해, 육체와 정신의 상관성을 설명하는 요가를 통해 마음의 평정심을 유지하는 것이 중요하다는 것을 깨달았다는 그에게선 여일한 마음이 읽힌다.

그의 문체처럼 간결하고 담백한 말투가 그러하고, 상대방의 속을 꿰뚫고 있더라도 전혀 모른 척 싱글거리는 웃음이 그러하고, 말을 아끼되 꾸밈없는 대답이 그러하고, 샤먼의 눈빛을 하고 있으나 그윽한 부드러움이 그러하다. 그의 눈빛에 대해 말하니 그가 두 손으로 얼굴을 씻는다.

"어휴~ 수 없이 목욕을 했지요. 노자, 장자로 씻고, 굴에서 기도로 씻고, 바람과 이슬로 씻고…… 이젠 때가 좀 빠진 거죠."

평범치 않은 삶이 쉽지 않았음을 알게 한다.

소국의 왕이 되기보다 대륙을 떠도는 한 조각 꿈이 되리라

산을 다니면서 떠오른 좌우명이 소국의 왕이 되기보다 대륙을 떠도는 한 조각 꿈이 되고 싶다는 거였다. 누구보다 자유로운 영혼을 지닌 그의 한 조각 꿈은 무얼까. 그리고 우리는 어떻게 살아야 잘 사는 걸까.

"욕심을 줄이고 소극적인 목표를 지니는 겁니다. 그럼 언제 발전 하냐구요? 인생에서 발전이다 퇴보다 하는 구분은 없습니다. 존재 자체로 의미 있고 평화스러워야 합니다. 내 꿈은 이 세상 물결 치는 대로 흘러가다가 훗날 할아버지가 되면 시골 토종 서당의 훈장이 되는 겁니다."

삶의 집착과 번뇌로부터 자유로운 영혼의 울림이다.

장차 서당 할아버지가 될 그가 늘 보는 책은 《고문진보》와 《벽암록》과 《대승기신론소》이고 최근엔 《화폐전쟁》을 너무 재밌게 읽었다고 한다. 그리고 그의 소극적인 목표로는 '소설쓰기'가 있다. 대하무협지에 귀신이야기가 첨가된 판타지 소설로 중년층에게 재미와 살맛을 주는 글을 쓰고 싶단다. 루마니아의 미르체아 엘리아데가 50대에 작가에서 학자가 되었다면 그는 학자에서 작가가 되는 것이다.

부인과 딸 둘이 사는 전북 익산의 아파트와 휴휴산방을 오가며 사는 그의 진정한 거처는 여전히 산천이다. 그래서인지 "계룡산 고등학교와 지리산 대학을 졸업하고 산신령의 젖으로 컸다"는 그에게선 오만 년의 시공을 넘나들며 조상들과 대화하는 '도사 할아버지'가 느껴진다.

방바닥을 비추는 스탠드 불빛도 피곤에 지친 듯 점점 고개를 숙인다. 독립 운동가들의 비밀 결사대처럼 어둠 속에 앉아 있는 사람들의 목소리에도 피곤이 묻어난다. 가끔씩 할아버지 억양을 내는 그의 목소리만이 시간을 잊게 하는 밤. 인간과 자연이 한 몸처럼 휴식을 갖게 하는 휴휴산방에도 어둠이 짙어간다.

획일적인 성공과 출세에 함몰된 이 시대에 하늘의 이치와 인생의 이치를 알리며 진정한 삶의 구원을 돌아보게 하는 사람, 동양학자로서 민족의 전통과 사상을 보존하고 계승하며 그것을 후세에 전달하는 가교 역할을 하는 그의 이름 앞에 '소설가'라는 수식어가 붙을 날이 기다려진다.

추위에 질린 듯 하얀 달빛 아래에서 200년 된 매화나무에 꽃피는 날 다시 만날 것을 기약하며 손님은 남고 주인은 돌아갔다. 하루 전 날 이곳에 와 아궁이에 불을 지폈을 그의 배려가 황토 구들장을 타고 몸속에 퍼진다. 또겁다.

(2011년 5월)

조정래

서러운 역사의 땅에서
진실을 찾아 헤매며 글 쓰는 예술인

조 정 래
태백산맥 문학관

문학은 인간의 인간다운 삶을 위하여
인간에게 기여해야 한다

조정래

1943년 전남 승주 선암사 출생. 동국대 국문과 졸업.
1970년 《현대문학》으로 등단.
저서: 단편집, 《어떤 전설》,《20년을 비가 내리는 땅》,《황토》,《한, 그 그늘의 자리》.
　　　중편집, 《유형의 땅》.
　　　장편소설, 《대장경》,《불놀이》,《인간연습》,《오 하느님》,《허수아비 춤》.
　　　산문집, 《누구나 홀로 선 나무》.
　　　대하소설, 《태백산맥》,《아리랑》,《한강》.
수상 경력: 현대문학상, 대한민국문학상, 성옥문학상, 동국문학상, 소설문학작품상,
　　　단재문학상, 노신문학상, 광주문화예술상, 만해대상 등 수상.
2011년 현재 동국대학교 국어국문학과 석좌교수.

나는 이미 우리 국민이 주는 노벨문학상을 탄 거나 다름 없어요

　오락가락하던 빗줄기가 그치고 햇살이 반가운 여름날 오후, 카페 '인사동 사람들'에서 작가 조정래를 만났다. 맑은 피부에 엷힌 주름살은 통나무로 된 찻집의 실내와 그 안을 부유하는 차 향기만큼 편안해보였다.

　일제 강점기시대 한민족의 처절한 생존과 투쟁을 《아리랑》으로 노래하며, 분단의 원인을 거시적이고 총체적으로 고찰한 《태백산맥》을 넘어, 독재와 산업화시대의 감춰진 진실과 민중의 통일 염원을 담은 《한강》으로, '민족문학의 기념비'이며 '분단문학의 최고봉'이라는 찬사와 함께 한국문학의 역사적인 이정표를 세운 작가 조정래.

　그가 이번엔 사회주의 몰락이라는 시대적 흐름 위에서, 이념에 대한 비판적 성찰과 새로운 삶의 가능성을 탐색한 장편소설 《인간연습》을 출간했다. 주인공은 남파간첩으로 체포되어 30년 간 감옥살이를 하다 강제 전향한 장기수 노인(윤혁)이다. 함께 잘 사는 세상이 오길 바랐던 꿈은 무너지고, 사상적 동지의 죽음과 참담한 패배감으로 인한 인생의 허무함은 우린 어쩌면 인생을 헛살았군 헛살았어라는 말로 함축된다.

　인간이 인간답게 살고자 만든 이념과 제도의 오류 속에서 진정한 인간이란, 반복되는 모색과 실패를 통한 진지한 성찰이 필요한 것 아닐까. 그런 '인간연습'을 통해 "분단문제를 마무리할 수 있었으면 좋겠다."는 작가의 이야기를 듣는다.

　"인류는 20세기 들어 자본주의와 사회주의라는 두 개의 이데올로기에 대한 실험을 했는데 그 중 하나인 사회주의가 자멸했어요. 지금 16년이 지났는데도 사회과학적으로 규명이 안 되고 있지요. 6.15남북공동선언을 계기로 그동안의 대립과 갈등에서 통일시대로 방향 전환을 시도하고 있는 이때에 사회주의 몰락의 원인을 소설가적 입장에서 풀어보고자 한 거죠."

신작소설로 말문을 연 그에게 1995년 민간인 단체에서 발족된 '노벨 문학상 추진회'의 진행 상황을 물었더니 "상이란 탈 때가 되면 타는 것이지 그런 추진회는 바람직하지 않아요. 나는 처음부터 반대했었고, 그리고 나는 이미 우리 국민이 주는 노벨 문학상을 탄 거나 다름없어요. 김제에 아리랑 문학관 세워졌지요. 내년엔 태백산맥 문학관이 개관되지요. 그것도 민간 차원에서, 한 소설가로서 두 개의 문학관을 가진 걸로도 과분 합니다. 행복하지요."라며 흡족한 미소를 머금는다. 살아있는 작가가 자신의 이름으로 된 두 개의 문학관 설립을 본다는 것은 유례가 없는 일이다. 그를 향한 민중의, 독자들의 뜨거운 사랑과 관심의 확인이다.

문학은 인간이 인간답게 사는 것에 기여하는 것, 그것이 내 글쓰기의 정신

한국의 톨스토이, 빅톨 위고, 마르께스라고 비교되는 것에 대해 "작가로서 내 능력보다 큰 대접이어서 송구스럽지요."라는 그에게 '작가적 자세'에 대한 설명을 부탁한다. 부드럽던 눈빛이 강렬하게 바뀌더니 자세를 고쳐 잡느라 탁자 위로 올린 손에선 두 개의 가래(호두)가 나왔다. 펜으로 직접 원고 작업을 하느라 굳은 살 박힌 큰

손을 연상했는데 작고 여성스런 손이 뜻밖이었다. 그리고 이때부터 그의 말에서 경어는 사라졌다.

"인간이 만들어낸 세 가지 무형의 발명품이 있는데 수천만 가지의 발명품을 축약하면 딱 이 세 가지야. 종교, 정치, 언어. 그 중 언어에 포함된 문학이 왕이야. 그러므로 문학은 종교, 정치 위에 놓여져야 하고 그것은 문학인의 노력과 그들의 작품으로 가능한 거지. 그래서 문학인은 잘 때조차 깨어 있어야 하고 우리 사고를 지배하는 꿈속에서도 글을 써야 돼. 잠에서 꿈도 꾸지 않는다, 작품도 써지지 않는다는 것은 치열성이 없는 거라고 봐야지. 그리고 문학은 장르와 상관없이 인간을 탐구하는 작업이란 말이야. 인간의 본질과 근본에 대한 끊임없는 질문으로 문학을 하다 보면 자연히 역사를 알게 되고 역사의식, 사회의식이 생기지. 해도 안 되는 사람은 글 쓰지 말아야지."하며 눈빛을 곱게 흘긴다.

세 편의 대하소설을 쓰는데 걸린 시간은 20년. 분량은 200자 원고지 5만 1500장. 초인적인 글쓰기다. 〈누명〉이라는 반미소설로 등단한 이후 민족적, 역사적 관점에 대한 천착을 이어가던 그에게 1980년대는 쉽지 않았다. 결국 1989년에 국가보안법 위반혐의로 고발되고, 1994년엔 '구국민족연맹' 등 8개 단체로부터 고발당한 후 무혐의 판정을 받기까지 11년이 걸렸다. 온갖 위협과 위험을 무릅쓰고 그가 전달하고자 했던 것은 무엇이었을까.

"태백산맥을 쓸 때 소설을 쓰는 것보다 해명 자료 준비해서 취조받으러 다니는 것이 더 괴롭고 힘들었지. 태백산맥의 핵심은 분단과 그 극복이었고 근본적으로 나는 내 책이 민족통일에 징검다리가 되거나 작은 힘이 되길 소망해. 세 편의 대하소설은 시대와 주인공, 표현방법이 다 다른 별개의 작품이지만 공통점이라면 첫째,

분단된 역사 현실 속에서 남과 북의 지배집단들이 왜곡시키고 암장시킨 민족사의 진실을 찾으려는 것이고 둘째, 파란 많은 역사 속에 민중들이 어떻게 역사의 동력인 수레바퀴를 굴려 가는가를 밝히려 했고 셋째, 친일파가 어떻게 생겨나고 어떤 양상으로 흘렀으며 그 폐해가 어떤지 직시하려고 한 것이야. 문학은 이러한 역사인식 앞에 인간의 삶 자체를 다루어 인간이 인간답게 사는 세상이 되는 것에 기여하는 것이지, 그것이 내 글쓰기의 정신이고."

하루 15시간의 글 노동을 하다가 한번 몸살이 나면 며칠을 앓곤 하는데 피가 다 말라서 몸이 하얗게 표백되는 느낌이란다. 걸으면 땅이 흔들리고 누우면 등짝이 조각조각 부서질 것 같은 통증이 손

끝부터 머리카락까지 이어지는 형벌을 스스로 짊어진 수인(囚人).

만해 한용운의 제자였던 아버지 철운 스님

전남 순천의 선암사에서 부주지 철운 스님의 4남 4녀 중 차남으로 태어난 그는 출생부터 독특하다. 일제의 강압적인 대처승 제도에 의해 선암사 대웅전에서 결혼식을 올린 철운 스님은 만해 한용운의 제자였고 시조 시인이었다. 문학적이고 진보적인 의식을 갖고 있던 철운 스님은 해방 이후 절 앞에 현수막을 내걸었다.

"절은 사회에 봉사해야 한다. 모든 사답은 소작인들에게 무상 분배해야 한다. 승려들은 자질향상을 위해 공부에 매진해야 한다."

이 운동은 주지 스님과 충돌을 일으켰고 마침 '여순반란사건'이 일어나자 주지 스님의 밀고로 아버지 철운 스님은 빨갱이로 몰려 구타와 감옥행의 죽을 고비를 넘기게 된다. 8살 때 목격한 이 사건은 그가 최초로 체험한 사회였고 공포였다. 이후 전쟁의 소용돌이 속에서 논산 주변을 떠돌던 피난시절은 극도의 굶주림으로 식구들의 목숨을 위협했던 시기였다. 다행히 벌교상업고등학교 교장이 승려 출신이라 아버지는 본명인 조종현으로 국어선생의 자리를 얻게 된다. 스님이었던 아버지는 독립운동의 방편으로 삼았던 문학으로, 교육자로서의 제2의 인생을 시작할 수 있었던 것이다.

그에게 아버지에 대한 이야기를 듣는다.

"우리 집엔 무언의 금기 사항이 있었는데 그것이 '여순반란사건'에 대한 이야기를 입에 올리지 않는 거였어. 그래도 난 대학생이 될 때까지 아버지의 원수를 갚아야 된다고 생각했었지. 그런데 속인이 된 그 주지 스님이 병상에서 용서를 구하는 것을 보고 온 아버지가, 잘못을 빌면 용서하는 것이 사람의 도리라는 말씀에 그동안 가슴에 품어왔던 복수의 음모를 버렸어. 용서는 저쪽의 피안이 아니라 이쪽의 편안이란 것을 체득하게 된 거야. 그리고 철운 스님은 《태백산맥》에서 '법일'의 모델이 되었지. 아버지는 선생으로서 열성을 바쳤고 당신의 작품을 통해 민족애와 조국애를 나타내셨는데 그 뿌리는 만해에 있었어. 아버지는 내게, 나는 내 자식에게, 내 자식은 손자에게 그렇게 만해의 정신을 심어갈 것이라고 봐."

아버지를 통해 어린 영혼에 이식된 만해의 정신은 그의 영혼을 가꾸어간 거대한 의식의 나무가 되었으니… 독립투사로, 문학으로 민족의 위대한 별인 만해의 정신을 이어가는 그를 굳이 분류하자면, 정의와 진실을 실현시키고자 하니까 진보주의자고, 민족적 자존심을 지키고자 하니까 진보주의자고, 간섭이나 억압 없이 예술창작을 하고자 하니까 자유주의자라고 하겠다.

그러나 그는 "이런 분류가 얼마나 부질없는 일인가. 나는 그저 경건한 마음으로 문학을 섬기며 남은 생애를 흠없이 살기를 바랄 뿐이지. 이 서러운 역사의 땅에서 진실을 찾아 헤매며 글 쓰다 갈 예술가일 뿐이야."라고 한다. 그가 대학입시를 준비하고 있을 때 출가를 권하는 아버지의 뜻을 단호히 물리치고 선택한 문학의 길. 그의 글쓰기는 초등학교 때부터 시작한다.

"어려서부터 어른들이 해주는 옛날 얘기를 너무 좋아해서 어떤 날은 숙제도 못해 갔지. 종아리를 맞았는데 하나도 안 아프더라구. 그리고 초등학교 4학년 땐 동화, 동요를 쓰면서 문집을 발간했지. 그리고 그때 방학 숙제로 일기 썼잖아. 다른 애들은 두 줄, 세

줄 써왔는데 나는 대학노트 한 면을 꽉 꽉 채워서 쓴데다 한 권이 모자라 아버지가 구멍을 뚫고 노끈으로 또 한권을 묶어주셨어. 그러니까 선생님이 교실마다 들고 다니면서 이것 좀 봐라, 조정래가 쓴 거라며 칭찬과 자랑을 하셨지. 그리고 중학교 땐 시조를 썼고, 고등학교 땐 이미 내 인생을 문학으로 결판내겠다고 결심했지. 내가 가장 하고 싶은 일이고 또 잘 할 수 있다는 자신감이 있었어."

옛날 얘기를 하느라 웃음 묻은 그의 얼굴이 어린애처럼 맑다.

남자 망신 다 시킨다고 동네 남자들한테 구박받았던 신혼 초

대학 졸업 후 3년간의 교직 생활과 출판사 경영을 거쳐 1980년부터 전업 작가로 살았다. 글 써서 먹고 살기 힘들 것 같아 자식은 아들 하나만 두었다. 그의 아내는 밀리언셀러를 기록한 《사랑굿》의 시인 김초혜다. 힘들고 어려운 일을 당할 때마다 "나를 믿어 주는 집사람의 눈물겨운 부축과, 얼굴도 이름도 모르는 독자들의 격려 전화, 위로의 편지들이 큰 힘"이 되었다며 그의 목소리가 잦아든다.

이렇게 큰 인물을 김초혜 선생님은 어찌 그 어린 나이에 알아봤을까. 그 혜안이 정말 놀랍다는 말에 그도 인정하는 듯 크게 웃음을 터트린다. "맞어. 안 그래도 언젠가 내가 집사람한테 이런 말을 했지. 당신 인생에서 제일 훌륭한 결정은 아마 나를 선택한 걸 거라구. 근데 나도 외조 많이 했어."라며 아내 사랑인 것 같은 자랑을 이어간다.

"우린 처음부터 서로의 일에 일체의 간섭을 하지 않기로 했지.

내 글을 첫 번째로 읽어주는 독자지만 나는 집사람이 문인인걸 한 번도 잊어 본 적이 없어. 그래서 소모적인 노동은 안 시켰지. 내가 교사였던 신혼 초에 12평짜리 연희아파트에서 살았는데 연탄을 땠거든. 그 연탄재를 밖에 있는 공동 쓰레기장에 버리러 가면 딴 아줌마들이 볼 거 아냐. 그걸 보고 자기 집에 가서 남편을 긁는 거지. 누구는 선생님에 글 쓰는 작간데 연탄재도 갔다 버리더라, 근데 당신은 뭐냐 하면서. 그래 내가 남자 망신 다 시킨다고 동네 남자들한테 구박 좀 받았어."

남편으로서의 매력이 한웅큼 얹힌다.

"지금도 집사람한테 잔심부름 같은 거 안 시켜. 나 스스로 하지. 그래서 어떤 여성 단체에서 '만나고 싶은 사람 100명'을 뽑았는데 내가 남자로는 1등이었다니까. 여권 신장에 기여한 공로로."

말끝이 올라간다. 작가 부부로 살아간다는 것은 남편보다 아내가 더 어려울 터. 남자 망신시킬 정도의 아내 사랑이라면 김초혜 시인의 작품 활동도 기대가 된다.

작가란 이 세상의 모든 비인간적인 것에 저항하는 인류의 스승이자 그 시대의 산소

그가 손으로 원고를 쓴다는 것은 유명한 일화다. 그래서 그는 어깨와 손에 늘 병을 달고 있다. 매일 세 번의 맨손 체조와 아침저녁의 산책, 일요일의 등산이 그가 건강을 유지하는 방법이다. 글을 쓰지 않을 때는 손 안에 가래를 굴리며 손 운동을 한다.

이제 세 편의 대하소설의 판매 부수가 천만을 넘어선지 이미 오래다. 대한민국의 성인 남녀 대부분이 그의 소설을 읽었다고 해도 과언이 아니다. 또한 일어판과 불어판의 완간에 이어 세계를 향한 발걸음도 활발히 진행되고 있다.

역사와 인간을 꿰뚫는 통찰과 불굴의 작가적 의지로 문학에 일생을 건 작가. 아버지의 유산인 "주색잡기 하지 마라, 당당하게 살아라."를 목에 걸고, "천재란 1프로의 머리와 99프로의 노력이다."라는 에디슨의 말을 철떡 같이 믿으며, "작가가 돈에 작품을 파는 것은 창녀가 몸을 파는 것보다 더 더러운 것"이라는 톨스토이의 말을 가슴에 새겨 목숨처럼 지키는 이 시대의 진정한 작가. 그의 웅

1984·10·5

趙 廷 來

자화상

1984년에 《주간조선》에서 젊은 작가들을 대상으로 작가들이 자화상을 그리고 자기 작품세계를 설명하는 기획을 한 일이 있었다. 『태백산맥』 연재에 쫓기는 속에서 글을 쓰고, 30여 분 동안에 그린 자화상이다. 그런데 신문이 나오자, '누군가 다른 사람이 그려주고 본인은 싸인만 한 것' 이라는 작가들의 뒷말이 생겨났다. 원그림은 아마 조선일보사 조사부에 있을 것이다.

대한 작품세계와 세계관을 이해하는데 있어 산문집《누구나 홀로 선 나무》는 중요한 길잡이며 해설서이다.

《전쟁과 평화》,《레미제라블》같은 소설이 시대를 넘어 영원한 고전이 될 수 있는 것은 당대의 역사와 사회, 인간에 대한 진실이 살아있음이겠다.

진정한 문학, 참된 문학은 역사를 변혁시키고 사회를 변화시킬 수 있다는 그의 믿음을 따라 탄생한《아리랑》,《태백산맥》,《한강》. 우리의 근현대사를 진실의 눈으로 담아낸 그의 작품들이 한국의 고전을 넘어 세계의 고전으로 읽힐 날을 고대한다. 대여섯 권의 장편소설과 아이들을 위한 50권짜리 동화를 준비하고 있다는 그와 이야기를 마치면서 '진정한 작가'에 대한 그의 신념은 어느덧 내 영혼을 흔들고 있다. 또 다시 글 감옥을 향해 가는 그의 등 뒤로 한낮보다 찬란한 오후의 햇살이 너울너울 내려앉는다.

"작가란 잠들어 있는 영혼, 깨닫지 못한 영혼, 삶에 지친 영혼을 흔들어 그것을 훔쳐서 내 영혼과 교감하되 그것도 완전히 몰입, 몰두하는 치열성을 가져야 돼. 그래서 진정한 작가란 인생에 대한 모색자이고 역사에 대한 탐험자이지. 거짓된 역사기록의 행간에서 진실을 찾아내는 사람이며, 이 세상의 모든 비인간적인 것에 저항하는 인류의 스승이자 그 시대의 산소인거야."

(2006년 9월)

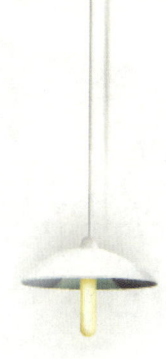

한창훈

섬, 나는 세상 끝을 산다

사진 _ 박건식

1963년 전남 여수 거문도 출생. 한남대 지역개발학과졸업.
1992년 대전일보 신춘문예에 단편 〈닻〉 당선.
저서: 소설집, 《바다가 아름다운 이유》,《가던 새 본다》,《세상의 끝으로 간 사람》,
      《청춘가를 불러요》,《나는 여기가 좋다》.
      산문소설, 《바다도 가끔은 제 그림자를 들여다본다》,《한창훈의 향연》,
      《인생이 허기질 때 바다로 가라》
      아동소설, 《검은 섬의 전설》,《제주선비구사일생 표류기》.
      장편소설, 《홍합》,《열여섯의 섬》,《섬, 나는 세상 끝을 산다》,《꽃의 나라》.
수상 경력: 제3회 한겨레문학상, 제3회 제비꽃서민소설상, 허균문학작가상,
          요산문학상 수상.

"섬은 지랄이지요."

'섬'이 갖고 있는 숙명적 의미는 고립, 고독, 단절이지만, 육지에서 보는 섬은 일탈, 자유, 낭만으로 상징되기도 한다. 장 그르니에가 섬을 "육체적 황홀을 경험하고 살 수 있는 곳"이라 한 것도 같은 맥락일거다. 그러나 그곳이 삶의 원천인 사람들, 그 중 한 사람인 작가 한창훈은 "섬은 지랄이요."라고 말한다.

거센 파도와 태풍에 순순히 복종하며 살 수 밖에 없는 푸념과 한이 섞인 말, 지랄. 그의 소설들이 울어 봐도 아무 소용이 없더라는 것을 깨달은 자의 얼굴을 하고 있는 이유이다.

한반도 남단의 끝 거문도에서 태어나 초등학교 4학년때 육지로 나갔지만 그의 안에는 늘 바다가 출렁이고 섬이 손짓했다. 1999년부터 2년간 섬에 들어가 살다 나간 후 2006년에 다시 들어가 살고 있는, 자칭 '섬놈'이라는 그를 만나기 위해 여수에서 배를 탔다. 뱃길로 300리, 2시간 반만에 도착한 곳 거문도에 그가 있었다.

'몸매 작살, 미스터코리아감'이라는 인터넷 사이트의 댓글이 무색치 않을 182센티미터의 훤칠한 키와 다부진 몸매, 형형한 눈빛을 감추는 듯한 짙은 쌍꺼풀과 얼굴의 반을 점령하고 있는 구렛나루가 소설가라기보다는 영화배우가 더 어울릴 것 같은 외모였다.

"안 그래도 이건 비화인데…… 처음 어떤 잡지사 기자와 인터뷰를 하게 됐는데, 물론 20대였죠. 얘기 끝나고 그 사람이 저더러 에로배우 해볼 생각이 없냐구 하드만요."

……웃을 수밖에.

배신하고 버림받고 강간당하고 노숙하고 미친 사람들……

김유정으로 시작되는 해학의 줄기에 이문구가 있고 '제2의 이문구'라 불리는 그는 몸으로 배운 언어로 몸의 서사를 쓰는 작가이다. 주로 농어촌과 도시 하층민의 삶을 진솔하고 해학적으로 그리되 서더리탕 같은 남도 사투리로 거침없이 쏟아 놓는 것이 특징이자 장점이다.

바다에 나가 죽고, 배신하고, 버림받고, 강간당하고, 지하도에서 노숙하고, 미친 사람들의 천형 같은 삶의 이야기를 읽는데 키득키득 웃음이 나온다. 그리고 웃음 뒤에 오는 감동은 한 사발 탁주 같다. 내장까지 찌르르하다.

한겨레 문학상 수상작인 《홍합》은 그를 문단에 알린 대표작이다. 심사위원인 박완서 씨가 "한창훈의 소설을 읽는 맛은 냉동식품이나 방부 처리된 포장식품만을 먹다가 싱싱한 자연산 푸성귀를 먹는 맛이다."라고 했듯이, 땀 냄새, 살 냄새 나는 사람들의 눈물과 한탄과 활기가 펄떡거린다.

바닷가 홍합공장을 배경으로 주인공인 문기사가 만난 인물군상들의 한 많고 사연 많은 모습을 그들의 언어로 풀어놓은 것이다. 욕지거리나 외설스런 대화는 익살로 버무려지고 지난한 삶은 해학으로 거듭나 결국 눈물나는 훈훈함이 고인다.

똑같은 합자로 태어나도 누구는 깨끗하게 포장되고 미국말 찍혀서 외국 나가고 누구는 낯바닥에 에이비시 한번 박아보기는 내비 두고 땡볕에 땀내 난거 물도 못해 쉰내나 풍기고 있으니 참 팔자도 여러 가지다, 니미. 〈홍합〉 中에서 깨끗이 씻고 포장되어 외국으로 수출되는 홍합과 자신의 고달픈 삶을 비교하며 털어놓는 김씨의 푸념에 오히려 징한 정겨움이 느껴진다.

"여수 부근에 있는 홍합 공장에서 일했던 것을 경험으로 썼어요. 언젠가는 그들의 이야기를 기록해 놓으려 생각하고 있던 터라 떨어져도 좋다고 생각했는데 당선이 되었고 돈이 생겼죠. 딸아이와 돈가스부터 사먹고 홍합공장의 동료들에게 술대접을 했어요. 뭐하러 그런 것까지 썼어? 하며 등짝을 후려치는 김씨한테 미안해서 이차로 스텐드바까지 갔죠."

노동과 막막한 이동과 추위가 늘 함께 했었던 시절

군대를 제대하고 대학에 간 것을 "고졸이라고 하도 지랄들 하기에 욱해서" 갔다는 그는 87년 유월항쟁 때 데모 실컷하고 학교를 나와 세상을 돌아다녔다. 나이 스물여섯이었다.

오징어잡이 배나 양식 채취선을 타기도 하고, 포장마차 사장, 트럭 운전수, 공사판 잡부와 시골 다방 DJ 등, 안 해본 일이 별로 없다. 그러다 공장생활 중 소설가가 되기로 마음을 먹고 원고지와 볼펜을 샀지만 한 줄도 쓸 수 없었다.

다시 학교로 돌아가 전공과 상관없이 철학과, 사학과, 국문과 수업을 찾아다니다 채진홍 선생님의 문예창작론 수업을 만난 것이 최초의 문학 수업이었다. 그리고 다양한 그의 현장 경험은 정보나 취재가 아닌 생생한 소재가 되어 소설로 부활했다.

"노가다나 뱃일이 특히 힘들었고 기억에 남습니다. 힘든 일은 처연한 풍경이 뒤에 숨어 있기에 더욱 그런 것 같아요. 파도에 시달리며 밤샘 조업을 마치고 났을 때 문득 떠오르는 붉은 해나, 목수 한 명 떨어져 엠블란스에 실려 간 다음 그의 톱과 못 주머니가 덩그러니 남아있는 사층 아시바(건축시 외부 보조대), 그곳에 내려앉는 저녁노을 같은 풍경들……. 소설을 위해 일부러 찾아간 것은 아니고 오랜 시간 내 삶의 방편이었죠. 그래도 지나온 행적이 창작의 토대가 된 것은 분명합니다."

소설이 첨단의 풍속을 반영하기에 급급한 시대에 서민적 삶의 훈기와 활력을 소생시켰다는 평가를 받았던 그의 첫 소설집 《바다가 아름다운 이유》에 실린 단편 〈바다가 아름다운 이유〉의 지하도 노숙자들 이야기도 그의 경험을 바탕으로 한다.

"젊음의 시절 내내 세상을 돌아다니다 보니 노동과 막막한 이동과 추위가 늘 함께였어요. 그러다보니 아예 스스로를 놓아버리고 역 대합실과 지하도를 전전한 적도 있었죠. 그때가 소설 쓰기 전이었는데…… 덜덜 떨며 일어난 새벽에 신문지 둘둘 말고 쓰러져 자고 있는 동료들과 그만한 수의 빈 소주병을 바라보고 있다가 내가 혹시 소설을 쓰게 되면 이걸 써야지라고 문득 생각이 들었는데 그렇게 된거죠."

똑같이 일렁이다가 똑같이 치솟고 똑같이 가라앉는 바다의 거대 평등에서 바다가 아름다운 이유를 찾았다는 그가 덧붙이는 말, "뭐 바다가 아름다운 이유로 생선회나 비키니를 꼽는 이도 물론 있겠죠." 그의 익살에 진지했던 표정이 일시에 무너진다.

대학 졸업과 함께 결혼하여 딸 하나를 둔 그는 이문구 선생께서 내려주신 당호 '서주교(서해안 주당협회)'나 문학 모임인 '생각 없는 주부들의 모임'의 활동과 창작에 열중하다 1999년, 혼자 거문도로 들어갔다.

귀신이 나온다는 폐가를 수리하여 살면서 쓴 책《섬, 나는 세상 끝을 산다》는 이전의 해학과는 달리 세상과 자기 응시에 대한 보고서이다.

"이곳은 내가 언어를 배우고 정서를 키운 곳입니다. 여수로 전학간 이래로 늘 돌아오고 싶어 했죠. 천상 섬놈인거죠. 적막과의 맞대면, 침묵과 응시, 그리고 호미질과 그물질이 하루의 일과이자 양식이었습니다. 외로움의 극한으로 스스로를 유배시켜놓고 정신의 업그레이드를 시키고자 한 시기였죠."

그 지독한 시간을 보낸 후 달라진 것은 뭘까.

"한 개인의 거울은 주변 사람들이니 그들에게 물어봐야겠지만 좀 삭아졌구만. 그래? 다행이네. 할 것 같네요."

심각한 얘기조차 끝내 웃게 만드는 그는 천상 이야기꾼이다.

살아 있는 그릇 같은 무심한 품위가 있는 외할머니

글 써서 장려상 쪼가리 하나 받아본 적 없고 문학을 전공하지도 않은 그의 정서에 가장 큰 영향을 준 사람은 외할머니이다. 작품 속에서도 종종 등장하며 입담을 과시한다.

"한마디로 스승이십니다. 물론 본인은 스승인줄 모르지만⋯⋯ 해녀 출신이고 올해 아흔이시죠. 외할아버지가 사이판에서 미군 폭격기에 돌아가셨을 때가 스물넷이었는데 그 이래로 홀로 사셨어요. 지금도 밭일과 갯것을 하시며 옆 마을에 사시는데 침묵과 성실, 자존과 인내, 총명과 위트가 그 분의 세포들 이름입니다. 일하고 있는 할머니를 보고 있자면 고덕대승이 평생 갈고 닦아 이르고자한 어떤 경지에 이미 다다른 느낌이 들어요. 적막을 담고 있는, 살아 있는 그릇 같은 무심한 품위가 있죠. 그것을 배워보려고 합니다."

할머니는 그가 거문도에 작업실을 마련한 이유 중 하나일 거다. 거역할 수 없는 운명 앞에 살아남는 것은 그의 할머니처럼 차라리 무심한 품위를 지키는 것. 그렇게 웃고 있어도 눈물이 나고, 눈물이 나도 웃을 수 있는 사람들을 통해 몸의 철학을 배우고 육체적 황홀을 경험하며 사는 그가 이 시대의 진정한 자유인으로 다가온다.

청춘가를 불러요

12편이 묶인 단편 《청춘가를 불러요》를 도서관에서 읽다 목구멍으로 삐져나오는 웃음을 참지 못해 책을 들고 나와 벤치에서 읽었던 기억이 난다.

표제작인 〈청춘가를 불러요〉는 제3회 제비꽃 서민소설상 수상 작이다. 노모인 손여사를 모시고 영화 '죽어도 좋아'를 보고 온 아들이 노모에게 포르노 비디오 테이프를 사다주고, 어느 날 놀러온 이영감과 함께 테이프를 보며 거침없는 입담을 풀어놓는다.

2004년 이효석 문학상 추천우수작 〈주유남해〉는 주낙어장으로 살아가는 늙은 오씨 부부가 이혼한 아들이 놓고 간 두 손주를 맡게 되면서 일어나는 일들을 엮은 하룻밤 이야기다.

그리고 2002년 이상문학상 추천 우수작 〈여인〉은 친구의 오빠에게 몸을 내줬던 여자의 행로이다. 첩이었던 엄마가 폐병으로 죽자 아버지에게 버림받은 여인은 친구의 집에 얹혀살다 임신하고, 유산하고, 그렇게 사랑을 배우고 떠났던 여인이 삼십여 년이 지난 후 친구의 장례식에 참석하기 위해 돌아온다.

후기에서 그는 작가란 제 상처를 만지고 노는 아이들처럼 기쁨보다는 슬픔을, 승리보다는 패배를 붙들고 뒹구는 존재라고 한다. 그는 슬픔을, 패배를 깨워 일으키되 슬프다하지 않고 졌다고 하지 않기에 눈물 나는 세상이 아름답게 존재케 한다.

"내가 중요하게 여기고 그리고자 하는 대상은 아웃사이더, 변방의 삶입니다. 물리적으로 사회적으로 세상의 끝이고 끝의 인생이죠."

그에게는 삶의 바닥을 본 사람, 목숨 걸고 사랑해 본 사람, 세상의 끝까지 가본 사람들이 지닌 초연함이 바다의 비릿함과 섞여 있다.

직업의 속성상 자유로울 것이라는 짐작과, 권력이 가지는 카리스마나 독단에 못견뎌하는 자신의 태도가 소설가가 된 동기라는 그는 주로 비문학적인 책들을 읽는다. 이를테면 천체물리학 관련 책들로 그 중 칼 세이건의 《코스모스》를 문학도들에게 추천한다.

가수 조용필이 들으면 울고 갈 노래 실력

그와 함께 어슬렁거린 거문도에서의 1박2일. 하루 종일 돌아다녀도 그 사람이 그 사람인 섬에 살다보니 마치 한 편의 영화나 연극을 찍고 있는 기분이라는 그의 말이 실감 났다.

"형수요!"하며 들어 선 밥집에서 저녁을 먹고, "형님! 오랜만이요."하는 맥주집에서 그의 술친구인 '거문수퍼' 주인을 만나 가게 된 노래방. 그가 본래 기타, 당구, 낚시, 태권도 등에 능함은 알았지만 노래까지 그리 잘할 줄이야. 가수 조용필이 들으면 울고 갈 실력이다.

시인 유용주가 "한창훈의 봉걸레가 기타로 변하고 봉두난발을 어지럽게 흔들며 록가수 흉내"를 낸다고 한 말을 확인은 못했으나 가히 짐작이 되었다. 그러나 '슬레빠', '추리닝'이라는 별명에서 짐작했던 무심함은 그의 글들처럼 인간에 대한 따뜻함으로 확인이 되었다.

삶의 언저리에 곰팡이처럼 피어있는 눈물의 습기까지 말려 버릴 듯한 해풍과, 마른 가슴 쉴날 없이 몰려오고 몰려가는 파도와 몸을 맞대고 사는 곳, 섬. 세상의 끝에서 세상의 중심인 듯 솟아오른 포구의 활기와, 해안의 적요와, 수시로 몸빛을 바꾸는 바다의 자유와, 무인도의 고독을 안고 사는 섬 같은 사나이, 한창훈. 크레타섬 해변에서 춤을 추던 진정한 자유인, 희랍인 조르바가 그의 모습 위로 겹쳐진다.

자신이 잡은 생선회를 대접 못해 아쉬워하는 그를 두고 여수행 배에 올랐다. 떠나오는 배 위로 갈매기 한 마리가 오래 따라왔다. 마치 그의 배웅처럼. 그리고 마치 그의 삶처럼 걸림 없는 햇살이 쏟아지는 바다 위 뱃전에서, 나는 그가 남아있는 섬을 향해 응원의 축배를 들었다. 그의 희망인, 딸아이의 세상이 행복해지는 것을 위하여. 그래서 당장 대운하 건설이 포기되는 것을 위하여.

푸른 바닷물 한 잔 건배.

(2008년, 6월)

〈인생이 허기질 때 바다로 가라〉는 '한창훈표 자산어보'

거문도에서 태어나 바다와 섬을 둘러싼 삶의 이야기를 걸쭉한 남도 입담으로 풀어내는 소설가 한창훈의 신작이다. 2009년 봄부터 2010년 여름까지 중앙일보에 '내 밥상 위의 자산어보'라는 제목으로 연재했던 것을 책으로 묶었다.

살아있는 바다와 더불어 군침을 질질 흘리게 만들고 짜릿한 소주 한 잔을 간절하게 했던 내용을 바탕으로 신문지상에서 못 다한 이야기와 생생한 현장 사진들이 바다처럼 펼쳐져 있다.

200여 년전, 당시 이름이 흑산도였던 거문도에서 유배살이를 한 정약전의 〈자산어보〉에서 영감을 받았다는 작가는 일곱 살부터 시작한 낚시 솜씨로 30여종의 해산물('인어' 제외)을 맛깔나고 푸짐하게 차려내고 있는 것이다.

우리에게 익숙한 고등어, 삼치, 김, 미역, 소라에서부터 처음 듣는 군소, 검복, 모자반 등의 옛 이름과 정보, 잡는 법, 먹는 법, 그것을 둘러싼 삶의 비화가 버무려진 글을 읽다보면 입안엔 침이 고이고 마음속에선 어느새 바닷물이 출렁거리는 소리가 들리는 듯하다.

사실, 이것 말 안 해주고 싶다. 두고두고 나만 먹고 싶다는 능청을 떨면서도, 밤새 퍼마신 다음 날 시뻘건 눈으로 어, 어허, 소리를 내며 먹는 행위가 전투 같기도 하고 의약품 투여 같기도 하고 높은 강도의 몰입 같기도 한 모자반 국을 슬며시 내미는 그의 해학을 따라 잠시라도 바다의 이야기에 빠져 보자.

《인생이 허기질 때 바다로 가라》는 제목에서 눈치 채게 되는 것처럼 바다가 육신은 물론 마음도 실하니 채워줄 것만 같다.

반복되는 일상의 비루함, 미로처럼 알길 없는 미래, 뜻대로 되지 않는 사랑, 어쩌지 못하는 애증…… 이런 것들에 지친 사람들은 바다로 가라.

깊숙이 친해지게 되는 것, 어린아이처럼 깔깔대게 하는 것, 이윽고 뒤엉킨 매듭을 하나하나 매만지게 되는 것, 머물다보면 스스로 그러하게 되는 바다가 그대들의 맺힌 응어리들을 산산히 부수리니. 펄떡임과 천진과 웃음과, 퍼내도 퍼내어도 충만한 바다에게서 그대들의 허기를 채우라.

나는 책을 읽고 인생이 허기져서 바다로 갔다가 배 터져 죽을 뻔했다고 그에게 메일을 보냈다. '돈 좀 벌어 보려고 했다가 사람들 미각만 자극했다고…… 입을 책임져야 할 사람들만 늘어났다는, 엄살이고 농이고 진심인' 답변이 왔다. 역시 한창훈이다.

함민북

향일성 세계의 이단아

1962년 충북 중원군 노은면 출생.
1989년 서울예전 문예창작과 졸업.
1988년 《세계의 문학》에 〈성선설〉 등을 발표하며 등단.
저서: 시집, 《우울씨의 일일》,《자본주의의 약속》,《모든 경계에는 꽃이 핀다》,
      《말랑말랑한 힘》.
      산문집, 《눈물은 왜 짠가》,《미안한 마음》,《길들은 다 일가친척이다》.
      동시집, 《바닷물 에고, 짜다》.
1998년 오늘의 젊은 예술가상 수상
2005년 제2회 애지 문학상 수상.
2005년 제7회 박용래 문학상 수상.
2005년 제24회 김수영문학상 수상
2011년 제6회 윤동주문학상 수상.

혼자 살면서 제일 불편한 일은 등에 파스 붙이기

혼자 살면서 제일 불편한 일이 "등에 파스 붙이기"라며 그가 터득한 방법을 일러준다.

"옛날엔 파스를 떼서 방바닥에 놓고 낙법을 했죠. 근데 그게 잘 못 붙어버리는 경우가 많아요. 또 그게 마지막장일 땐 얼마나 낭패 겠어요. 요즘은 벽에다 파스를 이중 테이프로 고정 시켜 놓고 등을 잘 조준해서 붙여요. 적중률이 높죠."

오십을 바라보는 나이에 아직 결혼 계획은 없지만 "죽었을 때 그놈 잘 죽었다는 말은 듣지 않게 살자. 두려울 게 뭐 있냐. 사랑할 것 사랑하고 미워할 것 미워하고 살자. 뭐 이런 계획은 있습니다."라며 그가 호탕한 웃음을 터뜨린다.

"흔들리지 않으려고 나무는 흔들린다"라는 묘비명을 준비한 그는 "죽기 전에 배를 타고 서해에서 동해까지 돌아보고 싶고, 비행기를 한 번 타보고 싶고, 공익을 위해 싸우다가 옥살이를 해보고 싶다"고 한다.

현대의 삶이 수직 지향적이라면 그는 버드나무처럼 反가지를 치렁치렁 당당히 내린 모습으로 살아가는 향일성 세계의 이단아이다. 물질문명과 타인에게 길들여지지 않고 자기 내면의 소리에 귀 기울인다.

고욤나무와 친구하며, 담장을 넘어오는 꽃향기를 모른 채 잠든 것에 미안해하며, 뻘에다 말뚝을 박을 때는 힘으로 내리 박는 것이 아니라, 외설스럽다는 느낌이 올 때까지 흔들어주어야 한다는 것을 깨달으며, 스스로 '상처난 우주'가 될 것을 꿈꾸는 이단자.

강화도는 문자의 땅입니다

〈긍정적인 밥〉

詩 한 편에 삼만 원이면
너무 박하다 싶다가도
쌀이 두 말인데 생각하면
금방 마음이 따뜻한 밥이 되네
시집 한 권에 삼천 원이면
든 공에 비해 헐하다 싶다가도
국밥이 한 그릇인데
내 시집이 국밥 한 그릇만큼
사람들 가슴을 따뜻하게 덥혀줄 수 있을까
생각하면 아직 멀기만 하네
시집이 한 권 팔리면
내게 삼백 원이 돌아온다
박리다 싶다가도
굵은 소금이 한 됫박인데 생각하면
푸른 바다처럼 상할 마음 하나 없네.

자신의 시가 사람들의 가슴을 덥혀주기엔 아직 멀기만 하다는 가난한 시인의 이 노래는, 한국판 〈우동 한 그릇〉인 〈눈물은 왜 짠 가〉와 함께 독자들은 물론 많은 시인들에게 사랑을 받고 있는 작품이다.

현대 문명의 이기와 거대 자본주의에 대한 공포를 노래하며 '자

324

본주의 속에서 피어난 연꽃'이라는 평을 받았던 초기의 시풍에서 지금은 '삶의 변방에서 가난을 긍정으로 일으켜 세우는 시인'이라는 함민복. 서울 변두리를 전전하다 강화도에 정착해 살고 있는 그를 만났다.

하늘조차 푸른빛을 버리고 안겨 있는 듯, 무채색의 침묵으로 누워있는 동막리 개펄에서 말랑말랑한 힘을 키워가는 시인은 "강화도는 문자의 땅입니다."라고 말한다.

"강화도는 종교적으로 최대의 문자인 팔만대장경이 판각된 선원사지가 있고 역사적으론 최고 방대한 조선실록이 보관되었던 전등사 사고지가 있죠. 이곳에서 십여 년 산 세월도 있고, 딱히 갈 곳도 없고…… 강화도를 공부하면서 서사시 한 편을 써야겠다고 생각하고 있습니다."

내 시는 마음에서 일어난 반성의 기록

그동안 너무 사적인 시만 쓴 것 같아 반성 중이라는 그는 자신의 시가 마음에서 일어난 반성의 기록이라고 한다.

"스님들의 좌탈입멸을 존중하고 풍장의 풍습을 높이 쳤던 마음에, 온 세상 잡초들이 다 입탈입멸에 풍장이라는 사실을 깨닫는 순간 반성이 일어나고, 나는 그런 마음을 기록합니다. 내 마음을 많이 움직인 순간을 잘 그리면 나는 시를 읽는 사람의 마음을 움직일 확률이 높다고 믿고 있습니다. 그렇게 마음을 많이 움직인 순간을 시로 옮기려 노력합니다. 마음이 움직인 순간에는 이미 반성이 개입되어 진행되었다고 보죠. 나를 낮추면 반성은 쉽게 오는 것 같아요."

이미 황현상 문학평론가는 그를 향해 한국 시를 떠받치는 큰 기둥의 하나가 될 것이라 했고, 소설가 박민규는 이 순간 지구에서 할 수 있는 근사한 일 중 하나가 함민복을 읽는 일이라고 했다. '가난과 불우가 그의 생애를 마구 짓밟고 지나가도 몸을 다 내주면서 뒤통수를 긁는 사람'이라는 소설가 김훈의 말처럼, 세상의 빈자이며, 은자이고, 현자인 그의 시를 읽다보면 누구나 따뜻한 출렁임에 마음을 적시게 된다.

시와 생활이 많이 일치하는 시인으로 남고 싶다는 그의 등 뒤로 서해의 일몰이 시작되고 있다.

속으로 속으로 울음을 삼켰던

그는 1962년 충북 중원군 노은면에서 3남 3녀의 막내로 태어나 한 때 마을에서 가장 큰 집에 살았다. 공부 잘하고 축구를 좋아했던 그가 초등학교 다닐 무렵부터 가세가 기울어 고등학교는 전액 국비인 수도전기공고에 입학했지만 우등생에다 예민한 감성을 지닌 그에겐 속으로 속으로 울음을 삼켰던 형벌의 시기였다. 문학을 시작하게 된 동기도 그때였으니, 평생의 형벌이 순간의 형벌을 위로하며 자리잡은 셈이다.

"공고 3년 동안 기숙사 생활을 했는데 잘 적응하지 못했어요. 아침저녁 점호하는 것도, 선임자의 인솔아래 직각으로 움직이는 것도, 기계를 분해하고 조립하는 수업도, 정말 싫었지요. 무엇보다 나를 방황하게 한 것은 졸업 후 모두 같은 회사로 취직해야 한다는 획일화된 미래였습니다. 그러던 중 문학공부를 하는 친구를 만났는데 나보다 몇 배나 책도 많이 읽고 글도 여간 잘 쓰는 게 아니더라구요. 한동안 그 친구가 권하는 책을 읽느라 바쁜 날들을 보내기도 하고…… 그 친구 덕에 내가 문학을 시작하게 된 동기가 된 거죠."

졸업 후 취업이 의무 사항이었던 그가 택한 것은 그나마 바다가 보이는 곳에 위치한 월성 핵발전소였다. 그리고 전기를 만드는 곳에서 전기를 제일 무서워하게 된 그를 구해준 것은 집안의 빚이었다.

목돈인 그의 퇴직금으로 빚잔치를 하고 87년에 서울예전 문창과에 입학하게 된다.

요즘은 권력이 제일 무서워

아직도 전기가 제일 무섭냐는 질문에 "아뇨. 요즘은 권력이 제일 무서워요."라며 자기 이름의 이니셜인 M.B(민복)를 냅킨 위에 낙서처럼 그려 놓는다. 지금의 정권인 MB와 똑같다.

"내가 작년 6월에 집회 나갔다가 전경들한테 마구 맞았잖아요. 아직도 온 몸이 욱신거리고 오른쪽 팔은 반 밖에 안 올라가요."

오른 팔을 올려 보이며 그가 먼저 웃는다. 구름 뒤에 숨은 일몰은 우는 듯, 슬픈 핏빛이다.

"어렸을 땐 운동선수나 액션스타가 되는 게 꿈이었어요. 특히 쌍절곤은 중학교 때 4개나 끊어 먹었죠. 내가 시로는 안 돼도 쌍절곤은 우리나라에서 10등 안에 들걸요?"

낯가림 심하고 수줍은 성격이라는 말과 달리 목소리에 힘이 있고 간혹 터뜨리는 웃음소리는 창자를 비워낼 듯 우렁차다. 놀란 표정으로 함께 웃긴 했으나 보지 않고는 믿을 수 없는 게 힘자랑 아니던가. 그가 눈치를 챘는지 "내가 유화랑 친군데 그 〈말죽거리잔혹사〉라는 영화에 권상우 대신 날 쓰려고도 했었어요."라며 덧붙인다.

어렸을 때의 운동 감각이 청년시절의 노동 운동으로 이어졌는지, 87년 '6월 항쟁' 당시엔 명동성당 안에 있었고 철거민 아파트 현장, 지하철 현장에도 함께 했다.

"젊은 혈기와 세상 돌아가는 이치를 알고 싶어서"라고 시인은 말하지만, 부리부리한 눈매에 다부진 체격과 새벽 호랑이기운을 갖고 태어난 것도 예사롭지 않다. 시 〈대나무〉에서 그의 단면이 읽히는 이유이다. 비판과 자조를 넘어 세상을 향한 시인의 뜨거운 결기를 보는 듯하다.

〈대나무〉

나는 테러리스트올시다
광합성 작용을 위해
잎새를 넓적하게 포진하는 치밀함도
바위 절벽에 뿌리내리는 소나무의 비장함도
피침형 잎새로 베어 날리는
나는 테러리스트

마디마디 사이에 공기를 볼모로 잡아놓고
그 공기를 구출하러 오는 공기를
잡아먹으며 하늘을 점거해 나아가는
나는 테러리스트

나의 건축술을 비웃지 말게
나는 나로서만 나를 짓지 않는다네
자유롭고 싶은 공기의 욕망과
나를 죽여버리고 싶은 공기의 살의와
포로로 잡힌 공기의 치욕으로
빚어진 아,
공기, 그 만져지지 않는
허무가 나의 중심 뼈대
나는 결코 나로서만 나를 짓지 않는다네
그래야 비곗살을 버릴 수 있는 법

나는 테러리스트
내 나이를 묻지 말게
뒤돌아 나이테를 헤아리는 그런 감상은
바람처럼 서걱서걱 베어 먹은 지 오래
행여 내 죽어 창과 활이 되지 못하고
변절처럼 노래하는 악기가 되어도
한 가슴 후벼 파고 마는 피리가 될지니
그래, 이 독한 마음으로
한평생 머리 굽히지 않고 살다가
황갈색 꽃을 머리에 이고
한 족속 일제히 자폭하고야 말
나는 테러리스트 .

슬픔으로 배부른 그가 욕망으로 허기진 사람들에게 베 푸는 넉넉한 만찬

졸업 후 서울 달동네에서 자취를 하거나 친구의 방에 기숙하며 시를 썼다. 한 때는 산골에서 작은 형을 도와 돼지와 개를 키우기도 했던, 정처 없는 그 시절에 머릿속에 흙 한 삽을 집어넣고 싶어한 그는 96년, 마니산에 등산을 왔다가 끝없이 펼쳐진 동막리 개펄에 반해 한 폐가에 세 들었다.

월세 10만 원짜리 농가였지만 방 두 개에 거실과 텃밭까지 있는데다 집 앞의 고욤나무는 한평생 혼자 사는 달이 걸리기도 하는 곳이고, 혼자 사는 달이 말없이 머물다 가는 달의 정거장이며, 혼자 사는 내가 익은 기침을 하며 우두커니 서서 바라보는 곳이고 내 추억의 식탁이 되어 주었다.

그런 그의 보금자리가 2년 전 팬션으로 개발되면서 지금은 온수리로 이사를 했다. 그때 잘려나간 나무를 보여주겠다는 그를 따라나섰다. 사람의 힘으로는 옮길 수도 없는 큰 고욤나무 둥치가 찻길에 그냥 버려져 있다. 버려진 나무를 보고 "내가 버림받은 것 같다."고 말하는 시인의 목소리가 젖어든다.

산문집 《미안한 마음》은 그가 섬에서 보내는 편지이다. 고욤나무와 얼마나 친했는지, 그가 섬 주민들과 어떻게 어우러져 지내는지, 그의 어린 시절엔 어땠는지에 대한 이야기들이 실려 있다.

본체에서 떨어져 나온 것들은 다 섬이며 그리움들이 가득 차 있습니다.(p.36) 섬은 외로워서 지상에서 가장 낮은 울타리, 물 울타리를 치고 제가 품고 있는 그리운 마음 상할까 사방에 소금물을 둘렀습니다.(p.43)라는 문장에서 그가 얼마나 그리움에 가득 찬 존재인지를 받아보게 된다.

첫 번째 산문집 《눈물은 왜 짠가》엔 그의 삶의 궤적이 많이 나타난다.

거처가 없어진 두 모자가 서울을 떠나기 직전, 버스터미널 근처 설렁탕집에서 있었던 짧은 삽화 〈눈물은 왜 짠가〉, 집을 짓기 위해 자신의 집을 염탐하러온 제비를 속이려고 티브이를 크게 틀고 빨래를 널어 놓아보지만 집을 짓지 않고 가버린 제비 이야기 〈제비야 네가 옳다〉, 어머니와 형님을 도와 돼지를 기르던 산속에서 돼지의 출산 날 걸려온 전화, H여인의 이야기 〈어느 해 봄 한없이 맑던 시작과 흐린 끝〉 등, 슬픔으로 배부른 그가 욕망으로 허기진 사람들에게 베푸는 넉넉한 만찬이 차려져 있다.

요즘은 〈다음〉에 연재되었던 산문을 정리하고 나무를 주인공으로 한 우화집과 다섯 번째 시집 발간을 준비 중이라며 앞으로 시의 방향성에 대해서는 사적 공간에서 공적 공간으로 세계를 넓혀나갈 것이라고 한다.

슬픈 핏빛 일몰도 어둠에 밀려 사라지고, 모든 걸 삼킨 듯한 어둠의 저편에선 조금 더 냉랭한 바닷바람이 뻘내음을 진하게 몰고 온다. 보이지 않아도 분명 있는 것들, 그리움, 외로움, 연민, 추억…… 바람에 묻어있는 냄새를 맡으며 어둠에 밀려 우리도 자리를 옮긴다.

세상의 모든 경계에는 꽃이 핀다.

동막 해수욕장 옆, 뻘밭을 향한 테라스가 있는 횟집에서 나와 온수리에 있는 그의 집엘 갔다. 이사하고는 두 번째 손님이라는 영광을 누렸다. 불을 켜자 작은 부엌과 방 2개엔 오랫동안 혼자 살아온 시인의 외로움이 뭉텅뭉텅 떠다녔다. 최근 펴낸 동시집 《바닷물 에고, 짜다》를 선물로 준다.

부리가 주걱처럼 생긴 저어새, 높이뛰기 선수 숭어, 밤송이처럼 생긴 성게 등, 그가 바닷가에서 살면서 본 물고기와 바다의 모습이 어린아이의 시선으로 펼쳐져 있다.

동시를 쓰면서 행복했을 거라는 내 짐작에 그가 순박한 어린아이처럼 고개를 끄떡거린다.

섬은 온통 어둠에 점령당해 있다. 어둠과 밝음, 섬과 육지, 너와 나, 그리고 이생과 전생, 시인은 세상의 모든 경계에는 꽃이 핀다라고 했던가. 등불을 켠 곳마다 꽃이 피어있다. 꽃이 시들고 눈물이 마르는 날, 나와 세계의 모든 경계가 무너지리라고 했던가. 그가 세운 모든 경계가 무너지는 날, 유무상생의 새로운 지평을 펼쳐갈 말랑말랑한 힘이 시인의 눈빛에 가득하다. 혼자 먹는 밥상머리에서 늘 어머니를 생각하는 시인의 집에 내년에는 제비라도 날아와 함께 살았으면 좋으련만…….

(2009년 9월)

 ## 온수리에서 '함민복' 찾기 프로젝트

　인터뷰 약속을 하던 날, 집 주소를 묻는 내게 그는 그냥 강화도 온수리로 오면 된다고 했다. 만나기 이틀 전날, 그는 전화를 받지 않았다. 약속 당일 역시 불통이었다. 무작정 강화도로 출발했다.

　'온수리'하나만 알고 '함민복 시인'을 만나러 가는 것이 종로에서 '함씨'를 찾는 것만큼이나 암담했다. 온수리라는 팻말을 보고 들어섰지만 어찌해야할지 몰라 머리를 굴리며 길이 열린 대로 빙빙 돌았다. 그러다 제일 큰 수퍼에 들어가 물었다. 물으면서도 난감했다. 역시 모른다는 대답이었고 그렇게 몇 번의 시도 끝에 오토바이 가게에서 '경찰서 앞'으로 가보라는 얘기를 들었다. 과연 근무 중이던 경찰이 바로 이 집에 산다며 나를 안내한 곳은 경찰서 부근이었다.

　대문도 없이 격자무늬로 된 미닫이 창 앞엔 '주인 없음'을 표시하는 조그만 자물쇠가 달려있었다. 그리고 창에 붙은 쪽지엔 모 잡지 회사에서 인터뷰 약속으로 왔다 지쳐서 철수한다는 메모였다. 순간 '암담'이 '불안'으로 바뀌고 그가 한 번 집 나가면 며칠씩 안 들어온다는 경찰의 말에 낭패감이 몰려왔다. 반은 포기하는 심정으로 경찰에게 매달렸다. 서울서 먼 길을 왔으니 찾아달라고.

　절반의 희망을 안고 근처에 있는 전등사를 향했다. 경내를 산책하고 점심을 먹고…… 세 시간쯤 흘렀을까. 아까 부탁한 경찰에게서 전화가 왔다. '강화문학회'에 연락해서 몇 군데 연락처를 알아낸 것이다. 열 몇 번의 통화 시도 끝에 어떤 남자로부터 지금 함시인과 같이 있으니 동막리 00음식점으로 오라는 말이었다.

그렇게 천신만고 끝에 만난 함민복 시인은 사흘 째 내리 술만 먹고 있는 중이었다. 그리고 나와 헤어질 때까지 음식은 한 숟가락도 먹지 않았다.

인터뷰 원고엔 쓰지 않았지만 사귄지 6개월 된 여자 친구가 있다고 고백했다. 그리고 7년 전 쯤 김포의 한 문학교실에서 스승과 제자로 만난 그녀와 2011년 6월, 여의도 사학연금회관에서 결혼식을 올렸다. 비행기 타고 제주도로 신혼여행을 다녀왔으니 비행기를 타보고 싶다는 소원도 풀었다.

지금은 강화도 초지인삼센터에서 '길상이네'라는 인삼가게를 한다. 제비를 기다리던 그 맑고 큰 눈으로 들어 온 아내와 서로 등에 파스를 부쳐주며 오순도순 행복하길 진심으로 기원한다.